KB024491

벤자민 버튼의
시간은 거꾸로 간다

벤자민 버튼의 시간은 거꾸로 간다

초판 1쇄 발행 2019년 7월 26일
초판 7쇄 발행 2023년 1월 20일

지은이 F. 스콧 피츠제럴드
펴낸이 남기성

펴낸곳 주식회사 자화상
인쇄,제작 데이타링크
출판사등록 신고번호 제 2016-000312호
주소 서울특별시 마포구 월드컵북로 400, 2층 201호
대표전화 (070) 7555-9653
이메일 sung0278@naver.com

ISBN 979-11-89413-99-6 00840

·파본은 구입하신 서점에서 교환해 드립니다.
·이 책은 저작권법에 의하여 보호를 받는 저작물이므로 무단 전재와 복제를 금합니다.

벤자민 버튼의
시간은 거꾸로 간다

F. 스콧 피츠제럴드 지음

자화
상

차례

벤자민 버튼의 시간은 거꾸로 간다 ⋯ 009

머리와 어깨 ⋯ 083

젤리빈 ⋯ 151

낙타 엉덩이 ⋯ 205

리츠칼튼 호텔만 한 다이아몬드 ⋯ 279

작품 해설 ⋯ 385

작가 연보 ⋯ 391

벤자민 버튼의 시간은 거꾸로 간다

1

먼 옛날, 아니 1860년대만 하더라도 사람이 집에서 태어나는 것은 지극히 당연한 일이었다. 그런데 요즘 의술의 신들께서는 신생아의 첫 울음소리가 병원, 그것도 이왕이면 상류층 병원의 마취제 냄새로 가득 찬 공기 속에서 울려야 한다고 천명했다는 소문을 들었다. 그래서 1860년의 어느 여름날, 젊은 로저 버튼 씨 부부가 첫아이를 병원에서 낳겠다고 결정한 것은 유행을 50년이나 앞선 것이었다. 이러한 시대를 앞선 행동이 지금부터 내가 하려는 이야기와 어떤 상관이 있는지는 아무도 모를 것이다.

나는 그저 일어난 일만 이야기할 테니, 판단은 지금 이야기를 읽고 있는 여러분이 직접 해보기를 바란다.

로저 버튼 부부는 남북전쟁 이전의 볼티모어에서 살았다. 그들은 사회적으로나 금전적으로나 남들의 부러움을 살 만한 지위에 있었다. 이쪽과 저쪽의 집안과 친척 관계였는데, 그것은 남부 사람들이면 다 알다시피 남부 연방 인구의 다수를 차지하는 거대한 귀족계급에 속한다는 자격이 있다는 것을 의미했다.

버튼 씨는 곧 첫아이가 태어난다는 사실에 매우 신경이 예민해져 있었다. 본인이 4년 동안 '커프(소매 단추를 뜻하는 말)'라는 다소 뻔한 별명으로 불리며 다녔던 코네티컷 주의 예일 대학교에 아이를 보낼 수 있도록 태어나는 아이가 아들이기를 바랐다.

엄청난 일이 벌어진 것은 9월의 아침이었다. 그는 6시 정각에 안절부절못하면서 일어나 옷을 입고 흠 한 점 없는 옷깃을 매만져서 정돈한 뒤 볼티모어 거리를 가로질러 병원으로 달려갔다. 밤의 어둠이 그 가슴에 새 생명을 낳아 품었는지 알아내기 위해서 말이다.

'신사숙녀를 위한 메릴랜드 병원'에서 90미터 정도 떨어진 곳에 이르렀을 때 그는, 가족 주치의인 킨 박사의 모습을 보았다. 직업상의 암묵적 윤리에 따라 모든 의사가 당연히 해야만 하는 손 씻는 동작으로 양손을 비비며 정면 입구 계단을 내려오고 있었다.

철물 도매 회사인 로저 버튼 사(社)의 사장 로저 버튼 씨는 명화의 한 장면 같은 시대에 남부 신사의 품격에 맞지 않게 킨 박사를 향해 달려가기 시작했다.

"아, 킨 박사님!"

버튼 씨가 외쳤다. 박사는 그의 목소리를 듣고 고개를 돌리더니 그 자리에 서서 기다렸다. 버튼 씨가 가까이 다가가자 그의 엄하면서 치유력이 담겨 있는 얼굴에 기묘한 표정이 드리워졌다.

"어떻게 됐습니까?"

버튼 씨는 숨이 턱에 차서 달려들며 물었다.

"뭐였죠? 아내는 괜찮습니까? 아들입니까? 딸입니까? 뭐⋯⋯."

"진정하게."

킨 박사는 날카롭게 대꾸했다. 약간 짜증이 난 기색이었다.

"아기는 태어났나요?"

버튼 씨가 간절하게 말했다.

킨 박사는 얼굴을 찌푸렸다.

"음 그래, 태어난 것 같네…… 어느 정도는."

그는 다시 묘한 표정으로 버튼 씨를 흘끗 쳐다봤다.

"아내는 괜찮은가요?"

"그렇다네."

"아들입니까? 딸입니까?"

"거기까지!"

킨 박사는 버럭 짜증을 내며 소리쳤다.

"직접 가서 보길 바라네. 이런 말도 안 되는 일이!"

그는 마지막 말을 거의 내뱉듯이 외치고는 돌아서서 중얼거렸다.

"자넨 오늘 같은 일이 내 직업적 명성에 도움이 될 것이라고 생각하나? 한 번만 더 이런 일이 있으면 나는 끝장일세. 누구라도 끝장이라고."

"무슨 문제라도 생겼습니까?"

버튼 씨는 깜짝 놀라며 물었다.

"세 쌍둥이인가요?"

"아니네, 세 쌍둥이가 아니야."

박사가 비꼬는 듯이 말했다.

"더 알고 싶으면 자네가 직접 가서 보게. 그리고 다른 의사를 불러. 로저, 나는 이 세상에 나오는 자네를 받았고, 자네 가족들 주치의로 40년을 있었지만, 이제 자네와는 끝이야! 자네든 자네 친척 누구든 다시는 보고 싶지 않네. 잘 가게."

그는 매몰차게 돌아서더니, 한마디도 더하지 않고 연구실 옆에서 기다리고 있던 자신의 쌍두마차에 올라 쌩하니 가버렸다.

버튼 씨는 망연자실해서 머리부터 발끝까지 온몸을 떨며 보도에 서 있었다. 무슨 끔찍한 재난이 일어난 걸까? 그는 '신사숙녀를 위한 메릴랜드 병원'에 들어가고 싶은 마음이 갑자기 사라졌다. 잠시 후, 그는 스스로를 다그쳐 계단을 올라 정문으로 들어갔다.

간호사 하나가 어둡고 음울한 복도의 데스크 앞에 앉

아 있었다. 수치심을 꿀꺽 삼키며 버튼 씨가 그녀에게 다
가섰다.

"안녕하세요?"

그녀는 상냥하게 그를 쳐다보며 인사했다.

"안녕하세요. 저는……버튼이라고 하는데요."

이 말을 듣자마자 여자의 얼굴에서 극심한 공포가 퍼
져갔다. 벌떡 일어나 당장이라도 복도에서 달아날 태세였
지만, 가까스로 자신을 억제하고 있는 듯했다.

"제 아이를 보고 싶습니다."

버튼 씨가 말했다.

간호사가 조그맣게 비명을 질렀다.

"아, 그러셔야죠!"

그녀는 신경질적으로 외쳤다.

"위층이에요, 바로 위층. 위로 올라가세요."

그녀가 방향을 가리키자, 버튼 씨는 식은땀에 젖은 채
비틀거리며 돌아서서 계단을 올라가기 시작했다. 위층 복
도에서 그는 대야를 들고 다가오는 다른 간호사에게 말을
걸었다.

"전 버튼이라고 하는데요."

그는 간신히 말했다.

"제 아이를 보고 싶습……"

타당! 탕! 대야가 바닥에 요란한 소리를 내며 떨어지더니 계단 쪽으로 굴러갔다. 탕! 탕! 탕! 대야는 이 신사가 널리 퍼뜨린 공포를 분담하기라도 하듯이 한 계단씩 차례대로 떨어지기 시작했다.

"제 아이를 보고 싶습니다!"

버튼 씨는 거의 비명을 지르다시피 외쳤다. 그는 거의 기절하기 일보 직전이었다.

타당! 대야가 일층 바닥까지 떨어졌다. 간호사는 그제야 겨우 정신을 차리고는 진심으로 경멸하는 눈으로 버튼 씨를 쳐다보았다.

"알았어요, 버튼 씨."

그녀는 언성을 낮추고 말했다.

"알았다고요. 하지만 오늘 아침 그 일이 우리 모두를 어떤 지경에 몰아넣었는지 아신다면! 이보다 터무니없는 일은 없어요! 이 병원은 앞으로 절대 옛 명성을 누리지……."

"빨리요!"

그는 쉰 목소리로 외쳤다.

"정말 못 참겠어요!"

"그럼, 이쪽으로 오세요. 버튼 씨!"

그는 무거운 발을 질질 끌며 그녀를 뒤따라갔다. 기다란 복도 끝까지 가자 방이 하나 나왔고, 거기서 각양각색의 울음소리가 흘러나왔다. 훗날 '통곡의 방'이라고 불려질 법한 방이었다. 그들은 방으로 들어갔다. 벽을 따라 하얀색으로 칠한 바퀴 달린 아기 침대 여섯 개가 벽을 놓여 있었는데, 머리맡에는 각각 이름표가 붙어 있었다.

"음."

버튼 씨는 숨을 헐떡이며 물었다.

"어느 게 우리 아이죠?"

"저기요."

간호사가 말했다.

버튼 씨의 눈이 간호사의 손가락을 따라갔다. 그가 본 광경은 이랬다. 풍성한 흰 담요에 싸인 채 몸이 다 들어가지도 않는 아기 침대에 억지로 끼어 있는 것은, 일흔은 족히 되어 보이는 노인이었다. 그의 듬성듬성한 머리는 거의 백발이었고, 뺨에는 잿빛 수염이 길게 내려와 있었는데 창문으로 들어오는 미풍을 받아 앞뒤로 우스꽝스럽게 물결쳤다. 노인은 침침하고 생기 없는 눈으로 버튼 씨를 올려다봤다. 그 눈빛에 당혹스러운 의문이 서렸다.

"내가 미친 겁니까?"

버튼 씨는 고함을 질렀다. 그의 공포는 분노로 변했다.

"이게 무슨! 병원의 지독한 장난입니까?"

"저희한테는 장난이 아니에요."

간호사가 냉정하게 말했다.

"당신이 제정신인지 아닌지는 내가 모르겠지만…… 저건 확실히 당신의 아이예요."

버튼 씨의 이마에서 식은땀이 끊이지 않고 흘러내렸다. 그는 눈을 감고 잠시 있다가 눈을 뜨고 다시 보았다. 잘못 본 것이 아니었다. 그는 예순하고도 열 살을 더 먹은 남자를 바라보고 있었다. 예순하고도 열 살을 더 먹은 아기, 아기 침대의 난간에 발을 걸친 채 쉬고 있는 아이.

노안은 잠시 평온하게 두 사람을 번갈아 보더니, 갑자기 목쉰 늙은이 목소리로 말했다.

"당신이 내 아버진가?"

버튼 씨와 간호사는 끔찍한 기분이 들었다.

"만약 그렇다면."

노인이 불평하기 시작했다.

"날 여기서 좀 꺼내 주었으면 좋겠어. 아니면 최소한 편안한 흔들의자라도 갖다 주든지."

"당신 도대체 어디서 온 겁니까? 당신은 누구죠?"

버튼 씨는 미친 듯이 소리를 질러댔다.

"정확히 내가 누군지는 나도 모르지."

노인은 칭얼거리며 불평을 했다

"난 태어난 지 몇 시간밖에 안 됐잖아. 하지만 내 성이야 확실히 버튼이지."

"거짓말! 당신은 사기꾼이야!"

노인은 피곤하다는 듯이 간호사를 쳐다보았다.

"갓 태어난 아이를 이런 식으로 환영하다니."

그는 기운 없는 목소리로 불평했다.

"그러는 거 아니라고 당신이 말 좀 해주지."

"그러지 마세요. 버튼 씨."

간호사가 단호하게 말했다.

"이 사람은 당신 아이가 맞아요. 그리고 최선을 다해야 할 겁니다. 가능한 한 빨리 저 사람을 집으로 데려가 주세요. 오늘 중으로."

"집으로?"

버튼 씨는 믿을 수 없다는 듯이 반복했다.

"네, 우리는 저 사람을 여기에 둘 수 없어요. 정말 그럴 수가 없어요. 이해하시죠?"

"그거 참 잘됐네."

노인이 칭얼거렸다.

"여기는 조용한 취향의 아이를 두기에 퍽이나 좋은 곳 이지. 사방에서 고함 지르고 울부짖는 통에 한숨도 못 잤 다고. 먹을 걸 좀 가져다 달라고 했더니!"

이 부분에서 그의 목소리는 날카로운 항의조가 되었다.

"우유병을 갖다 주지 뭐야!"

버튼 씨는 아들 옆에 있는 의자에 털썩 주저앉아서 손

으로 얼굴을 가렸다.

"맙소사!"

그는 공포에 사로잡혀 중얼거렸다.

"사람들이 뭐라고 할까? 뭘 어떻게 해야 하지?"

"집에 데려가셔야 해요."

간호사가 강경하게 말했다.

"당장요!"

괴로움으로 몸부림치는 남자의 눈앞에 무시무시한 그림이 무서울 만큼 선명하게 그려졌다. 그의 옆에서 성큼성큼 걷는 이 섬뜩한 유령과 함께 도심의 혼잡한 거리를 뚫고 걸어가는 자신의 모습이 떠올랐다.

"그럴 수 없어. 난 못해."

그는 신음했다.

'사람들이 발길을 멈추고 말을 걸 텐데, 그럼 뭐라고 말해야 하지?'

그는 이 고희(古稀)의 노인을 이렇게 소개해야 할 것이다.

"이쪽은 제 아들입니다. 오늘 아침 일찍 태어났죠."

그러면 노인은 몸에 두른 담요를 여밀 것이고, 그들은

계속해서 터벅터벅 걸어갈 것이다. 북적거리는 가게들과 노예시장을 지나고……. 머릿속이 캄캄해지는 그 순간, 버튼 씨는 차라리 아들이 흑인이었으면 좋겠다고 생각했다. 그렇게 주택가의 호사스러운 집들도 지나고, 요양원도 지나…….

"진정하세요! 정신 차리세요."

간호사가 명령조로 말했다.

"이것 봐."

노인이 불쑥 말을 꺼냈다.

"내가 이 담요를 두르고 집까지 걸어갈 거라고 생각했다면, 당신 한참 잘못 생각한 거야."

"아기들은 항상 담요를 둘러요."

심술궂게 버스럭거리더니 노인은 조그만 흰색 배내옷을 들어 보였다.

"봐!"

노인은 기운 없이 떨리는 목소리로 말했다.

"나더러 이런 걸 입으라고 준비해 뒀더라고."

"아기들은 다 그런 걸 입어요."

간호사가 딱딱하게 말했다.

"음."

노인이 말했다.

"그렇다면 이 아기는 2분 뒤에는 아무것도 안 입을 거야. 이 담요는 가려워. 적어도 시트는 가져다 줄 수 있었잖아."

"알고 있어요! 입고 있어!"

버튼 씨가 다급하게 말했다. 그는 간호사를 돌아보았다.

"제가 뭘 어떻게 해야 하죠?"

"시내에 가서 아들에게 입힐 옷을 사오세요."

버튼 씨 아들의 목소리가 복도 끝까지 따라왔다.

"그리고 지팡이도. 아버지, 지팡이도 갖고 싶어."

버튼 씨는 바깥문을 쾅 하고 세차게 닫았다.

2

"안녕하세요?"

버튼 씨는 체서피크 의류회사 점원에게 불안한 마음으로 말을 붙였다.

"아이에게 입힐 옷을 좀 사려고 합니다."

"아이가 몇 살이죠, 손님?"

"여섯 시간 정도요."

버튼 씨는 별 생각 없이 대답했다.

"신생아 용품 매장은 뒤쪽에 있습니다."

"저 그러니까…… 제가 뭘 사야 하는지 잘 모르겠어요.

그게, 아이가 유달리 몸집이 커서요. 음 그러니까 커요."

"가장 큰 사이즈들도 있습니다."

"남자애들 옷 매장은 어디에 있죠?"

버튼 씨는 필사적으로 말을 돌리며 물었다. 점원이 틀림없이 자신의 수치스러운 비밀을 눈치챈 것 같았다.

"여기예요."

"음......"

그는 주저했다. 아들에게 성인 남자의 옷을 입힌다는 것은 생각만 해도 불쾌했다. 만약 엄청나게 큰 남자애 옷을 구할 수만 있다면, 그 길고 끔찍한 수염은 잘라 버리고 백발을 갈색으로 염색하면 된다. 그렇게 하면 최악의 꼴은 그럭저럭 감추고 자존심 비슷한 것도 지킬 수 있다. 볼티모어에서의 자기 입장은 말할 것도 없고.

하지만 남자아이 옷 매장을 미친 듯이 둘러봐도 갓 태어난 버튼에게 맞는 옷은 없었다. 그는 가게를 탓했다. 이런 경우에는 가게를 탓하는 것이 당연하다.

"아드님이 몇 살이라고 하셨죠?"

점원이 이상하다는 듯이 물었다.

"그러니까…… 열여섯 살이요."

"아, 죄송합니다. 저는 여섯 시간이라고 말씀하시는 줄 알았어요. 옆 골목으로 가시면 청소년 매장이 있습니다."

버튼 씨는 비참하게 발길을 돌렸다. 다음 순간, 그는 걸음을 멈추고 환한 얼굴로 쇼윈도에 전시된 마네킹의 옷을 손가락으로 가리켰다.

"저기!"

그가 외쳤다.

"저 옷으로 하겠소. 저 마네킹이 입은 거요."

점원이 그를 빤히 쳐다보았다.

"저, 손님."

점원이 말했다.

"저것은 어린애 옷이 아닌데요. 적어도 손님이 찾으시던 어린애 옷은 아니지만, 가장무도회용 의상이니 손님께서 입으시면 될 것 같네요."

"싸 주세요."

고객은 신경질적으로 고집을 부렸다.

"저게 바로 내가 원하는 겁니다."

놀란 점원은 그가 원하는 대로 했다.

다시 병원으로 돌아온 버튼 씨는 신생아실로 들어가서 아들에게 꾸러미를 던지다시피 건넸다.

"이게 네 옷이다."

그가 내뱉었다.

노인은 꾸러미를 푸르더니 얄궂은 표정으로 내용물을 바라봤다.

"내 눈에는 좀 웃겨 보이는데."

그가 불평했다.

"난 원숭이 꼴이 되고 싶지는 않……."

"넌 날 이미 나를 원숭이 꼴로 만들었어!"

버튼 씨는 사납게 쏘아붙였다.

"네 꼴이 얼마나 우스울지 상관하지 마. 입어. 아니면 내가…… 아니면 내가 볼기짝을 때려 줄 거야."

끝에서 두 번째 단어가 목구멍에서 불편하게 걸렸지만, 그럼에도 그게 적절한 말 같았다.

"알았어요, 아버지."

노인은 기괴하게 고분고분한 아들을 흉내 내며 말했다.

"아버지가 더 오래 사셨으니 잘 아시겠죠 분부대로 하죠."

조금 전처럼 '아버지'라는 소리에 버튼 씨는 소스라치게 놀랐다.

"좀 서둘러."

"서두르고 있어요. 아버지."

아들이 옷을 다 입자 버튼 씨는 울적한 마음으로 그를 처다봤다. 의상은 물방울무늬 양말에 분홍색 바지 그리고 커다란 흰 칼라를 댄 벨트 달린 블라우스로 이루어져 있었다. 블라우스 위로 길고 허연 수염이 거의 허리춤까지 축 늘어진 채 휘날리고 있었다. 효과는 좋지 않았다.

"잠깐!"

버튼 씨는 병원 가위를 쥐고 세 번의 재빠른 손놀림으로 수염을 뭉텅 잘라냈다. 하지만 이런 개선에도 불구하고 전체적인 조합은 완벽과는 거리가 멀었다. 남아 있는 텁수룩한 수염과 눈물이 질질 흐르는 눈, 오래된 치아는 의상의 경쾌함과 기괴한 부조화를 이루었다. 그러나 버튼 씨는 완고했다. 그는 손을 내밀었다.

"가자!"

그는 단호하게 말했다.

아들은 신뢰를 담아 그 손을 잡았다.

"날 뭐라고 부를 거야, 아빠?"

신생아실에서 걸어 나오며 그는 떨리는 목소리로 물었다.

"당분간은 그냥 '아가'라고 부를 건가요? 더 좋은 이름이 생각날 때까지?"

버튼 씨는 투덜댔다.

"몰라."

그가 사납게 대답했다.

"므두셀라(창세기에 나오는 900살 넘게 살았다는 전설상의 인물)라고 부르는 게 어떨까 싶네."

3

버튼 가의 새 가족이 머리를 짧게 자르고, 듬성듬성하고 부자연스러운 흑발로 염색을 하고, 얼굴에 광이 날 정도로 바싹 면도를 하고, 대경실색한 재단사에게서 맞춰온 아동복을 차려입었지만, 버튼 씨는 아들이 집안의 첫 아기 노릇을 제대로 못 할 것이라는 사실을 무시할 수 없다. 늙어서 구부정한 자세에도 벤자민 버튼―적절하기는 하지만 기분 나쁜 므두셀라라는 이름 대신 이 이름으로 불렀다―은 키가 170이 넘어서 옷으로 감출 수가 없었다. 아무리 눈썹을 다듬고 염색해도, 그 아래 흐리멍덩하고 피곤해 보이는 눈에서 눈물이 질질 흐르고 있다는 사실도 감출 수가 없었다. 사실, 미리 고용해 뒀던 보모는 애를 한 번 보더니 몹시 분개하며 집을 떠나버렸다.

하지만 버튼 씨는 그의 확고한 결심을 지켜 나갔다. 벤자민은 아기였고 아기여야 했다. 처음에 그는 벤자민이 따뜻한 우유를 좋아하지 않는다면 음식을 전혀 먹지 못할 것이라고 공표했지만, 결국에는 그의 아들에게 버터를 바른 빵, 심지어는 오트밀까지 제공하는 것으로 설득당하고 말았다.

어느 날 그는 집에 딸랑이를 들고 와 벤자민에게 주더니 "이걸 가지고 놀아야 한다."고 단호히 주장하며 고집을 부렸다. 노인은 지겹다는 듯이 딸랑이를 받았고, 하루 종일 이따금 딸랑딸랑 하는 소리를 순순히 들려줬다.

하지만 벤자민이 딸랑이를 지겨워했다는 데에는 의심의 여지가 없었다. 게다가 혼자 있을 때 마음을 달래주는 다른 위안거리를 발견한 게 틀림없었다. 예를 들자면 버튼 씨는 어느 날 지난 일주일 동안 자신이 전보다 시가를 더 많이 피웠다는 사실을 깨달았다. 그리고 며칠 후 그 이유를 알게 되었다. 아기 방에 불쑥 들어갔더니 방 안은 희미한 푸른 안개로 가득 차 있고, 벤자민은 죄 지은 표정으로 검은 아바나 시가 꽁초를 감추려 했다. 물론 이는 눈물이 쏙 빠지게 볼기짝을 때려 줘야 할 사안이었지만, 버튼 씨는 도저히 이 문제를 직접 나서서 처리할 수가 없었다. 그저 계속 그러면 "발육이 늦어질" 거라고 아들에게 경고했을 뿐이었다.

그럼에도 버튼 씨는 완고하게 자신의 입장을 고수했다. 그는 납으로 만든 병정들을 집으로 가져왔고, 장난감 기차도 가져왔고, 또한 커다랗고 귀여운 봉제 동물 인형도 가지고 왔으며, 적어도 자신이 만들어 낸 환상을 유지하고 완성하기 위해서 장난감 가게 점원에게 "아기가 분홍 오리를 입으로 빨면 칠이 벗겨지지 않는지" 열성적으로 물었다.

하지만 아버지의 이런 노력에도 벤자민은 관심을 갖기를 거부했다. 뒤편 계단으로 슬쩍 내려가 브리태니커 백과사전 한 권을 들고 아기 방으로 돌아와서는 오후 내내 그것에 몰두하고는 했다. 그러는 동안 송아지 인형과 노아의 방주는 바닥에 팽개쳐져 있었다. 이런 고집 앞에서 버튼 씨의 노력은 허사가 되었다.

볼티모어에서 생긴 이 대사건은 처음에는 대단한 것이었다. 이런 불운이 사교적 차원에서 버튼 가와 그 친척들에게 끼쳤을 피해를 측정하는 것은 불가능한데, 남북전쟁이 발발하면서 시민들의 관심이 온통 다른 데로 쏠려 버렸기 때문이다. 예의 바르기 이루 말할 데 없는 소수의 사람들은 부모에게 해 줄 칭찬을 생각하느라 머리를 짜냈다. 그리고 마침내 아기가 제 할아버지를 닮았다고 선언하는 창의적 책략을 생각해 냈다. 모든 일흔 살 노인들이 공통적으로 겪는 표준적 노화 상태로 볼 때 이는 부정할 수 없는 사실이었다. 로저 버튼 부부는 기쁘지 않았고, 벤자민의 할아버지는 모욕당했다며 노발대발했다.

벤자민은 일단 병원을 떠나자 인생을 있는 그대로 받아들였다. 함께 놀려고 남자애들 몇 명을 데려오면, 그는 뻣뻣한 관절을 이끌고 팽이와 구슬에 재미를 붙여 보려고 애쓰며 오후를 보냈다. 심지어 한 번은 어쩌다 새총으로 부엌의 창문을 깨는 실수를 저질렀는데, 아버지는 이 위업을 남몰래 흐뭇해했다.

그래서 벤자민은 매일매일 뭔가를 깨뜨리려고 궁리했지만, 그런 짓을 한 건 순전히 남들이 그러기를 기대했기 때문이고, 그의 타고난 성품이 자상했기 때문이었다.

처음과는 달리 할아버지의 반감이 서서히 사라지자, 벤자민과 노신사는 둘도 없는 친구가 되었다. 나이로나 경험으로나 너무나 동떨어진 이 둘은 옛 친구처럼 몇 시간이고 앉아서 천천히 흘러가는 하루에 대해 지칠 줄 모르고 조곤조곤 이야기를 나눴다. 벤자민은 부모보다 할아버지와 있을 때 더 편안함을 느꼈다. 부모는 항상 자신을 다소 두려워하는 것 같았고, 독재자처럼 권위를 내세우려 하면서도 자꾸 그에게 '씨'라는 호칭을 붙였다.

출생 당시 자신의 몸과 마음의 명백한 성숙도에 대해 벤자민 역시 다른 사람들과 마찬가지로 당혹스러웠다. 의학 잡지를 뒤져 봤지만, 자신과 같은 사례가 기록된 바는 없었다. 아버지의 성화에 성의껏 또래 남자아이들과 놀아 보려고도 했고, 가벼운 게임은 종종 함께하기도 했지만, 풋볼을 하고 나면 온몸이 부서지는 것 같은 데다 혹여 골절이라도 당하면 늙은 뼈가 붙지 않을까 봐 두려웠다.

다섯 살에는 유치원에 들어갔고, 거기서 녹색 종이를 오렌지색 종이에 붙이는 법, 알록달록한 지도를 맞추는 법, 끝없이 이어지는 마분지 목걸이를 제작하는 세계에 입문했다. 그는 이런 노역 중에 꾸벅꾸벅 졸다가 잠들기 일쑤였고, 이런 습관은 젊은 선생님을 화나게 만들고 공포에 질리게 했다. 다행히도 여선생은 부모에게 불평을 했고, 그는 유치원을 그만두게 되었다. 로저 버튼 부부는 친구들에게 애가 너무 어려서 그런 것 같다고 말했다.

열두 살쯤 되자 부모는 그에게 익숙해졌다. 사실 습관의 힘이란 무척 강한 것이어서 그들은 벤자민이 다른 아이들과 다르다는 것을 더는 느끼지 못했다. 하지만 그의 열두 번째 생일이 몇 주 지난 어느 날, 거울을 보던 벤자민은 놀라운 발견을 했다. 아니 발견했다고 생각했다. 그의 눈이 그를 속이는 건가? 아니면 그의 머리카락이 12년 인생 동안 흰머리를 감추려고 했던 염색에 못 이겨 흰색에서 철회색으로 변한 걸까? 그의 얼굴을 온통 뒤덮고 있던 주름살이 없어진 건가? 겨울이라 얼굴색이 불그스름해진 것을 감안하더라도 피부가 정말로 더 건강하고 탱탱해진 것일까? 그는 아무 말도 할 수 없었다. 그는 자신이 더 이상 구부정하지 않았으며 생애 초반보다 신체 조건이 향상되었음을 깨달았다.

"설마……."

그는 홀로 생각했다. 아니 감히 생각할 수 없었다고 해야 할까.

그는 아버지에게 갔다.

"제가 자랐어요."

그는 단호하게 선언했다.

"저도 긴 바지를 입고 싶어요."

그의 아버지는 머뭇거렸다.

"글쎄."

그는 마침내 말했다.

"나는 잘 모르겠다. 긴 바지를 입는 나이는 열네 살이지, 넌 아직 열두 살밖에 안 됐잖아."

"하지만 아버지도 인정하셔야 해요."

벤자민은 항의했다.

"제가 나이에 비해 덩치가 크다는 걸요."

아버지는 자기만의 착각에 빠져 그를 보았다.

"아닌 것 같은데, 내가 열두 살이었을 때도 너만 했다."

그건 사실이 아니었다. 아들이 정상이라고 믿는 로저 버튼의 암묵적인 자기 타협의 일부일 뿐이었다.

마침내 그들은 타협에 도달했다. '벤자민은 계속 염색을 해야 한다', '또래 아이들과 놀려고 더 노력해야 한다', '안경을 끼거나 거리에서 지팡이를 짚고 다녀선 안 된다' 이런 양보의 대가로 그는 난생처음 긴 바지를 입는 것을 허락받았다.

4

벤자민 버튼의 열두 살에서 스물한 살 사이의 인생에 대해서는 할 말이 거의 없다. 정상적인 비성장의 시기였다고 말하는 걸로 충분하다. 벤자민이 열여덟 살이 되었을 때, 그는 쉰 살의 남자처럼 꼿꼿해졌다. 머리숱도 많아지고 색깔도 짙은 회색이 되었다. 그는 힘차게 걸었고 목소리는 갈라지고 떨리는 소리가 아니라 건강한 바리톤으로 낮아졌다. 그래서 그의 아버지는 그를 코네티컷 주로 보내 예일 대학 입학시험을 치르게 했다. 벤자민은 시험에 합격했고 신입생이 되었다.

입학식을 하고 사흘째 되던 날, 그는 대학 사무주임인 하트 씨로부터 자신의 사무실로 와서 시간표를 짜라는 통지를 받았다. 벤자민은 거울을 다시 들여다보고 머리를 다시 갈색으로 염색할 때가 됐다고 판단했지만, 초조한 마음으로 옷장 서랍을 뒤져 봐도 염색약이 없었다. 그제야 기억이 났다. 전날 다 쓰고는 갖다 버렸던 것이다.

그는 진퇴양난에 빠졌다. 5분 내로 사무주임의 방에 가야 했다. 어쩔 도리가 없었다. 그 모습 그대로 가야 했다. 그는 그렇게 했다.

"안녕하세요."

사무주임은 정중하게 인사를 했다.

"아드님 문제로 오셨군요."

"사실, 제 이름이 버튼……."

벤자민은 말하기 시작했지만 하트 씨가 그의 말을 잘랐다.

"만나 뵙게 되어 반갑습니다, 버튼 씨. 안 그래도 아드님을 기다리고 있었습니다."

"그게 바로 접니다!"

벤자민이 소리쳤다.

"제가 신입생이에요."

"뭐라고요?"

"제가 신입생이라고요."

"설마, 농담이시겠죠?"

"전혀요."

사무주임은 눈살을 찌푸리며 눈앞에 놓인 기록부를 쳐다봤다.

"저, 여기엔 벤자민 버튼 군의 나이가 열여덟 살이라고 되어 있는데요."

"그게 제 나이입니다."

벤자민은 얼굴을 살짝 붉히며 주장했다.

사무주임은 지친 표정으로 그를 쳐다봤다

"버튼 씨, 설마 저더러 그 말을 믿으라는 건 아니겠지요?"

벤자민은 지친 미소를 지었다.

"전 열여덟 살입니다."

그가 다시 말했다.

사무주임은 준엄하게 문을 가리켰다.

"나가 주시오."

그가 말했다.

"이 대학과 이 도시에서 나가시오. 위험하기 짝이 없는 미치광이로군."

"전 열여덟 살이에요."

하트 씨는 문을 열었다.

"무슨 소리!"

그는 고함을 질렀다.

"당신 나이에 신입생으로 여길 들어오려 하다니. 18세라고, 당신이? 자, 18분을 줄 테니 이 도시에 썩 꺼져요!"

벤자민 버튼은 품위를 지키며 방에서 걸어 나왔고 복도에서 기다리고 있던 여섯 학생의 호기심 어린 시선이 그를 따라왔다.

벤자민은 조금 걸어가다가 몸을 돌리고는 여전히 문간에 서 있던, 화가 머리끝까지 난 사무주임을 똑바로 보며 단호한 목소리로 다시 말했다.

"전 열여덟 살이에요."

학생들 무리에서 터져 나온 킥킥거리는 웃음소리가 합창처럼 울려 퍼지는 가운데, 벤자민은 학교를 걸어 나갔다.

하지만 그는 그렇게 쉽게 탈출할 운명은 못 되고 말았다. 우울하게 기차역으로 걸어가던 그는 학생 몇몇이 떼거리가 되더니 마침내 셀 수 없이 많은 군중이 되어 자신의 뒤를 따라오고 있음을 깨달았다. 어떤 미친놈이 예일대 입학시험에 합격해서 열여덟 살 청년으로 속이려 했다는 말이 퍼져 나갔다.

흥분의 열기가 학교 내에 퍼졌다. 학생들은 모자도 쓰지 않고 강의실 밖으로 뛰쳐나왔고, 풋볼 팀은 훈련을 그만두고 군중에 합류했다. 모자는 비뚤어지고 버슬(스커트 뒤를 부풀리기 위한 허리받이)마저 돌아간 교수 부인들이 행렬의 뒤에서 소리를 지르며 달렸다. 그 무리 속에서 벤자민 버튼의 섬세한 감수성을 겨냥한 온갖 말이 끝없이 쏟아져 나왔다.

"방황하는 유태인이 틀림없어!"

"저 나이에는 예비학교에 가야지."

"저 신동 좀 봐."

"여기가 양로원인 줄 알았나봐!"

"하버드에나 가라!"

벤자민은 발걸음을 빨리했고, 이내 달리고 있었다. 그는 그들에게 보여 줄 것이다! 하버드에 가고야 말겠다. 그러면 저들도 이 분별없는 조롱을 후회하게 될 것이다.

볼티모어행 기차에 무사히 오르자 그는 창문 밖으로 머리를 내밀었다.

"너희들 후회할 거야!"

그는 외쳤다.

"하하!"

학생들은 웃음을 터뜨렸다.

"하하하!"

그것은 예일 대학이 여태껏 저지른 일 중에서 가장 큰 실수였다.

5

1880년에 벤자민 버튼은 스무 살이 되었고, 그는 아버지를 도와 로저 버튼 상회에 일을 하러 감으로써 자신의 생일을 색다르게 기념했다. 그해는 벤자민의 아버지가 그를 데리고 여러 사교계 무도회에 가서 '사교 모임 외출'을 시작한 해였다.

로저 버튼은 이제 쉰이었고, 그와 그의 아들은 더욱 사이가 좋아졌다. 사실 벤자민이(아직도 회색기가 섞여 있었지만) 머리 염색을 그만둔 뒤로 그들은 동년배처럼 보였고, 형제지간이라 해도 믿을 정도였다.

8월의 어느 날 밤, 그들은 정장을 차려입고 쌍두마차에 올라 볼티모어 외곽에 자리한 셰블린 가의 시골 별장에서 열리는 무도회장으로 마차를 몰았다. 멋진 저녁이었다. 보름달은 광택 없는 백금 색으로 길을 흠뻑 적셨고, 늦게 핀 초가을의 꽃들이 잔잔한 공기 속으로 낮고 희미하게 들리는 웃음소리 같은 향기를 불어넣었다. 환한 밀밭이 카펫처럼 끝도 없이 펼쳐져 탁 트인 정원은 낮처럼 반투명했다. 그 하늘의 완벽한 아름다움에 도취되지 않기란 거의 불가능했다.

"의류 사업이 전망이 좋아."

로저 버튼이 말했다. 그는 영적인 사람이 아니었다. 미적 감각은 초보 수준이었다.

"나 같은 늙은이들은 새 기술을 배울 수가 없어."

그는 진심으로 우러나오는 말을 했다.

"눈앞에 대단한 미래가 펼쳐져 있는 건 에너지와 생기가 넘치는 너희 젊은이들이지."

저 멀리 앞에 셰블린 가의 별장 불빛이 어렴풋이 나타났고, 곧이어 들려온 한숨 짓는 듯한 소리가 그들을 끈덕

지게 쫓아왔다. 가느다란 비탄과도 같은 바이올린 소리이거나 달빛 아래 은색으로 빛나는 밀이 사부작거리는 소리인지도 몰랐다.

그들은 문 앞에 선 근사한 사륜마차 뒤에 마차를 댔다. 마차에선 승객들이 내리고 있었다. 숙녀 한 명이 내렸고, 뒤이어 나이 든 신사가 내리더니 더없이 아름다운 숙녀 한 명이 이어서 내렸다. 벤자민은 전율했다. 몸에서 거의 화학적인 변화가 일어나 몸의 분자들을 분해하고 재조합하는 것만 같았다. 몸이 한순간 굳어지더니 뺨과 이마로 피가 확 솟구쳤고, 귀에서는 계속해서 쿵쿵거리는 소리가 들렸다. 첫사랑이었다.

그녀는 갸날프고 연약했다. 머리카락 색은 달빛 아래에서는 잿빛으로, 현관의 탁탁거리며 타는 가스램프 아래에서는 꿀빛으로 보였다. 어깨에는 노란색에 검은 나비가 그려진 부드럽기 이를 데 없는 스페인 망토를 걸쳤다. 그녀의 두 발은 엉덩이를 풍성하게 부풀린 드레스 밑단에 달린 반짝이는 한 쌍의 단추처럼 보였다.

로저 버튼은 아들에게 몸을 기울이고 말했다.

"저 애가 몽크리프 장군의 딸인 힐더가드 몽크리프야."

벤자민은 냉담하게 고개를 끄덕였다.

"예쁘군요."

그는 무심한 듯 말했다. 하지만 검둥이 소년이 마차를 몰고 가 버리자 그는 이렇게 덧붙였다.

"아빠, 저 소개 좀 시켜 주세요."

그들은 몽크리프 양을 둘러싸고 있는 무리에게 다가갔다. 전통에 따라 자란 그녀는 벤자민 앞에서 예의 바르게 살짝 인사했다.

그렇다. 그도 춤을 출 수 있을 것이다. 그는 그녀에게 감사를 표하고 비틀거리며 걸어 나왔다. 그의 차례가 올 때까지의 시간은 필요 이상으로 끝없이 질질 끌면서 다가왔음에 틀림없다.

그는 말없이 수수께끼 같은 표정으로 벽에 붙어서, 열렬한 찬사를 얼굴에 가득 띤 채 힐더가드 몽크리프 양의 주위를 빙빙 도는 볼티모어의 젊은이들을 죽일 듯한 눈으로 바라보았다. 벤자민의 심기를 꽤나 불쾌하게 했다. 그들의 얼굴은 참을 수 없을 만큼 발개져 있었고, 그들의 곱

슬곱슬한 갈색 구레나룻은 그에게 소화불량과도 같은 느낌을 일으켰다.

하지만 그의 차례가 되어 파리에서 유행하는 최신 왈츠 곡에 맞춰 그녀와 함께 흐르듯 무대로 갔을 때, 그의 질투와 불안은 쌓인 눈처럼 스르르 녹아 내렸다. 매혹에 눈이 먼 그는 인생이 이제 막 시작되는 느낌이었다.

"당신과 형님은 우리와 같이 도착하셨지요?"

힐더가드가 밝은 파란색 물감 같은 눈을 들어 그를 쳐다보며 물었다.

벤자민은 망설였다. 만약 그가 자신을 아버지의 동생으로 알았다면 사실을 알려 주는 것이 최선일까? 그는 예일 대학에서의 경험을 떠올리고, 그러지 않기로 했다. 숙녀의 말에 반박하는 것은 무례한 행동이다. 자신의 기괴한 출생 이야기로 이 절묘한 순간을 망치는 것은 범죄이다. 그래서 그는 미소를 지으며 고개를 끄덕이고, 미소 짓고, 귀 기울이고, 행복해했다.

"나는 당신 연배의 남자들이 좋아요."

힐더가드가 말했다.

"어린 남자들은 너무 바보 같아요. 자기들이 대학에서 샴페인을 얼마나 많이 마셨는지, 카드게임에서 돈을 얼마나 잃었는지 같은 이야기나 하거든요. 당신 나이의 남자들은 어떤 여자가 좋은지 제대로 볼 줄 알아요."

하마터면 벤자민은 바로 청혼할 뻔했다. 그는 가까스로 충동을 억눌렀다.

"당신은 딱 낭만적인 나이예요."

그녀는 계속해서 말했다.

"쉰 살. 스물다섯은 너무 세상 물정에 밝고, 서른은 격무에 시달려 피폐해지기 십상이고, 마흔은 말할 때 시가 하나를 다 피울 정도로 이야기가 긴 나이죠. 예순은……아, 예순은 일흔에 너무 가까워요. 하지만 쉰은 원숙한 나이지요. 나는 쉰 살이 좋아요."

쉰 살이 벤자민에게는 영광스러운 나이로 여겨졌다. 벤자민은 쉰 살이 되기를 열렬히 고대했다.

"전 항상 말했죠."

힐더가드가 계속 말했다.

"서른 살 남자와 결혼해서 남편을 보살피느니 쉰 살 남자와 결혼해 보살핌을 받고 싶다고."

벤자민에게는 남은 밤이 꿀빛 안개 속에 잠겨 있는 듯
했다. 힐더가드는 그와 두 번 더 춤을 추었고, 이야기를
나눌수록 그들은 놀라울 정도로 모든 문제에 의견이 일치
했다. 그녀는 다음 일요일 그와 드라이브를 하기로 했고,
그때 이 문제에 대해 더 이야기하기로 했다.

동이 트기 직전, 첫 벌들이 웅웅거리고 기울어가는 달
이 차가운 이슬방울에 희미하게 빛날 때, 벤자민은 마차
를 타고 집으로 향했다. 아버지가 철물 도매에 대해 이야
기하는 소리가 희미하게 들렸다.

"망치와 못 다음으로는 어디에 가장 신경 써야 할 것
같으냐?"

윗대 버튼이 말하고 있었다.

"사랑(Love)이요."

벤자민은 멍하니 대답했다.

"돌기부(Lug: 두 물체를 연결하거나 고정시키기 위한 금속
돌기)?"

로저 버튼이 외쳤다.

"돌기부 문제는 방금 얘기했잖니."

벤자민이 멍한 눈으로 아버지를 바라본 순간, 동녘 하늘이 갑자기 훤해지고 생기를 띠기 시작하는 나무에서 꾀꼬리가 날카로운 소리로 하품을 했다.

6

6개월 후, 힐더가드 몽크리프 양과 벤자민 버튼 군의 약혼이 알려졌을 때("알려졌다"라고 말한 이유는 몽크리프 장군이 그것을 발표하느니 차라리 자기 칼에 몸을 던져 자결하겠다고 선언했기 때문이다) 볼티모어 사교계의 흥분은 열광적으로 높아졌다. 거의 잊혀졌던 벤자민의 출생 비화가 다시 들춰지고, 악한 소설을 연상시키는 믿기지 않는 이야기가 되어 소문의 바람에 실려 떠돌았다.

사실은 벤자민이 로저 버튼의 아버지라거나, 40년간 감옥에 있던 로저 버튼의 형이라거나, 위장한 존 윌크스 부스(에이브러햄 링컨을 암살한 미국 배우)라거나, 급기야는 그의 머리에서 두 개의 원추형 뿔이 솟아 있다는 소문까지 나돌았다.

뉴욕 신문들의 일요판 부록에는 이 이야기를 희화화한 재미있는 삽화들이 실렸다. 벤자민 버튼의 머리에다 물고기, 뱀, 심지어는 단단한 놋쇠 몸을 붙인 삽화들이었다. 언론에서 그는 메릴랜드의 신비의 사나이로 알려졌다. 하지만 흔히 그렇듯이 진실을 담은 기사는 판매 부수가 형편없었다.

하여튼 모든 사람이 몽크리프 장군과 의견을 같이 했다. 볼트모어의 어떤 청년과도 결혼할 수 있는 사랑스러운 소녀가 쉰 살이 명백한 남자의 품에 자신을 던지는 것은 '범죄 행위'였다. 로저 버튼 씨는 볼티모어 《블레이즈》 신문에 대문짝만 한 크기로 아들의 출생 신고서를 게재했지만 소용이 없었다. 아무도 믿지 않았다. 벤자민을 보기만 하면 알 수 있는 일이었으니까.

정작 당사자인 두 사람은 흔들리지 않았다. 약혼자에 대해 들리는 수많은 이야기가 하나같이 엉터리였기에, 힐더가드는 진실마저 고집스럽게 믿지 않았다. 몽크리프 장군은 쉰 살의 남자들, 아니면 적어도 쉰 살로 보이는 남자들의 높은 사망률을 지적했지만 소용이 없었다. 철물 도매 사업의 불안정성에 대해 말했지만 그 역시 소용없었다. 힐더가드는 원숙한 남자와의 결혼을 선택했고 실제로 결혼했다.

7

　적어도 한 가지 점에서는 힐더가드 몽크리프의 친구들이 잘못 생각하고 있었다. 철물 도매사업은 놀랄 만큼 번창했다. 벤자민 버튼이 결혼한 1880년부터 그의 아버지가 은퇴한 1895년까지의 15년 사이에, 버튼 가문의 자산은 두 배로 불어났다. 그리고 대부분 이것은 회사의 젊은 대표인 그의 덕분이었다.

　말할 필요도 없이, 볼티모어는 결국 이 커플을 받아들였다. 심지어 늙은 몽크리프 장군조차도 유수한 출판사 아홉 군데에서 거절당한 스무 권짜리 『남북전쟁사』를 출판할 돈을 벤자민이 지원해주자 사위와 화해했다.

15년은 벤자민에게도 많은 변화를 가져다주었다. 혈관을 타고 흐르는 피에는 새로운 활력이 넘치는 것 같았다. 아침에 일어나는 것, 햇빛이 쏟아지는 거리를 바쁘고 활기찬 걸음으로 걷는 것, 망치를 선적하고 못을 적재하며 끈기 있게 일하는 것이 큰 기쁨이 되기 시작했다.

그가 유명한 사업상의 대혁신을 단행한 것은 1890년이었다. 그는 '선적되는 상자를 박는 데 쓰이는 모든 못 또한 선적인의 재산'이라는 제안을 냈고, 이는 파슬 대법원장의 인가를 받아 법령으로 제정되었으며, 로저 버튼 사는 '매년 못 600개' 이상을 절감할 수 있었다.

또한 벤자민은 자신이 점점 더 인생의 쾌락적 측면에 끌린다는 것을 깨달았다. 오락에 점점 더 열광하기 시작한 그가 볼티모어 시 최초로 자동차를 소유하고 운전하는 사람이 된 것은 당연한 일이었다. 길거리에서 그를 만난 동시대인들은 건강하고 활력이 넘치는 그의 모습을 부러운 듯이 물끄러미 쳐다보고는 했다.

"저 사람은 매년 더 젊어지는 것 같아."

그들은 그렇게 말하곤 했다. 그리고 이제 예순다섯 살이 된 로저 버튼 노인은 처음에는 아들을 제대로 환영해주지 못했지만, 나중에는 아부에 가까운 사랑을 쏟아 부음으로써 이를 보상했다.

여기서 우리는 가능하면 빨리 지나가는 게 좋을 불쾌한 주제에 도달한다. 벤자민 버튼에게는 걱정이 딱 하나있었다. 그는 아내에게 더 이상 매력을 느끼지 못했다.

그 무렵 힐더가드는 서른다섯 살의 여인이었고, 아들 로스코는 열네 살이었다. 신혼 시절, 벤자민은 그녀를 숭배했다. 하지만 세월이 갈수록 그녀의 꿀빛 머리카락은 매력 없는 갈색으로 변했고, 파란 물감 같던 눈은 싸구려 도자기 같은 색을 띠었다. 너무 평온하고 너무 만족을 모르고 너무 흥분을 모르고 취향도 너무 점잖았다. 새색시로서 벤자민을 무도회와 저녁식사에 '끌고' 다닌 것은 그녀였다. 하지만 이제는 상황이 역전되었다. 그녀는 그와 함께 사교 모임에 나가기는 했지만 열의가 없었다. 언젠가 우리 모두에게 찾아와 끝까지 머무는 영원한 무력감에 벌써 잠식당한 것이다.

벤자민의 불만은 점점 더 커져갔다. 1898년 아메리카 스페인 전쟁이 터지자, 가정에 매력을 거의 느끼지 못했던 그는 입대를 결심했다. 사업의 영향력으로 대위에 임관됐고, 그 일에 너무나 잘 적응한 나머지 소령이 되었으며, 마침내 적시에 육군 중령이 되어 그 유명한 산후안 언덕 공격에 참가했다. 그는 가벼운 부상을 당했고 훈장을 받았다.

벤자민은 활기차고 흥미진진한 군 생활에 강한 애착이 생겨 그만두고 싶지 않았지만, 사업을 돌봐야 했기 때문에 퇴역하고 집으로 돌아왔다. 역에는 관악대가 나와 그를 환영했고 집까지 호위를 받았다.

8

힐더가드는 커다란 실크 깃발을 흔들며 현관 베란다에서 그를 맞이했다. 그녀에게 키스하는 순간, 그는 3년이라는 세월이 그들에게서 무언의 대가를 거두어 갔다는 기분이 들었다. 그는 심장이 가라앉는 것 같았다. 그녀는 이제 마흔 살의 여인이 되었고, 머리에는 잿빛 머리카락이 희미하게 산병선(散兵線)을 형성하고 있었다. 그 광경을 보니 마음이 우울해졌다.

그는 위층 자기 방에 올라가 익숙한 거울에 자신의 모습을 비춰보았다. 초조해진 그는 더 가까이 다가가 자기 얼굴을 꼼꼼히 들여다보다가 전쟁 직전 군복을 입고 찍은 자기사진과 비교해보았다.

"맙소사!"

그는 큰 소리로 말했다. 그 과정은 계속되고 있었다. 의심의 여지가 없었다. 그는 이제 30대 남자로 보였다. 기쁘기는커녕 걱정이 되었다. 그는 점점 더 젊어지고 있었다. 지금까지 그는 자기 나이에 해당되는 신체 연령에 도달하게 되면 출생을 특별하게 만들었던 그 기괴한 현상이 더 이상 작동하지 않기를 바라왔다. 오싹했다. 자기 운명이 끔찍하게 느껴졌고 믿어지지도 않았다.

아래층으로 내려가니 힐더가드가 기다리고 있었다. 그녀는 화난 표정이었고, 그는 아내가 결국 뭔가 잘못되었다는 것을 안 게 아닐까 생각했다. 그가 세심한 방법이라고 판단해서 저녁 식사 자리에서 그 문제를 끄집어낸 것은 둘 사이의 긴장을 덜어 보려는 마음에서였다.

"저기 말이야."

그는 가볍게 말문을 열었다.

"다들 내가 전보다 더 젊어진 것 같대."

힐더가드는 경멸에 찬 눈으로 그를 바라보았다. 그녀는 코웃음을 쳤다.

"당신은 그게 자랑할 일이라고 생각해요?"

"자랑하는 게 아니야."

그는 기분이 상한 채로 단호하게 말했다. 그녀는 또다시 코웃음을 쳤다.

"말도 안 돼."

그녀가 잠시 후 말했다.

"자존심이 있다면 그만해야 한다고 생각해요."

"내가 어떻게?"

그가 물었다.

"당신과 말다툼하고 싶지 않아요."

그녀가 쏘아붙였다.

"하지만 일에는 옳은 방식과 그릇된 방식이 있다고 봐요. 당신이 다른 모든 사람과 달라지기로 마음먹었다면, 제가 말릴 수는 없겠지요. 하지만 나는 그게 진정 사려 깊은 행동이라고 생각할 수가 없어요."

"하지만 힐더가드, 나도 어쩔 수가 없어."

"당신은 틀림없이 할 수 있어요. 단지 고집을 부리는 것뿐이에요. 당신은 남들과 똑같아지고 싶지 않다고 생각하죠. 항상 그래 왔고 앞으로도 그럴 거예요. 하지만 생각해봐요. 다른 모든 사람이 당신처럼 세상을 살면 어떻겠어요? 세상이 어떻게 되겠어요?"

무의미하고 대답할 수 없는 논쟁이었기 때문에 벤자민은 아무런 대꾸를 하지 않았고, 그때부터 둘 사이의 골은 더욱 깊어졌다. 그는 도대체 예전에 그녀가 어떻게 자신을 매혹시킬 수 있었는지 이해할 수 없었다.

간극은 커져만 갔다. 신세기가 진행될수록 즐거움에 대한 그의 갈망도 점점 더 강해졌다. 볼티모어에서 열리는 파티치고 그가 나타나지 않는 파티는 없었다. 그가 제일 젊은 유부녀들과 춤추고 가장 인기 좋은 데뷔탕트(사교계에 처음 나온 어린 아가씨)들과 잡담을 나누며 그들과 함께 즐거운 시간을 보내는 동안, 불길한 징조를 몰고 다니는 귀부인인 그의 아내가 샤프롱(사교계에 나가는 젊은 여성의 여성 보호자)들 사이에 어울려 앉아 어떤 때는 오만하게 비난하는 태도로 그를 무시했고, 어떤 때는 근엄하고 당혹스럽고 책망하는 눈길로 그의 뒤를 좇았다.

"저것 좀 봐!"

사람들이 말하곤 했다.

"불쌍해라! 저렇게 젊은 사람이 마흔다섯 살이나 먹은 여자한테 매여 살다니. 분명히 자기 아내보다 스무 살은 어릴 텐데 말이야."

사람들은 잊었다. 필연적으로 그러듯이 과거 1880년에는 그들의 엄마 아빠 역시 이 안 어울리는 한 쌍에 대해 이러쿵저러쿵 했었다는 것을 잊어버렸다.

벤자민은 집에 있으면 점점 커져만 가는 가정의 불행을 새롭고 다양한 가십거리로 보상했다. 그는 골프를 시작해서 큰 성공을 거두었다. 춤에도 몰두해서, 1906년에는 '보스턴 왈츠'의 전문가가 되었고, 1908년에는 '머시셔'의 명인으로 인정받았으며, 1909년에는 '캐슬워크 댄스'로 도시의 모든 젊은이의 선망을 받았다.

이러한 그의 사교 활동은 어느 정도 사업에 방해가 되었다. 하지만 그는 25년간 철물 도매 회사에서 열심히 일해왔고, 최근에 하버드를 졸업한 아들 로스코에게 사업을 곧 물려줄 수 있겠다고 생각했다.

　사실 사람들은 그와 그의 아들을 종종 혼동했다. 그럴 때면 벤자민은 흐뭇해했고, 아메리카 스페인 전쟁에서 돌아왔을 때 자신을 덮쳤던 음험한 공포를 잊고 자신의 외모에 순수하게 기뻐하는 마음이 생겼다. 하지만 유일한 옥에 티가 있었다. 벤자민은 아내와 함께 사람들 앞에 나서는 게 싫었다. 힐더가드는 거의 쉰 살이 다 되었고, 그녀의 모습을 보면 그는 정말로 어이없다고 생각했다.

9

로저 버튼 철물 도매 회사가 젊은 로스코 버튼에게 넘겨지고 몇 년 뒤인 1910년 9월 어느 날, 분명히 스무 살 정도로 보이는 남자가 케임브리지의 하버드 대학교에 신입생으로 들어왔다. 그는 이번에는 쉰 살이 넘었다고 선언하는 실수를 저지르지도, 자신의 아들이 10년 전에 같은 학교를 졸업했다는 사실도 언급하지도 않았다.

그는 입학 허가를 받았고, 거의 곧바로 과에서 독보적인 위치를 차지했다. 이렇게 된 부분적인 이유를 들자면 평균 나이가 대략 열여덟 살인 다른 신입생들보다 조금 더 나이가 들어 보였기 때문이었다.

하지만 성공의 가장 큰 이유는, 예일대와의 풋볼 시합에서 너무나 탁월한 경기를 펼친 덕분이었다. 수없이 돌진하고 차갑고 무자비한 분노로 경기에 임해, 하버드대에 일곱 번의 터치다운과 열네 번의 필드골을 안겨주며, 열한 명의 예일대 팀 선수들 모두가 차례로 의식을 잃고 경기장 밖으로 실려 나가게 만들었다. 그는 대학에서 가장 추앙받는 인물이었다.

이상한 말이지만, 막상 3학년 때는 대표팀에 거의 '뽑히지' 못했다. 코치들은 그가 살이 빠졌다고 했고, 그중 예리한 관찰력을 가진 사람들의 눈에는 키도 전만 못해 보였다. 그는 한 번도 터치다운을 하지 못했다. 사실, 그나마 팀에 남을 수 있었던 것은 그의 엄청난 명성이 예일대 팀에 공포와 혼란을 가져다줄 거라는 희망 때문이었다.

4학년 때는 한 번도 팀에 들어가지 못했다. 그는 너무 마르고 허약해져 어느 날은 몇몇 2학년들에게 1학년 취급을 받았고, 이 사건으로 그는 상당한 굴욕감을 느꼈다.

그는 일종의 신동으로 명성을 얻었다. 분명 열여섯 살

도 안 되어 보이는 4학년이었으니까. 그는 몇몇 학과 친구들의 세속성에 종종 충격을 받았다. 공부가 점점 더 힘들어졌다. 너무 상급인 것 같았다. 그는 같은 과 친구들이 유명한 예비학교인 세인트 마이더스에 대해 이야기하는 것을 들었다. 수많은 친구가 대학 입학 준비를 한 학교였다. 졸업하고 나면 세인트 마이더스에 들어가야겠다고 결심했다. 비슷한 덩치의 소년들 사이에 숨어 사는 편이 제일 마음 편할 것 같았다.

1914년 학교를 졸업한 그는 주머니에 하버드대 졸업증서를 넣고 볼티모어의 집으로 돌아왔다. 힐더가드는 지금 이탈리아에 살고 있어서 벤자민은 그의 아들 로스코와 함께 지내려고 온 것이었다. 그러나 대체로 환영을 받기는 했지만 그를 대하는 로스코의 태도에는 애정 어린 진심이라고는 전혀 없었다. 심지어 아들은 사춘기 특유의 멍한 태도로 울적하게 집 안 여기저기를 어슬렁거리는 벤자민을 걸리적거린다고 생각하는 기색이 역력했다. 로스코는 이제 결혼을 해 볼티모어 사회에서 저명인사였으므로, 그의 가족과 관련된 어떤 소문도 새어나가지 않기를 바랐다.

더 이상 데뷔탕트들과 젊은 대학생들의 총아가 될 수 없었던 벤자민은 이웃의 열다섯 살짜리 소년 서너 명과 노는 걸 제외하고는 대부분 홀로 시간을 보내야만 했다. 세인트 마이더스 학교에 가려던 생각이 다시 떠올랐다.

"저기."

하루는 그가 로스코에게 말했다.

"예비학교에 가고 싶다고 여러 번 말했는데."

"좋아요, 그럼 가세요."

로스코는 짧게 대답했다. 그는 그 문제가 달갑지 않았고 그것에 대해 이야기하는 걸 피하고만 싶었다.

"나 혼자서는 못 가."

벤자민은 무력하게 말했다.

"네가 날 입학시켜 주고 그곳으로 데려다 줘야 해."

"전 시간이 없습니다."

로스코는 퉁명스럽게 말했다. 그는 눈을 가늘게 뜨고서 불편한 시선으로 아버지를 바라보았다.

"사실."

그가 덧붙여 말했다.

"이 일을 더 오래 끌지 않는 게 좋으실 거예요. 이제 그만하시죠, 당장, 당장."

말을 뚝 그친 그는 적당한 단어를 찾느라 얼굴이 벌게졌다.

"돌아서서 반대 방향으로 출발하는 게 좋아요. 농담이라기엔 너무 멀리 왔어요. 이제 더 이상 재미있지 않아요. 아버지, 똑바로 처신하세요."

벤자민은 울음을 터뜨릴 것 같은 얼굴로 로스코를 쳐다보았다.

"그리고 한마디만 더."

로스코가 말을 이었다.

"집에 손님이 오면 저를 '삼촌'이라고 부르셨으면 좋겠어요. '로스코'가 아니라 '삼촌'이라고요. 이해하셨어요? 열다섯 살짜리 아이가 제 이름을 막 부른다는 건 말이 안 되잖아요. 어쩌면 평소에도 항상 저를 삼촌이라고 부르시는 게 나을지도 모르겠네요. 그럼 익숙해질 테니까."

로스코는 아버지를 냉정하게 쏘아보고 나서는 돌아서서 가 버렸다.

10

아들과의 면담을 끝낸 후, 벤자민은 우울하게 위층을 서성이다가 거울 속에 비친 자신의 모습을 똑바로 바라보았다. 그는 석 달 동안 면도를 하지 않았지만, 신경 쓸 필요도 없어 보이는 희미한 하얀 솜털 말고는 얼굴에서 어떤 것도 발견하지 못했다. 그가 하버드에서 집으로 돌아왔을 때 로스코는 그에게 안경을 쓰고 가짜 수염을 뺨에 붙이는 게 어떻겠느냐고 제안했다. 잠시 동안 어린 시절의 소극(笑劇)이 반복되는 듯했다. 하지만 곧 수염은 가려워지고 그는 창피했다. 결국 그는 울음을 터뜨렸고 로스코는 마지못해 누그러졌다.

벤자민은 소년 소설 『비미니 만의 보이스카우트』를 펼치고 읽기 시작했다. 하지만 그는 자신이 끊임없이 전쟁을 생각하고 있음을 깨달았다. 미국은 지난달에 연합군에 합류했다. 벤자민은 입대하고 싶었지만, 안타깝게도 최소한 열여섯 살 이상은 되어야 했고 그는 그렇게 나이 들어 보이지 않았다. 그의 진짜 나이, 그러니까 쉰일곱도 자격 미달이기는 마찬가지였다.

노크 소리가 나더니 집사가 한쪽에 커다란 공식 인장이 찍힌, 수취인이 벤자민 버튼 씨로 되어 있는 편지를 들고 들어왔다. 벤자민은 그것을 열성적으로 뜯어 열고는 내용을 읽으며 기뻐했다. 아메리카 스페인 전쟁에 복무했던 예비역 장교 다수를 더 높은 계급으로 재소집한다는 내용이었다. 편지에는 즉시 상황을 보고하라는 명령과 함께 미군 준장 임명장이 동봉되어 있었다.

벤자민은 흥분으로 몸을 떨며 펄쩍 뛰었다. 이것이야말로 그가 원해왔던 것이다. 그는 모자를 집어 들고 10분 뒤 찰스 스트리트에 있는 커다란 양복점에 들어가 불안정한 음역대의 목소리로 군복 치수를 재달라고 부탁했다.

"병정놀이 하려고 그러니, 얘야?"

점원이 무심히 물었다.

벤자민은 얼굴을 붉혔다.

"이봐요. 내가 뭘 하든지 신경 쓰지 마세요!"

그는 화를 내며 대꾸했다.

"내 이름은 버튼이고 마운트 버넌 플레이스에 살아요.
그러니 옷값은 걱정 안 해도 된다는 건 아시겠죠?"

"음."

점원은 망설이며 인정했다.

"네가 못 내면, 네 아버지가 내시겠지, 좋아."

벤자민은 치수를 쟀고 일주일 후 그의 제복이 완성되
었다. 정식 장군 계급장을 구하기가 어려웠는데, 가게 주
인이 벤자민에게 멋진 YMCA 배지도 기장만큼이나 근사
해 보일 뿐만 아니라 갖고 놀기에도 훨씬 재미있을 거라
고 계속 고집을 부렸기 때문이다.

그는 로스코에게는 아무 말도 하지 않고, 어느 날 밤 집
을 떠나 기차를 타고 자신이 보병 여단을 지휘하게 될 사

우스캐롤라이나 주의 캠프 모스비 진영으로 향했다. 찌는 듯한 4월의 어느 날, 그는 캠프 입구로 다가가 기차역에서부터 타고 온 택시비를 내고 근무 중인 보초에게 갔다.

"누구를 불러서 내 짐을 좀 가져가게!"

그는 의기양양하게 말했다.

보초는 그를 나무라는 표정으로 바라보았다.

"이봐, 장군 배지를 달고 어디 가는 거냐?"

아메리카 스페인 전쟁의 노병 벤자민은 눈에 불을 켜고 그에게 돌아섰지만 이런, 변성기의 높은 목소리가 나올 뿐이었다.

"차렷!"

그는 우레 같은 고함을 지르고는 숨을 고르려고 잠시 멈췄다. 그러자 보초가 갑자기 발꿈치를 착 붙이며 받들어총 자세를 취했다. 벤자민은 흐뭇한 미소를 애써 감추려고 했지만 옆을 흘끗 본 순간, 그 미소는 사라졌다. 복종을 이끌어 낸 사람은 자신이 아니라 말을 타고 다가오던 당당한 포병대 대령이었다.

"대령!"

벤자민이 날카로운 목소리로 불렀다.

대령은 다가와 고삐를 당기고 눈을 반짝이며 냉정하게 그를 내려다봤다.

"넌 어느 집 애냐?"

그는 친절하게 물었다.

"내가 누구네 집 애인지는 곧 보여 주겠다."

벤자민은 사나운 목소리로 대꾸했다.

"그 말에서 내리게."

대령은 크게 웃었다.

"말을 원하십니까? 그렇죠, 장군님?"

"여기!"

벤자민이 필사적으로 외쳤다.

"이걸 읽어 보게."

그리고는 자신의 임명장을 대령에게 내밀었다.

임명장을 읽은 대령의 눈알이 눈구멍에서 튀어나올 정도로 커졌다.

"이거 어디서 났지?"

그는 서류를 주머니에 집어넣으며 물었다.

"정부에서 받았네. 자네도 곧 알게 되겠지만."

"나를 따라와라."

대령은 이상한 표정을 지으며 말했다.

"본부로 올라가서 이 문제에 대해 이야기해야겠구나. 따라오너라."

대령은 돌아서서 본부를 향해 말을 몰아가기 시작했다. 벤자민은 가능한 한 품위를 지키며 따라가는 수밖에 없었다. 속으로는 처절한 복수를 맹세하면서.

그러나 그 복수는 실현되지 못했다. 대신 이틀 후 볼티모어에서 갑작스럽게 오느라 성이 나고 기분이 언짢은 아들 로스코가 나타났고, 군복도 없이 눈물을 흘리는 장군을 집으로 호송해갔다.

11

1920년 로스코 버튼의 첫아이가 태어났다. 하지만 뒤이은 축하잔치에서, 납으로 만든 병정들과 서커스 모형을 가지고 놀고 있는 분명히 열 살 정도로 보이는 지저분한 어린 소년이 새로 태어난 아기의 할아버지라고 언급해야 한다고 생각하는 사람은 아무도 없었다.

생기 있고 명랑한 얼굴에 희미하게 슬픈 표정을 머금은 그 소년을 싫어하는 사람은 아무도 없었지만, 로스코 버튼에게 그의 존재는 고통의 원천이었다.

로스코 세대의 표현을 쓰자면, 그는 그 문제가 '효율적'

이라고 생각하지 않았다. 아버지는 예순 살로는 도저히
보이지 않는 데다가, '혈기왕성한 건강한 남자'(로스코가
제일 좋아하는 표현이다)답게 행동하지 않고 유별나고 비뚤
어진 행동을 하는 것 같았다. 실제로 이 문제를 반시간만
생각해도 미쳐 버릴 지경이었다. 로스코는 '활동가'는 젊
게 살아야 한다고 믿었지만 저 정도까지 실행하는 것은
정말이지 비효율적이라고 믿었다. 로스코는 그 정도에서
생각을 마무리했다.

  5년 후 로스코의 아들은 같은 유모의 보살핌을 받으며
어린 벤자민과 함께 애들 놀이를 할 수 있을 정도로 자랐
다. 로스코는 둘을 같은 날에 유치원에 보냈는데, 벤자민
은 작은 색종이 조각을 가지고 깔개와 고리와 신기하고
아름다운 모양을 만드는 것이 세상에서 가장 흥미진진한
놀이라는 것을 알았다. 한번은 벤자민이 못되게 굴어서
구석에 서 있어야 했지만(그때 벤자민은 울었다) 대부분은
그 활기찬 방에서 즐거운 시간을 보냈다. 창문으로는 햇
빛이 들어오고 베일리 선생님의 애정 어린 손길이 이따금
씩 그의 헝클어진 머리에 머물렀다.

1년 뒤 로스코의 아들은 1학년으로 올라갔지만, 벤자민은 여전히 유치원에 남았다. 그는 아주 행복했다. 때때로 다른 꼬마 아이들이 어른이 되면 무엇을 할 것인가에 대해 이야기할 때면, 그의 작은 얼굴에 그늘이 서렸다. 어린 생각으로나마 어렴풋하게 자신은 결코 함께 나눌 수 없는 것들이라는 사실을 깨달은 듯 말이다.

세월은 단조로운 일들로 채워지며 흘러갔다. 벤자민은 1년의 3분의 1은 유치원에 갔다. 하지만 그는 너무 어려서 화사하게 빛나는 종잇조각들로 무엇을 해야 하는지 알 수 없었다. 다른 아이들이 자기보다 크고 무서워서 그는 울음을 터뜨렸다. 선생님이 말을 걸었지만, 아무리 이해하려고 애써도 전혀 이해할 수 없었다.

그는 유치원을 그만 다녀야 했다. 풀을 빳빳이 먹인 줄무늬 무명 드레스를 입은 보모 나나가 그의 조그만 세계의 중심이 되었다. 날씨가 좋은 날이면 둘은 공원을 거닐었다. 나나가 커다란 회색 괴물을 가리키며 "코끼리"라고 말해주면 벤자민은 그 말을 따라 했다. 그런 날 밤엔 나나가 침대에서 뛰게 놔두었는데 그것은 재미있었다. 정확하게 잘 앉으면 팅겨져서 다시 설 수 있고 뛰면서 오랫동안 '아' 소리를 내면 목소리가 아주 기분 좋게 떨렸기 때문이다.

그는 모자 선반에서 큰 지팡이를 가지고 와서 의자와 테이블을 치며 "싸워, 싸워, 싸워"라고 말하고 돌아다니는 것을 무척 좋아했다. 사람들과 함께 있을 때 노부인은 그를 보며 혀를 차는 소리를 냈는데 벤자민은 그것이 재미있었고, 젊은 숙녀들이 그에게 뽀뽀를 하려 드는 데에는 약간 심드렁해하며 응했다. 오후 5시가 되어 긴 하루가 끝나면 그는 나나와 함께 위층으로 올라가 나나가 숟가락으로 떠 주는 오트밀과 맛좋고 부드러운 죽을 먹었다.

아기 침대에서 곤히 잠들 때면 골치 아픈 기억은 없었다. 용감했던 대학생 시절이나, 많은 소녀의 마음을 빼앗았던 빛나던 나날은 흔적도 떠오르지 않았다. 오로지 그의 아기 침대의 희미한 벽과 나나, 때때로 그를 보러 오는 한 남자와 해질 무렵 취침 시간 직전에 나나가 '해'라고 부르던 아주 커다란 오렌지색 공만 있을 뿐이었다. 해가 사라지고 나면 그의 눈은 졸음으로 가득했고 어떤 꿈도 꾸지 않았다. 그 어떤 꿈도 그를 따라와 괴롭히지 않았다.

과거, 그의 부대를 이끌고 산후안 언덕을 점령했던 맹렬한 공격의 순간, 사랑했던 젊은 힐더가드를 위해 바쁜 도시에서 여름의 어스름이 질 때까지 일했던 결혼 초반의 몇 년, 그 오래전, 할아버지와 함께 먼로 가의 어둑어둑해진 옛 머튼 저택에서 밤늦게까지 담배를 피우던 날들……. 이 모든 과거의 기억이 마치 결코 일어난 적이 없었다는 듯 그의 마음에서부터 실체가 없는 꿈처럼 희미해졌다.

벤자민은 마지막으로 먹은 우유가 따뜻했는지 아니면 차가웠는지, 하루하루가 어떻게 지나갔는지 또렷하게 기억하지 못했다. 그저 자신의 아기 침대와 나나의 존재만이 있을 뿐이었다. 그러다가 그는 아무것도 기억하지 못하게 되었다. 배고프면 울었고, 그게 다였다. 낮이고 밤이고 숨을 쉬었고, 그의 귀에는 거의 들리지 않을 정도로 낮게 중얼중얼, 웅얼웅얼하는 소리들, 희미하게 구분되는 냄새들, 빛과 어둠이 있었다.

그리고 모든 것이 깜깜해졌다. 흰색 아기 침대와 그 위에서 움직이던 흐릿한 얼굴들, 따스하고 달콤한 우유의 향기는 그의 마음속에서 완전히 희미해졌다.

머리와 어깨

1

호레이스 타박스는 1915년에 열세 살이었다. 그해에 그는 프린스턴 대학 시험을 치렀고 카이사르, 키케로, 베르길리우스, 크세노폰, 호메로스, 대수학, 평면 기하학, 입체 기하학, 화학에서 우수한 성적인 A학점을 받았다.

2년 후 조지 M. 코핸이 〈저쪽에서는〉을 작곡하고 있을 때, 그는 2학년들을 상당한 차이로 앞서며 '쇠퇴한 학문 양식으로서의 삼단논법'에 관한 논문 등을 열중하여 읽었다. 샤토티에리 전투가 벌어지는 동안 그는 책상을 마주하고 앉아 '신사실주의들의 실용주의 경향'에 관한 연작

에세이를 쓰는 일을 열일곱 살이 될 때까지 기다려야 할지 말아야 할지 고민하고 있었다.

시간이 지나 어떤 신문팔이가 전쟁이 끝났다고 말해주었을 때 그는 기뻤다. 왜냐하면 그것은 피트브라더스 출판사가 『스피노자의 지성 개성론』의 개정판을 출간한다는 것을 뜻했기 때문이다. 전쟁은 젊은이들에게 자립심이나 그 비슷한 것을 갖게 하는 장점이 있다. 하지만 호레이스는 거짓 휴전이 선포되던 날 밤, 그의 창문 아래로 군악대가 연주하며 지나가는 것을 허락한 대통령을 절대로 용서할 수 없다고 생각했다. 그것 때문에 '독일 관념론'에 관한 그의 논문에서 중요한 말을 세 문장이나 빠뜨렸기 때문이다.

그다음 해에 그는 문학 석사 학위를 받으러 예일대에 들어갔다. 그는 그때 열일곱 살이었다. 키가 크고 늘씬했고, 잿빛 눈은 근시였으며, 자신이 내뱉는 한낱 말로부터 완전히 분리되어 있다는 듯한 태도를 취했다.

"그 아이와는 대화하는 기분이 들지 않아."

마음이 맞는 동료에게 딜린저 교수가 털어놓았다.

"마치 그 아이의 대변인과 말하는 것 같은 기분이 들지 뭐야. 그 아이는 항상 이렇게 말할 것만 같아. '그럼, 제 자신한테 물어보고 알아내도록 할게요.'"

그러고 나서 인생은 호레이스 타박스가 정육점 주인인 쇠고기 씨나 남성복집 주인인 모자 씨라도 되는 것처럼 무심하게 손을 뻗어 그를 움켜잡고 만지고 늘여서 토요일 오후 할인 코너의 아일랜드 레이스 조각처럼 그를 펼쳤다.

문학적인 방식으로 접근하자면 이것은 모두 그 옛날 식민지 시대에 용감한 개척자들이 코네티컷의 황무지로 와서 "자, 이제 여기다 무엇을 지을까"라고 서로 물었을 때, 그중 가장 대담한 사람이 "극장 경영자가 뮤지컬 코미디를 공연할 수 있도록 도시를 건설하자!"라고 대답했기 때문이라고 할 수 있다. 그 후 그들이 뮤지컬 코미디를 상연할 수 있도록 그곳에 어떻게 예일 대학을 세웠는지는 누구나 아는 이야기다.

어쨌든 12월의 어느 날, 〈홈 제임스〉가 슈버트 극장에서 상연되었고 모든 학생이 마샤 메도우에게 앙코르를 요청했다. 그녀는 1막에서는 실수를 연발하는 늙은 장교에 대한 노래를 불렀고 마지막 막에서는 몸을 흔들고 떠는 유명한 춤을 추었다.

마샤는 열아홉 살이었다. 그녀에게 날개는 없었지만 관객들은 대체로 그녀에게는 날개가 필요 없다는 데 의견을 같이했다. 그녀의 머리카락은 천연 금발이었고, 한낮에 거리를 다닐 때도 얼굴에 화장을 하지 않았다. 그것만 빼면 대부분의 여자보다 더 나은 점은 없었다.

그녀에게 비범한 천재 호레이스 타박스를 친히 방문하면 펠멜 5,000개를 주겠다고 약속한 사람은 찰리 문이었다. 찰리는 셰필드에 사는 4학년생으로, 그와 호레이스는 사촌지간이었다. 그들은 서로를 좋아했고 가엾게 생각했다.

호레이스는 그날 밤 특별히 바빴다. 프랑스인 로리에가 신사실주의의 필요성을 제대로 파악하지 못한 것이 그의 마음을 괴롭히고 있었다. 사실, 그의 서재를 두드리는 낮고 또렷한 소리에 그가 보인 반응이라고는, 들을 귀가 없다면 두드리는 소리가 실제로 존재한다고 할 수 있을지 없을지에 관해 사색한 것뿐이었다. 그는 자신이 점점 더 실용주의를 향해 다가가고 있다고 자부했다. 하지만 그 순간, 비록 그 자신은 몰랐지만 그는 상당히 다른 어떤 것을 향해 놀라운 속도로 다가가고 있었다.

문을 두드리는 소리가 들렸다. 3초가 지나자 다시 두드리는 소리가 들렸다.

"들어오세요."

호레이스가 반사적으로 중얼거렸다. 그는 문이 여닫히는 소리를 들었지만 난로 앞에서 큰 안락의자에 앉아 책에 열중하느라 고개를 들지 않았다.

"저쪽 방 침대에 올려 둬요."

그가 다른 것에 마음을 빼앗긴 채 대답했다.

"저쪽 방에 무엇을 올려 두라고요?"

마샤 메도우는 노래를 불러 대사를 전달해야 했지만, 말하는 목소리는 하프 연주에 맞춘 보조 연기 같았다.

"세탁물."

"난 못 해요."

호레이스는 의자에 앉아 참착하지 못하게 몸을 흔들었다.

"왜 할 수 없지요?"

"왜라뇨, 나에겐 그게 없으니까요."

"흠!"

그는 퉁명스럽게 대답했다.

"그럼 다시 가서 가지고 와야겠군요."

호레이스가 앉은 난롯가 건너편에 안락의자가 하나 더 있었다. 그는 운동도 하고 변화도 주기 위해 저녁 시간 중에 자리를 바꾸는 습관이 있었다. 한 의자는 '버클리'라고 불렸고, 다른 의자는 '흄'이라고 불렸다. 그는 갑자기 바스락거리는 소리를 내면서 희미한 물체가 흄에 주저앉는 소리를 들었다. 그가 힐끗 쳐다보았다.

"음."

마샤가 2막(〈오, 공작은 내 춤을 좋아했어!〉)에서 짓는 미소를 띠며 말했다.

"음, 오마르 카이얌, 내가 황야에서 노래를 부르며 당신 곁으로 왔어요."

호레이스는 멍하니 그녀를 바라보았다. 그녀가 단지 그의 상상 속 환영으로 그곳에 존재하는 것이 아닐까 하는 의심이 잠깐 들었다. 여자들은 이 남자의 방에 들어오지도, 남자의 흄에 앉지도 않았다. 여자들이란 세탁물을 가져오고 전차에서 자리를 양보받고 훗날 속박을 알 만큼 나이가 들었을 때 결혼하는 존재였다.

이 여성은 흄으로부터 유형화된 것이 분명했다. 그녀의 얇고 가벼운 갈색 드레스의 부풀어 오른 모양은 저기 있는 흄의 가죽 팔걸이가 발산한 솜씨일 것이다. 충분한 시간을 두고 지켜본다면 그녀의 바로 곁에서 흄을 볼 수 있을 것이고, 곧 다시 방 안에 혼자 남게 될 것이다. 그는 눈 앞에 주먹을 이리저리 움직였다. 그는 정말로 이런 공중곡예 운동을 다시 시작해야 했다.

"제발, 그렇게 비판하는 눈으로 보지 말아요."

그 발산물이 쾌활하게 이의를 제기했다.

"당신의 전매특허품인 머리로 내가 사라지기를 바라는 것 같은 생각이 드네요. 그렇게 되면 당신의 눈 속에 내 그림자 빼고는 나에 대해 남는 건 없어질 테죠."

호레이스는 기침을 했다. 기침은 그의 두 가지 몸짓 중 하나였다. 그가 말을 하면 그에게 몸이 있다는 것을 까맣게 잊게 된다. 그것은 마치 오래전에 죽은 가수의 음반을 죽음기로 듣는 것과 비슷했다.

"원하는 게 뭐죠?"

그가 물었다.

"편지요."

마샤가 애처롭게 신파조로 말했다.

"1881년에 당신이 우리 할아버지에게서 산 내 편지들 말이에요."

호레이스가 곰곰이 생각해보았다.

"당신 편지를 갖고 있던 적이 없어요."

그가 침착하게 말을 이었다.

"나는 열일곱 살이에요. 우리 아버지도 1879년 3월 3일에야 태어났어요. 당신은 다른 사람과 나를 혼동한 게 틀림없어요."

"열일곱 살밖에 안 되었다고요?"

마샤가 미심쩍은 듯 되물었다.

"겨우 열일곱 살밖에 안 되었죠."

"한 소녀를 알고 있어요."

마샤가 회상에 잠긴 듯 말했다.

"열여섯 살 때 열 살, 스무 살, 서른 살 역을 맡았죠. 그녀는 스스로에게 너무 심취해서 '겨우'라는 말을 앞에 붙이지 않고는 '열여섯 살'이라는 말을 한 적이 없었어요. 우리는 그녀를 '겨우 제시'라고 부르기 시작했어요. 그리고 그녀는 그렇게 시작했던 시간과 장소에 있었어요. 더 나빠졌지요. '겨우'라는 말은 습관이에요, 오마르…… 변명처럼 들리잖아요."

"내 이름은 오마르가 아닙니다."

"나도 알아요."

마샤가 고개를 끄덕이며 수긍했다.

"당신의 이름은 호레이스지요. 난 그저 당신을 보니 다 피운 담배 생각이 나서 오마르라고 불러 본 것뿐이에요."

"그리고 저에게는 당신의 편지가 없습니다. 당신의 할아버지를 만난 적이 있는지도 의심스럽네요. 사실 당신이 1881년에 살고 있었다는 것 자체도 말이 안 된다는 생각이 듭니다."

마샤가 놀라서 그를 쳐다보았다.

"내가 1881년에요? 확실해요! 플로로도라 6중창단이 아직 수도원에 있을 때 나는 두 번째 줄에 있었다고요. 내가 솔 스미스 부인의 딸 줄리에트의 원래 보모였어요. 그리고 오마르, 난 1812년 전쟁 때 위문 공연 가수였어요."

"찰리 문이 당신을 이리로 보냈나요?"

마샤가 아리송한 표정으로 그를 바라보았다.

"찰리 문이 누군데요?"

"작은 키에, 넓은 콧구멍에, 귀가 큰 사람이에요."

그녀가 몸을 똑바로 세우더니 코웃음을 쳤다.

"나는 친구의 콧구멍을 눈여겨보는 습관 따위는 없는데요."

"그럼 찰리였습니까?"

마샤는 입술을 깨물고 이내 하품을 했다.

"화제를 바꾸기로 하죠, 오마르. 이 의자에 앉아 있다가는 당장이라도 코를 골 것 같네요."

"그렇습니다."

호레이스가 진지하게 대답했다.

"흙은 종종 수면제로 여겨지곤 하거든요."

"그 사람이 누구인데요? 그가 죽나요?"

호레이스 타박스가 가냘프게 일어나 주머니에 손을 찔

러 넣고 방 안을 서성이기 시작했다. 이것은 그의 또 다른 몸짓이었다.

"이런 일엔 관심 없어."

그는 마치 자기 자신과 이야기하는 듯이 중얼거렸다.

"전혀. 당신이 여기 있는 것이 싫다는 말은 아닙니다. 그렇지는 않아요. 당신은 상당히 예쁜 사람이지요. 그러나 찰리 문이 이리로 보냈다는 건 맘에 들지 않습니다. 내가 연구실의 실험 대상입니까? 화학자든 문지기든 실험할 수 있는? 어쨌거나 내 지적 발달이 우습나요? 내가 만화잡지에 나오는 보스턴 꼬마 캐릭터처럼 보이나요? 파리에서 보낸 주간에 대해 끝도 없이 떠들어대는 그 조무래기 문에게 이런 권리가……."

"아니에요."

마샤가 목소리에 힘을 주어 말을 끊었다.

"당신은 다정한 사람이에요. 와서 키스해줘요."

호레이스가 지체 없이 그녀 앞에 멈춰 섰다.

"왜 나에게 키스해 달라고 하는 거죠?"

그가 잔뜩 집중해서 물었다.

"당신은 여기저기 다니며 아무하고나 키스하나요?"

"뭐, 그럼요."

마샤가 동요하지 않고 시인했다.

"삶이 그런 거죠. 그냥 이리저리 다니며 사람들과 키스하는 것."

"글쎄요."

호레이스가 단호하게 대답했다.

"당신의 생각은 끔찍하게도 이해할 수 없군요! 우선, 삶은 그런 게 아닙니다. 그리고 두 번째로, 나는 당신에게 키스하지 않을 겁니다. 버릇이 될지도 모르고, 나는 버릇을 잘 고치지 못해요. 올해는 7시 30분까지 침대에서 빈둥거리는 습관이 생겼어요."

마샤는 이해한다는 듯 고개를 끄덕였다.

"즐거운 일이 있기는 해요?"

그녀가 물었다.

"즐거운 일이라니 무슨 뜻이죠?"

"여기를 보세요."

마샤가 준엄하게 말했다.

"나는 당신이 좋아요, 오마르. 하지만 나는 당신이 말한 것에 대해 알고 말한다는 태도를 보여줬으면 좋겠어요. 당신은 마치 입안에 수많은 단어를 물고 가글을 하다가 그게 조금씩 새어나갈 때마다 내기에서 지는 것처럼 말하 잖아요. 당신에게 즐거운 일이 있기는 하냐고 물었어요."

호레이스는 고개를 가로저었다.

"나중에는 그럴 수도 있죠."

그가 대답했다.

"당신은 내가 계획이라는 걸 알았겠죠. 나는 실험 대상입니다. 그것 때문에 지겹지 않다는 건 아니에요. 가끔은 그렇죠. 하지만, 오, 설명할 순 없어요! 당신과 찰리 문이 즐거움이라고 말한 것이 내게는 즐거움이 될 수는 없어요."

"설명해주세요."

호레이스는 그녀를 빤히 쳐다보고는 뭔가 말하려다가 곧 마음을 바꿔 다시 서성이기 시작했다. 그가 자신을 쳐다보고 있는지 아닌지를 알아내려고 해봐도 제대로 되지 않자, 마샤는 그를 보고 미소를 지었다.

"설명해주세요."

호레이스가 뒤를 돌아보았다.

"내가 설명을 한다면, 찰리 문에게 내가 여기에 없었다고 말할 것을 약속합니까?"

"그래요."

"그렇다면 좋습니다. 내 과거는 이렇습니다. 나는 '왜'가 말버릇인 어린이였죠. 나는 일의 진척 상황을 알고 싶었습니다. 내 아버지는 프린스턴 대학의 젊은 경제학 교수였죠. 아버지는 내가 묻는 모든 질문에 능력이 허락하는 한 최선의 답변을 해주는 방식으로 나를 키우셨어요. 그에 대한 나의 반응을 보고 아버지는 조숙함에 대한 실험을 해보겠다는 생각을 하셨습니다. 이런 대학살에 힘을 보태려는지 내 귀에 문제가 생겼어요. 아홉 살에서 열두 살 사이에 수술을 일곱 번이나 받았습니다. 물론 이로인해 나는 다른 소년들과 어울리지 못하고 조숙한 아이가 되어버렸죠. 어쨌든 내 또래 아이들이 리머스 아저씨께 흠뻑 빠져 있는 동안 나는 정말로 재미있게 카톨루스 원전을 읽었어요.

열세 살 때 대학 시험을 통과했어요. 어쩔 수 없었으니까요. 내가 주로 어울리던 사람들은 교수였고 나는 지능이 높다는 것을 알고 어마어마한 자신감을 갖게 되었어요. 특별한 재능이 있었음에도 다른 방면에서 비정상은 아니었으니까요. 열여섯 살이 되던 해에 괴짜로 지내는 게 지겨워졌어요. 나는 누군가가 아주 지독한 실수를 저지른 거라고 결론을 내렸어요. 하지만 여기까지 온 김에 문학 석사 학위는 받고 마쳐야겠다고 결심했어요. 내 인생 최고의 관심사는 근대 철학을 연구하는 거예요. 나는 안톤 로리에 학파에 속한 현실주의자예요. 베르그송 철학으로 다듬어진. 난 두 달 후에 열여덟 살이 돼요. 그게 다예요."

"휴!"

마샤가 탄성을 질렀다.

"그 정도면 충분해요! 훌륭한 연설이었어요."

"만족해요?"

"아니요, 아직 나에게 키스하지 않았잖아요."

"내 계획에 그런 건 없는데."

호레이스가 항변했다.

"내가 육체적인 것을 초월한 척하는 게 아님을 알아줘

요. 그런 것들도 필요할 때가 있겠지만······."

"오, 그 지긋지긋한 이성적인 태도는 그만둬요!"

"나도 어쩔 도리가 없어요."

"나는 이런 자동판매기 같은 사람들이 싫어요."

"분명히 말해두는데 나는······."

호레이스가 말을 하기 시작했다.

"오, 입 다물어요."

"내 합리성은······."

"당신의 합리성에 대해 말한 게 아니에요. 당신 미국인
맞죠?"

"물론이오."

"좋아요, 그럼 됐어요. 난 당신이 교양 있는 계획 말고
다른 식으로 행동하는 걸 보고 싶어졌어요. 그 뭐랬더라,
브라질식으로 다듬은······, 당신이 말했던 그것으로 당신
이 조금이나마 인간다워질 수 있는지 보고 싶다고요."

호레이스가 다시 고개를 가로저었다.

"당신과 키스하지 않겠습니다."

"내 인생이 황폐해졌군요."

마샤가 비참하다는 듯이 중얼거렸다.

"난 만신창이가 된 여자예요. 나는 브라질식으로 다듬은 남자와 키스도 한 번 못해 보고 삶을 살아가겠죠."

그녀는 한숨을 지었다.

"어쨌거나, 오마르, 당신 내 공연을 보러 와줄래요?"

"어떤 공연?"

"나는 〈홈 제임스〉에 나오는 악역 여배우예요."

"경가극 말이오?"

"그래요. 연장 공연 중이죠. 인물 중 하나가 벼를 재배하는 브라질 사람이에요. 아마 당신도 재미있어할걸요."

"나도 〈보헤미안 소녀〉를 한 번 본 적이 있어요."

호레이스가 큰 소리로 대꾸했다.

"그거 재미있었는데, 어느 정도는."

"그럼 올 거죠?"

"글쎄요. 저는……."

"오, 나도 알아요. 당신이 주말엔 브라질로 가지 않으면 안 된다는 걸요."

"아닙니다. 나도 가게 돼서 기뻐요."

마샤가 손뼉을 쳤다.

"잘 생각했어요! 우편으로 공연 표를 보내 드리죠. 목요일 밤 공연 어때요?"

"음, 저는……."

"좋아요. 목요일 밤으로 하죠."

그녀는 자리에서 일어나 그에게로 걸어가서 양손을 그의 어깨에 올렸다.

"난 당신이 좋아요. 오마르, 놀려서 미안해요. 냉혈한일 거라 생각했는데 좋은 남자네요."

그는 냉소적으로 그녀를 바라보았다.

"나는 당신보다 수천 세대는 더 오래된 사람이잖아요."

"당신 나이랑 잘 어울려요."

두 사람은 진지하게 악수를 했다.

"내 이름은 마샤 메도우예요."

그녀가 목소리에 힘을 주어 말했다.

"기억해둬요. 마샤 메도우. 그리고 찰리 문에게는 당신이 여기 있었다는 말은 하지 않을게요."

잠시 후 마지막 계단을 한꺼번에 세 칸씩 뛰어 내려가

던 그녀는 위층 난간에서 부르는 소리를 들었다.

"저기, 있잖아요."

그녀는 멈추어 서서 위를 올려다보았다. 위에서 굽어보는 희미한 모습이 보였다.

"저기요!"

그 천재가 다시 소리쳤다.

"내 말 들려요?"

"들려요, 오마르."

"내가 키스를 본질적으로 이성적이지 않다고 생각한다는 인상을 주지 않았기를 바랍니다."

"인상이라고요? 아니, 당신은 나에게 키스를 하지도 않았잖아요! 걱정 말아요. 그럼 안녕."

여성의 목소리에 호기심이 생겼는지 그녀 가까이에 있던 두 문이 열렸다. 위에서는 나지막한 기침 소리가 들렸다. 마샤는 치마를 모아 쥐고는 마지막 계단에서 거침없이 뛰어내렸고 안개가 자욱한 코네티컷의 바깥 공기 속으로 사라졌다.

위층에서 호레이스는 서재 바닥을 왔다 갔다 했다. 때

때로 그는 세련된 검붉은색의 훌륭한 자태로 기다리고 있는 버클리 쪽을 힐끔거렸다. 그 책은 그의 쿠션 위에서 도발적으로 책장을 펼치고 있었다. 그는 이내 자신이 바닥을 돌 때마다 흄에 좀 더 가까이 다가가고 있다는 것을 알았다. 흄에는 불가사의하고 이루 말할 수 없이 특별한 무언가가 있었다. 그 어렴풋한 형체가 여전히 공중에서 맴도는 것 같았고 호레이스가 그곳에 앉는다면 그는 여성의 무릎 위에 앉은 기분이 들 것 같았다. 비록 호레이스가 그 성질에 적절한 이름을 붙일 수는 없었지만 대단한 특징이 있었다. 사색하는 사고에는 상당히 막연하지만 그럼에도 실재하고 있었다. 흄은 그가 영향력을 미쳐 온 지난 200년 동안 한 번도 발산하지 않았던 무언가를 뿜어내고 있었다.

흄은 장미 향기를 발산하고 있었다.

2

목요일 밤이었다. 호레이스 타박스는 다섯 번째 열 통로측 좌석에 앉아 〈흄 제임스〉를 관람했다. 그는 스스로도 이상하게 생각될 만큼 자신이 즐거워하고 있음을 알았다. 그와 가까이에 앉은 냉소적인 학생들은 그가 해머스타인식의 케케묵은 농담에 소리 내어 감탄하자 짜증을 냈다. 하지만 호레이스는 마샤 메도우가 재즈에 심취한 실수 연발의 늙은 장교에 관한 노래를 부르는 것을 가슴을 졸이며 기다렸다. 드디어 꽃으로 장식된 챙이 둘러진 모자 아래로 빛나는 그녀의 얼굴이 나타나고 따뜻한 조명이 그 위를 비추었을 때도, 노래가 끝났을 때도, 그는 우레와 같은 박수갈채에 동참하지 않았다. 그는 뭐랄까 마비가 된 느낌이었다.

2막이 끝나고 휴식 시간에 그의 옆에 안내원이 나타나 그가 타박스 씨가 맞는지 확인하더니, 둥글고 서툰 필적으로 쓰인 쪽지를 건네주었다. 호레이스는 약간 당황하며 그것을 읽었고, 그동안 안내원은 통로에서 점차 참을성이 사라지는 듯한 모습으로 쭈뼛거리며 기다리고 있었다.

친애하는 오마르에게

공연이 끝나면 난 항상 극심한 배고픔에 시달려요. 당신이 태프트 그릴에서 내 배를 채워주고 싶으면 이걸 가져다 준 덩치 큰 안내원에게 답신을 줘요.

당신의 친구 마샤 메도우

"그녀에게 말해주세요."

그는 기침을 했다.

"그게 좋겠다고 전해주세요. 내가 극장 정문에서 기다리겠다고요."

덩치 큰 안내원은 거만하게 미소를 지었다.

"내 생각엔 극장 뒷문으로 나오라는 말 같은데요."

"어디, 그게 어디죠?"

"바깥, 좌로 꺾어, 골목으로 곧장."

"뭐라고요?"

"바깥으로 나가서 왼쪽으로 꺾으라고요! 그리고 골목으로 쭉 가라고요!"

안내원은 거만하게 말한 후 물러갔다. 호레이스의 뒤에 있던 신입생이 킬킬대며 웃었다.

그로부터 반시간 후, 천연 금발과 마주 보며 태프트 그릴에 앉은 천재는 엉뚱한 말을 하고 있었다.

"마지막 막에서 그 춤을 꼭 춰야 합니까?"

그는 진심으로 물었다.

"그러니까 내 말은, 당신이 거절한다면 해고되느냐는 말이죠."

마샤가 생긋 웃었다.

"그 춤을 추면 재미있어요. 나는 좋은데."

그다음에 호레이스는 실례되는 말을 하고 말았다.

"나는 당신이 그걸 싫어한다고 생각했어요."

그가 간결하게 말했다.

"내 뒤에 앉은 사람들이 당신의 가슴에 대해 이러쿵저러쿵 말했거든요."

마샤의 두 뺨이 타는 것처럼 붉어졌다.

"나도 어쩔 수 없어요."

그녀가 재빨리 말했다.

"나에게 춤은 일종의 곡예일 뿐이에요. 세상에, 그만큼 하기 힘들어요! 매일 밤 한 시간씩 어깨에 약을 발라야 할 정도예요."

"당신은 무대 위에 있을 때 즐겁나요?"

"그럼요, 물론이죠! 사람들이 나를 쳐다보게 만드는 습관이 생긴걸요. 오마르, 난 그게 좋아요."

"음!"

호레이스는 골똘히 생각에 잠겼다.

"브라질식으로 다듬는 건 어떻게 되고 있어요?"

"음!"

호레이스가 다시 소리를 내뱉고는 잠시 입을 다물고 나서 이렇게 말했다.

"이다음 공연은 어디서 합니까?"

"뉴욕에서요."

"얼마 동안이나요?"

"상황에 따라 다르죠. 아마 겨울 내내."

"오!"

"나를 보러 온 거죠, 오마르? 아니면 관심이 없나요? 여기선 당신 방에 있을 때처럼 즐겁지 않죠? 지금 거기에 있으면 좋겠네."

"이곳에선 바보가 된 기분입니다."

호레이스가 초조하게 주위를 둘러보며 실토했다.

"그거 참 안됐네요! 여태까진 꽤 잘 지내 왔는데."

이 말에 그가 갑자기 울적한 표정을 지어서 그녀는 어조를 바꾸었고, 손을 뻗어 그의 손을 만지작거렸다.

"전에도 여배우와 저녁을 먹으러 온 적 있어요?"

"없습니다."

호레이스가 안쓰럽게 말했다.

"그리고 앞으로도 그런 일은 없을 겁니다. 오늘 밤 내가 왜 나왔는지 모르겠습니다. 여기 이 모든 조명 아래에 앉아 웃고 떠드는 이 모든 사람과 함께 있으니, 내가 완전히 내 영역에서 벗어난 기분이에요. 나는 당신에게 무엇을 말해야 할지도 모르겠다고요."

"나에 대해서 이야기하면 되잖아요. 지난밤에 당신에 대해 이야기했으니."

"그럼 좋아요."

"음, 내 성은 진짜로 메도우가 맞지만, 이름은 마샤가 아니라 베로니카예요. 열아홉 살이고요. 질문, 어쩌다 이 여자는 무대로 뛰어들게 되었나? 대답, 그녀는 뉴저지의 퍼세이크에서 태어났고 1년 전까지는 트렌턴에 있는 마르셀 찻집에서 나비스코를 팔며 연명했답니다. 그녀는 로반스라는 이름의 남자와 사귀기 시작했는데 그는 트랜스하우스 카바레의 가수였고, 어느 밤 자기와 함께 노래와 춤을 선보이자고 했어요. 한 달 뒤엔 매일 밤마다 저녁 식사 테이블이 가득 찼어요. 그리고 우리는 자기 친구를 만나보라는 소개장을 냅킨 뭉치만큼 가득 들고 뉴욕으로 향했어요. 이틀 후 우리는 디바이너스리스 극장에 일자리를 구했고 펠레 로얄에서 일하는 아이에게서 시미 춤을 배웠어요. 우리가 디바이너스리스에서 여섯 달을 지내던 어느 밤, 칼럼니스트인 피터 보이스 웬델이 와서 우유 토스트를 먹었어요. 다음 날 아침에 놀랍게도 마샤에 대한 시가 그의 신문에 실렸고, 이틀 안에 나는 보드빌 공연단 세 곳에서 제의를 받고 미드나잇 포톨릭에서 공연할 기회를 얻었어요. 나는 웬델에게 감사 편지를 썼는데 그가 그것을 자기 칼럼에 실었어요. 조금 거칠 뿐이지 칼라일의 문체와 비슷하니 내가 춤추는 걸 그만두고 북미 문학을 해야 한다면서요. 그 사건으로 보드빌 공연단 두어 곳에서 더 제의가 들어와 정기 공연에서 천진한 소녀 역을 맡을 기회를 얻었죠. 나는 그 제의를 받아들였고 여기까지 온 거예요, 오마르."

그녀가 말을 마치자 둘은 잠깐 동안 아무 말 없이 앉아 있었다. 그녀는 마지막 남은 치즈 토스트의 치즈 가닥을 포크에 예쁘게 얹고 그가 말하기를 기다렸다.

"여기서 나갑시다."

갑자기 그가 말했다. 마샤의 눈빛이 굳어졌다.

"그게 무슨 말이에요? 내가 비위라도 상하게 만들었나요?"

"아닙니다. 하지만 여기 있는 건 싫네요. 당신과 함께 여기 앉아 있기 싫습니다."

아무 말도 하지 않고 마샤는 웨이터에게 손짓했다.

"얼마 나왔죠?"

그녀가 힘차게 말했다.

"내 거, 치즈 토스트랑 진저에일이요."

호레이스는 웨이터가 계산하는 모습을 망연히 보고 있었다. 그러고 입을 열었다.

"이것 봐요. 나는 당신 것도 계산할 생각이었습니다. 당신은 내 손님이니까요."

마샤는 한숨을 조금 내쉬며 자리에서 일어나 그곳을 떠났다.

호레이스는 당황한 기색을 역력하게 드러내며 지폐를 올려두고 그녀를 따라 위층으로 올라가 로비로 갔다. 그는 엘리베이터 앞에서 그녀를 따라잡았고 둘은 서로를 마주 보았다.

"이것 봐요."

그가 다시 말했다.

"당신은 내 손님이에요. 내가 당신 기분을 상하게 만드는 말이라도 했나요?"

잠깐 놀란 기색을 보이고 난 뒤, 마샤의 눈빛이 한층 부드러워졌다.

"당신은 무례한 사람이에요."

그녀가 천천히 말했다.

"당신이 무례하다는 거 몰라요?"

"그건 나도 어쩔 수 없어요."

호레이스가 단순 명쾌하게 말하자 그녀는 경계심이 풀리는 것을 느꼈다.

"내가 당신을 좋아한다는 거 알잖아요? 그런데 당신은 나와 함께 있는 것이 싫다고 했잖아요?"

"싫었습니다."

"왜 싫어요?"

회색 숲과 같은 그의 두 눈에서 갑자기 불길이 타올랐다.

"싫으니까요. 당신을 좋아하는 버릇이 생겨버렸습니다. 이틀 동안 다른 생각은 전혀 하지 못했습니다."

"그러니까, 만약 당신이……."

"잠깐만 기다려요."

그가 말을 잘랐다.

"당신에게 할 말이 있어요. 6주 후에 나는 열여덟 살이 됩니다. 내가 열여덟 살이 되면 당신을 보러 뉴욕에 갈 거예요. 뉴욕에 우리가 갈 만한 곳 중에 사람이 많지 않은 장소가 있을까요?"

"물론이죠!"

마샤가 미소를 지었다.

"내 아파트로 오면 돼요. 원한다면 소파에서 자요."

"소파에서는 잘 수 없어요."

그가 짤막하게 말했다.

"하지만 당신과 이야기를 나누고 싶어요."

"그럼요. 물론이죠."

마샤가 대답했다.

"내 아파트에서요."

호레이스는 마음이 격앙되어 주머니에 손을 넣었다.

"좋습니다. 그럼 당신과 단둘이서 만날 수 있겠군요. 내 방에서 했던 것처럼 이야기를 나누고 싶어요."

"귀여운 사람."

마샤가 웃으며 외쳤다.

"나랑 키스하고 싶어서 그러는 거예요?"

"네."

호레이스는 거의 소리치다시피 말했다.

"당신이 원한다면 키스할 겁니다."

엘리베이터 안내원이 그들을 원망하는 눈빛으로 바라보았다. 마샤는 삐걱거리는 문 쪽으로 조금씩 다가갔다.

"엽서 보낼게요."

그녀가 말했다. 호레이스의 두 눈이 몹시 이글거렸다.

"엽서 보내주세요! 1월 1일 이후엔 언제든지 갈게요. 그땐 열여덟 살일 테니까요."

그녀가 엘리베이터 안으로 들어가자, 그는 천장을 향해 어렴풋이 도전하는 듯한 기침을 하고는 재빨리 걸어갔다.

3

그는 또다시 그곳에 가 있었다. 그녀는 들떠 있는 맨해튼의 관중을 향해 처음 시선을 던진 곳에서 그를 발견했다. 그는 맨 앞줄에 앉아 고개를 앞으로 살짝 숙인 채, 회색 눈동자를 그녀에게 고정하고 있었다. 그녀는 그가 오직 둘만의 세상에 있다는 것을 알았다. 짙게 화장을 하고 줄지어 선 발레단의 얼굴도, 애절한 선율의 바이올린 합주도 대리석 비너스상 위의 먼지만큼도 느껴지지 않는 세상이었다. 본능적인 저항감이 그녀 안에서 타올랐다.

"바보 같은 사람."

그녀는 허둥지둥 중얼거렸고 앙코르 요청도 받지 않았다.

"일주일에 100달러 받는 사람에게 뭘 더 바라는 거야. 끝없이 움직이란 말이야?"

그녀는 대기하는 동안 혼잣말로 투덜거렸다.

"무슨 일이야, 마샤?"

"내가 싫어하는 남자가 맨 앞줄에 앉아 있어."

마지막 막이 공연되는 동안 자신의 장기를 선보일 차례를 가다리고 있던 그녀에게 불현듯 무대공포증이 엄습해왔다. 그녀는 호레이스에게 약속했던 엽서를 한 번도 보내지 않았다. 지난밤 그녀는 그를 못 본 척하기도 했다. 춤을 끝내자마자 극장에서 쏜살같이 달려와 아파트에서 불면의 밤을 보내며 지난달 수없이 했던 생각을 떠올렸다. 그의 창백하면서도 열광적인 얼굴과 날씬하고 소년 같은 모습, 무정하고 순진하리만큼 마음을 쏟는 모습에서 그녀는 매력을 느꼈다.

그런데 막상 그가 찾아오자 그녀는 막연히 미안한 생각이 들었다. 마치 익숙하지 않은 의무감을 강요받는 것처럼 말이다.

"풋내기 천재 같으니."

그녀가 큰 소리로 말했다.

"뭐라고?"

그녀 옆에 서 있던 흑인 희극 배우가 물었다.

"아무것도 아니야. 그냥 내 얘기를 한 거야."

무대에 오르자 그녀는 기분이 좀 나아졌다. 이것이 그녀의 춤이었다. 그리고 그녀는 예쁜 여자라고 해서 모두 남자에게 도발적으로 보이지 않는 것처럼 자신이 춤을 추는 방식도 도발적인 것은 아니라고 항상 생각했다. 그녀는 그것을 곡예라고 생각했다.

주택가로, 시내로, 숟가락에 젤리를 얹고,

해가 지면 달빛에 몸을 떨지.

그는 이제 그녀를 보고 있지 않았다. 그녀는 분명히 알수 있었다. 그는 태프트 그릴에서 지었던 표정을 하고서 무대 배경에 그려진 성을 면밀히 바라보고 있었다. 분노

의 파도가 그녀를 휩쓸었다. 그는 그녀를 비난하고 있는
것이었다.

나를 전율케 하는 것은 그 떨림이야.
내가 사랑으로 충만하다니, 우습기도 하지.
주택가로 시내로…….

억누를 수 없는 섬뜩함이 그녀를 덮쳤다. 첫 출연 이후
로 그런 적이 없었는데 그녀는 갑자기 무서울 만큼 관객
이 신경 쓰였다. 앞줄의 창백한 얼굴은 음흉하게 쳐다본
걸까? 어린 소녀의 입은 역겨워서 처진 걸까? 그녀의 두
어깨, 떨고 있는 이 두 어깨…… 이것은 그녀의 것일까?
진짜로 떨고 있는 걸까? 분명히 이러려고 있는 어깨가 아
닌데!

그러면…… 당신은 한눈에 알게 될 거예요.
내게 성 비투스 춤을 추는 장례식 안내원들이 필요
하다는 걸.

이 세상의 끝에서 나는…….

바순과 두 대의 첼로가 마지막 화음을 향해 치닫고 있었다. 그녀는 동작을 멈추고 모든 근육을 긴장시키며 잠시 발끝으로 섰고, 그녀의 앳된 얼굴은 후에 어린 소녀가 '이상하고 당혹스러운 표정'이라고 부른 표정으로 관중을 멍하니 바라보았다. 그러고는 인사도 없이 무대에서 뛰쳐나갔다. 분장실로 뛰어 들어가 드레스를 급히 벗어 던지고 다른 옷으로 갈아입고서 밖으로 나가 택시를 잡았다.

그녀의 아파트는 아주 따뜻했고 정말이지 작았다. 프로 작가들의 그림들이 진열돼 있고, 이전에 푸른 눈의 외판원에게 구입하여 가끔씩 읽는 키플링과 오 헨리의 작품집이 있었다. 그리고 짝을 맞춘 의자들이 여럿 있었는데 그중 편안한 것은 하나도 없었고, 찌르레기가 그려진 분홍색 갓을 씌운 전등은 주위를 온통 분홍색으로 비추어 갑갑한 분위기를 만들었다. 괜찮은 물건들도 있었다. 그 물건들은 남이 부추겨 산 것과 성급한 안목으로 그때그때 구입한 것들이라 서로에게 가차 없이 적대감을 드러냈다.

최악의 물건은 참나무 껍데기 액자에 든 커다란 그림으로 이리 철도에서 바라본 퍼세이크의 풍경을 담은 것이다. 활기찬 분위기로 꾸미기엔 전체적으로 요란하고 터무니없이 비싸거나 궁상맞은 물건들이었다. 마샤도 실패작이라는 걸 알고 있었다.

천재가 방 안으로 들어와 서툴게 그녀의 손을 잡았다.

"이번엔 당신을 따라왔습니다."

그가 말했다.

"오!"

"나와 결혼해주세요."

그가 말했다. 그녀는 그에게 팔을 뻗었다. 열정적이면서도 조심스럽게 그의 입에 키스했다.

"당신을 사랑해요."

그가 말했다. 그녀는 또다시 키스했고 작게 한숨을 내쉬며 안락의자 위로 몸을 던지고는 반쯤 드러누워 기가막힌다는 듯이 몸을 흔들며 웃었다.

"아, 풋내기 천재 같으니!"

그녀가 외쳤다.

"좋습니다, 원한다면 그렇게 불러요. 예전에 내가 당신보다 만 살은 더 많다고 말했죠. 그렇다니까요."

그녀는 또다시 웃음을 터뜨렸다.

"나는 비난받고 싶지 않아요."

"그 누구도 당신을 비난할 수 없을 겁니다."

"오마르, 왜 나와 결혼하려는 거지요?"

그녀가 물었다. 천재는 일어나 주머니에 손을 찔러 넣었다.

"내가 당신을 사랑하기 때문입니다. 마샤 메도우."

그때부터 그녀는 더 이상 그를 오마르라고 부르지 않았다.

"이봐요, 당신도 내가 어느 정도 당신을 사랑하고 있다는 걸 알 테죠. 당신에겐 무언가가 있어요. 뭔지 알 수는 없지만, 내가 당신 곁에 있을 때마다 내 가슴을 옥죄는 것 같아요. 하지만 당신⋯⋯."

그녀는 말을 멈추었다.

"하지만 뭐죠?"

"하지만 많은 문제가 있어요. 당신은 이제 겨우 열여덟 살이고 나는 거의 스무 살이에요."

"그만둬요."

그가 말을 잘랐다.

"이렇게 생각해봐요. 나는 열아홉 살에 가깝고 당신은 열아홉 살입니다. 우리는 썩 비슷합니다. 내가 말한 만 살을 빼면 말이에요."

마샤가 웃음을 터뜨렸다.

"하지만 그것 말고도 '하지만'이 더 있어요. 당신 주변 사람들……."

"내 주변 사람들!"

천재가 매섭게 소리쳤다.

"내 주변 사람들은 나를 괴물로 만들려고 했어요."

그는 말하려는 내용이 너무나도 지독했기에 얼굴이 벌겋게 달아올랐다.

"내 주변 사람들은 뒤로 물러나 있을 거예요."

"맙소사!"

마샤가 놀라서 소리쳤다.

"그게 다예요? 잔말 말고 떠나라고 해야죠."

"떠나라고……. 그래야죠."

그가 격렬하게 찬성했다.

"어떻게 해서라도 그들이 나를 말라빠진 작은 미라가 되도록 내버려둔 걸 생각하면 할수록⋯⋯."

"대체 어쩌다 그런 생각을 하게 됐어요?"

마샤가 나지막한 목소리로 물었다.

"나 때문인가요?"

"그래요. 당신을 알게 된 후로 거리에서 만났던 모든 사람이 나를 질투하게 만들었습니다. 사랑이 무엇인지를 내가 알기 전에 그들이 먼저 알고 있었으니까요. 나는 그걸 '성적 충동'이라고 말하곤 했습니다. 맙소사!"

"'하지만'이 더 있어요."

마샤가 말했다.

"그게 뭐죠?"

"어떻게 먹고살죠?"

"내가 돈을 벌겠습니다."

"당신은 대학생이잖아요?"

"당신은 내가 문학 석사 학위를 따는 데만 관심이 있는 줄 압니까?"

"나에 관한 석사가 되고 싶은 건가요? 그래요?"

"그럼요! 뭐라고요? 내 말은 그 뜻이 아닙니다!"

마샤가 웃었고 즉시 그의 무릎 위에 앉았다. 그는 그녀를 격정적으로 끌어안고 그녀의 목 언저리에 키스 자국을 남겼다.

"당신에겐 격렬한 뭔가가 있어요."

마샤가 유심히 바라보았다.

"하지만 대단히 논리적인 말은 아니네요."

"오, 그 지긋지긋한 이성적인 태도는 그만둬요."

"나도 어쩔 수가 없어요."

마샤가 말했다.

"나는 이런 자동판매기 같은 사람들이 싫어요."

"하지만 우린……."

"제발 입 다물어요."

더는 말하고 싶지 않던 마샤는 귀를 막을 수밖에 없었다.

4

호레이스와 마샤는 2월 초에 결혼했다. 그 사건은 예일 대학과 프린스턴 대학 학계 모두에 엄청난 파장을 불러일으켰다. 열네 살에 대도시 신문의 일요판 지면에서 크게 다루었던 호레이스 타박스가 자신의 경력과 미국 철학의 세계적인 권위자가 될 기회를 내던지고 일개 코러스 걸과 결혼했다. 그들은 마샤를 코러스 걸로 만들어버렸다. 그러나 현대의 기사들이 다 그렇듯 그 놀라운 소식은 나흘 반 후에는 잠잠해졌다.

그들은 할렘 가에 아파트를 얻었다. 일자리를 구하는

2주 동안 학문적 지식의 가치에 대한 호레이스의 생각은 가차 없이 퇴색해버렸고, 그는 남미 수출 회사에 사무원 자리를 얻었다. 누군가가 그에게 수출업이 앞으로 유망한 분야라고 귀띔해주었기 때문이다.

마샤는 몇 달 동안 자신의 공연을 계속할 생각이었다. 어쨌든 그가 자립할 때까진 그래야 했다. 그는 우선 125달러를 받고 있었고, 회사에선 두 배로 인상되는 것이 시간문제일 뿐이라고 생각했지만, 마샤는 그 당시 자신이 받던 주급 150달러를 포기할 생각이 조금도 없었다.

"우리를 머리와 어깨라고 부르기로 해요, 여보."

그녀가 부드럽게 말했다.

"그리고 나이 든 머리가 시작 준비를 할 때까지 어깨는 조금 더 흔들어야겠어요."

"그건 싫은데."

그가 침울하게 반대했다. 그녀가 목소리에 힘을 주어 말했다.

"음, 당신 월급으론 집세를 낼 수가 없어요. 내가 사람들 앞에 나서고 싶어서 이런다고 생각하지 말아요. 그건 아니에요. 난 당신 것이 되고 싶어요. 하지만 방 안에만 틀어박혀 당신을 기다리며 벽지의 해바라기나 센다면 난 멍청이가 될지도 몰라요. 당신이 한 달에 300달러를 벌게 되면 그만둘 거예요."

자존심에 금이 갔지만 호레이스는 그녀의 생각이 더 현명하다는 걸 인정할 수밖에 없었다.

3월이 무르익어 4월이 되었다. 5월은 맨해튼의 공원과 호수에 멋진 경고를 들려주었고 그들은 무척 행복했다. 습관이라곤 전혀 없던 호레이스는(그런 걸 만들 시간이 전혀 없었다) 남편 역할이 가장 적합하다는 것을 입증했고, 마샤는 그가 몰두하는 주제에 대해 의견이라고는 전혀 없었으므로 부딪힐 일이 거의 없었다.

둘의 마음은 다른 영역에서 움직였다. 마샤는 실질적으로 일꾼 역할을 했고 호레이스는 추상적 관념이 지배하던 자신의 예전 세계에 있거나 아내에 대해 의기양양하게 현실적인 숭배와 예찬을 하며 지냈다. 그에게 그녀는 끊임없는 경이의 원천이었다. 그 생기와 독창성 있는 마음가짐, 역동적이고 냉철한 활력, 끊임없는 쾌활함이 그러했다.

마샤가 자신의 재능을 새로이 발휘하게 된 9시 공연의 동료들은 남편의 정신적 능력에 대한 그녀의 엄청난 자부심에 감명을 받았다. 그들이 알기로 호레이스는 단지 매일 밤 아내를 기다리다 집으로 데려가는, 호리호리하고 과묵하며 덜 자란 어린 남자일 뿐이었기 때문이다.

"호레이스, 가로등을 등지고 서 있으니 유령 같아 보여요. 체중이 줄었어요?"

어느 저녁, 평소처럼 11시에 남편을 만나자 마샤가 말했다. 그는 고개를 살짝 저었다.

"나도 모르겠어요. 회사에서 오늘 내 월급을 135달러로 올려주었어요. 그리고……."

"난 신경 안 써요."

마샤가 단호하게 말했다.

"밤에 일하느라 당신 몸이 망가지고 있잖아요. 이렇게 커다란 경제 서적까지 읽고……."

"경제학이겠지."

호레이스가 바로잡아주었다.

"아무튼 당신은 내가 잠들고 난 뒤에도 매일 밤늦게까

지 읽잖아요. 게다가 결혼하기 전에도 그랬지만 등이 점점 더 굽고 있어요."

"하지만 마샤, 난 그래야만……."

"아뇨, 그럴 필요 없어요, 여보. 지금 이 가게를 꾸려가는 사람은 나예요. 난 내 동업자가 건강과 시력을 망치도록 놔둘 수가 없어요. 당신은 운동을 좀 해야 해요."

"하고 있어요. 매일 아침마다……."

"그래요, 나도 알고 있어요! 하지만 당신이 갖고 있는 이런 아령들로는 폐병 환자의 체온을 2도도 높여주지 못할 거예요. 내가 말하는 건 진짜 운동이에요. 체육관에 등록해요. 예전에 당신이 민첩한 체조 선수여서 대학 대표로 나갈 뻔한 적이 있다고 했잖아요? 허브 스펜서와 약속을 잡는 바람에 못 나갔다고 했던."

"그걸 즐기기는 했어요. 하지만 지금 그걸 하려면 시간을 너무 많이 잡아먹어요."

호레이스가 생각에 잠겨 말했다.

"좋아요, 당신과 거래를 하기로 하죠. 당신이 체육관에 등록하면 나는 저 갈색 책들 중에서 한 권을 읽을게요."

"『피프스의 일기』를? 음, 아마 재미있을 거예요. 부담 없이 읽을 만해요."

　"나한텐 아닐걸요. 판유리를 소화시키는 기분이 들 거예요. 하지만 당신은 그게 내 시야를 얼마나 넓혀주는지 모른다고 끊임없이 말했지요. 그러니까 당신은 주3회 체육관에 가고 나는 새미를 엄청나게 복용하기로 해요."

　호레이스가 망설였다.

　"글쎄……?"

　"자, 어서! 당신은 나를 위해 철봉 체조를 하고 나는 당신을 위해 교양을 쌓기로 해요."

　결국 호레이스는 그녀의 제안을 받아들였고 푹푹 찌는 여름 내내 일주일에 세 번, 어떨 땐 네 번 스키퍼 체육관에서 체조용 그네로 이런저런 시도를 하며 저녁 시간을 보냈다. 8월에는 그 덕분에 낮 시간에 정신노동을 더 많이 할 수 있게 되었다고 마샤에게 털어놓았다.

　"멘스 사나 인 코르포레 사노('건강한 신체에 건전한 정신을'이라는 뜻의 라틴어 격언)."

　그가 말했다.

"그런 거 믿지 말아요."

마샤가 대답했다.

"내가 한번은 그런 특허받은 약을 먹었는데 다 뻥이더라고요. 당신은 체조에만 전념해요."

9월 초의 어느 날 밤, 호레이스가 아무도 없는 체육관의 링 위에서 비틀기 동작을 하고 있는데 사색에 잠긴 뚱뚱한 남자가 말을 걸어왔다. 그 남자가 며칠 밤 동안 자신을 지켜보고 있었던 걸 그도 알고 있었다.

"여보게, 젊은이, 어젯밤에 했던 묘기 좀 보여주지."

호레이스는 횃대 위에서 씩 웃었다.

"제가 고안한 겁니다."

그가 말했다.

"유클리드의 네 번째 정리에서 착안했지요."

"그 사람은 어느 서커스 단원인데?"

"죽었어요."

"그 사람은 묘기를 부리던 중에 목을 부러뜨린 게 틀림없구먼. 어젯밤에 여기 서서 자네의 목이 부러지고 말 거라고 생각했지."

"이렇게요?"

호레이스가 철봉 위에서 빙빙 돌며 묘기를 부렸다.

"그렇게 하면 목과 어깨 근육에 무리가 가지 않나?"

"처음엔 그랬지만 일주일도 안 돼서 QUOD ERAT DEM-ONSTRANDUM(수학의 정리 문제의 증명 끝에 쓴다)이라고 쓰게 됐죠."

"으흠!"

호레이스는 철봉에서 한가하게 빙빙 돌았다.

"전문적으로 해볼 생각은 없나?"

그 뚱뚱한 남자가 물었다.

"전 아니에요."

"만약 자네가 그런 곡예를 훌륭하게 해낸다면 수입도 꽤 짭짤할 텐데."

"다른 것도 있어요."

호레이스가 의욕에 불타 목소리를 높였고 뚱뚱한 남자는 분홍색 운동복 차림의 프로메테우스가 다시 한 번 신과 아이작 뉴턴에게 도전하는 것을 보고 갑자기 입을 쩍 벌렸다.

이런 만남이 있고 그다음 날 밤, 일을 마치고 집에 온 호레이스는 마샤가 창백한 얼굴로 소파에 누워 자신을 기다리는 것을 보았다.

"나 오늘 두 번 기절했어요."

그녀가 단도직입적으로 말했다.

"뭐라고요?"

"그래요, 이제 넉 달만 있으면 아기가 나온대요. 의사 말로는 내가 2주 전에 춤추는 걸 그만두었어야 했대요."

호레이스가 자리에 앉아 곰곰이 생각해보았다.

"물론 기뻐요."

그는 생각에 잠겨 말했다.

"그러니까 내 말은 우리가 아기를 가져 기쁘다는 말이에요. 하지만 아기를 낳으면 돈이 많이 들어요."

"통장에 250달러가 있어요."

마샤가 희망에 차서 말했다.

"그리고 2주치 봉급도 들어올 거고요."

호레이스가 재빨리 계산해보았다.

"내 봉급까지 더하면 다음 여섯 달 동안 거의 1,400달러는 있겠군요."

마샤는 우울해 보였다.

"그게 다예요? 물론 나도 이번 달에 어디든 노래 부르는 일을 얻을 수 있어요. 그리고 3월에 다시 일을 하러 갈 수 있고요."

"당치도 않은 소리!"

호레이스가 퉁명스럽게 말했다.

"당신은 집에서 쉬어야 해요. 자, 생각해봅시다. 의사와 간호사 비용과 거기에다 가정부 비용이 들겠군요. 돈이 좀 더 필요하네요."

"그런데 그 돈을 어디서 구해야 할지 모르겠어요. 이제 그건 나이 든 머리한테 달린 일이에요. 어깨는 폐업했으니까요."

호레이스는 일어나 서둘러 외투를 입었다.

"어디 가는 거예요?"

"생각난 게 있어서요. 금방 돌아올게요."

그가 대답했다.

10분 후 그는 스키퍼 체육관으로 이어지는 길을 향해

걸어갔다. 그가 앞으로 하려는 행동이 웃기기는커녕 잔잔한 경이로움마저 느껴졌다. 1년 전만 해도 입을 딱 벌렸을 것이다. 다른 사람들도 입을 딱 벌렸을 것이다. 하지만 삶의 두드림에 문을 열면 많은 것이 들어온다.

체육관에 불이 환하게 켜져 있었다. 그의 눈이 불빛에 순응하자 사색에 잠긴 그 뚱뚱한 남자가 캔버스 매트 더미 위에 앉아 커다란 시가를 피우는 모습이 보였다.

"저, 지난밤에 철봉 묘기로 돈을 많이 벌 수 있다고 하신 말씀이 사실인가요?"

호레이스가 바로 말을 꺼냈다.

"그럼, 물론이네만."

뚱뚱한 남자가 놀라며 말했다.

"저 계속 생각해봤는데 한번 해보고 싶습니다. 밤에 그리고 토요일 오후에 할 수 있습니다. 그리고 보수가 충분히 많아지면 정식으로 하고요."

뚱뚱한 남자가 시계를 보았다.

"그럼 찰리 폴슨을 만나보게. 일단 자네 묘기를 보고 나면 나흘 안에 계약할 거야. 지금은 여기 없지만 내일 밤엔

올 테니."

뚱뚱한 남자는 약속을 지켰다. 찰리 폴슨이 다음 날 찾아왔고 그 천재가 공중에서 놀라운 포물선을 그리는 것을 보며 경이로운 시간을 보냈다. 그리고 그다음 날 밤에 찰리 폴슨은 나이가 지긋한 남자 두 사람을 데려왔는데, 그들은 마치 검은 시가를 피우며 나지막하고 열의에 찬 목소리로 돈에 대해 이야기하려고 태어난 사람들처럼 보였다.

그 주 토요일에 호레이스 타박스의 몸통이 콜먼 스트리트 가든스에서 열린 체조 박람회에서 프로 선수로 첫선을 보였다. 관중들이 5,000명 가까이나 있었지만 호레이스는 전혀 긴장되지 않았다. 어린 시절부터 청중 앞에서 논문을 읽으면서 상황에 냉정하게 대처하는 요령을 배웠기 때문이다.

"마샤, 위기는 벗어난 것 같아요. 폴슨이 곡마장 개막 공연을 나에게 맡기려는 모양이에요. 그리고 그 말은 겨울 내내 일거리가 있다는 뜻이고 당신도 알다시피 그 곡마장은 크고⋯⋯."

"응, 나도 들어본 적 있어요. 하지만 난 당신이 하고 있는 묘기에 대해 알고 싶어요. 그거 사람들 앞에서 자살 시늉하는 묘기 같은 거 아니에요?"

"전혀 아니에요."

호레이스가 조용히 말했다.

"하지만 당신을 위해 위험을 감수하는 것보다 더 멋진 자살 방법을 생각할 수 있다면, 그게 바로 내가 죽고 싶은 방법이에요."

마샤가 두 팔을 뻗어 그의 목을 꼭 끌어안았다.

"키스해줘요."

그녀가 속삭였다.

"그리고 날 '소중한 사람'이라고 불러줘요. 난 당신이 '소중한 사람'이라고 말하는 게 정말 좋아요. 내일 읽을 책을 좀 가져다 줘요. 샘 피프스는 더 이상 안 돼요. 시시하고 하찮은 걸로요. 난 온종일 뭐 할 일이 없나 싶어 미쳐버리겠어요. 편지를 쓰고 싶었지만 쓸 사람이 아무도 없어요."

"나에게 써요. 내가 읽을 테니."

호레이스가 말했다.

"나도 그랬으면 좋겠어요."

마샤가 속삭였다.

"당신에게 세상에서 가장 긴 연애편지를 쓸 수 있을 만큼 단어를 많이 안다면 말이에요. 지치지도 않겠죠."

그러나 두 달 후 마샤는 실제로 대단히 지쳐버렸다. 매일 밤마다 녹초가 된 얼굴을 한 젊은 운동선수가 곡마장의 관중 앞으로 걸어 나가는 걸 걱정해야 했기 때문이다. 그런 후 이틀 동안 흰색이 아닌 옅은 파란색 옷을 입은 젊은이가 그의 자리를 대신했고 박수를 거의 받지 못했다. 하지만 이틀 후 호레이스가 다시 나타났고 무대 가까이에 있던 사람들은 젊은 곡예사의 얼굴에 행복이 넘치는 것을 보았다. 심지어 그가 놀랍고 독창적인 어깨 회전을 하며 공중에서 숨이 멎을 듯 비틀거릴 때도 그랬다. 공연 후 그는 엘리베이터 안내원을 보며 웃음을 던지고는 다섯 계단씩 뛰어올라 아파트를 단숨에 올라갔다. 그리고 매우 조심스럽게 조용한 방으로 살금살금 들어갔다.

"마샤."

그가 속삭였다.

"어머!"

그녀는 힘없는 얼굴로 그를 향해 미소를 지었다.

"호레이스, 뭘 좀 해줬으면 해요. 내 책상 서랍 안에 보면 두꺼운 종이 뭉치가 있을 거예요. 그거 일종의 책이에요, 호레이스. 꼼짝 못하고 있던 지난 석 달 동안 쓴 거예요. 당신이 피터 보이스 웬델에게 그걸 좀 가져다 줬으면 해요. 그 사람은 신문에 내 편지를 실었던 사람이에요. 좋은 책이 될지 말지 얘기해줄 거예요. 내가 말하는 식대로 썼어요. 그 사람에게 그 편지를 썼던 식으로 말이에요. 그냥 나에게 일어났던 많은 일에 관한 이야기예요. 그 사람한테 가져다 주겠어요, 호레이스?"

"그럼, 자기."

그는 침대에 기대어 그녀의 베개를 나란히 베고는 그녀의 금발을 뒤로 쓸어주기 시작했다.

"사랑하는 마샤."

그가 부드럽게 말했다.

"아니야, 내가 말했던 대로 불러줘요."

그녀가 웅얼거렸다.

"소중한 사람, 가장 소중한 사람."

그가 열정적으로 속삭였다.

"아기를 뭐라고 부르죠?"

둘은 잠시 행복하고 달콤하게 나른한 상태로 쉬었고 호레이스는 곰곰이 생각했다.

"마샤 흄 타박스라고 부르는 게 좋겠어요."

마침내 그가 말을 했다.

"흄은 왜요?"

"왜냐하면 그 친구가 우리를 처음 소개해줬으니까요."

"그랬던 거예요?"

그녀가 졸린 가운데 놀라며 물었다.

"그 사람 이름이 문인 줄 알았는데."

그녀의 눈이 감겼고, 잠시 후에 그녀의 가슴을 덮은 이불이 느리고 길게 오르락내리락하며 그녀가 잠들었음을 알려주었다.

호레이스는 책상으로 살금살금 기어가 맨 위의 서랍을 열었고, 빽빽하게 휘갈겨 쓴 연필 자국으로 가득한 종이 뭉치를 발견했다. 그는 첫 장을 보았다.

중략(中略)된 산드라 피프스

마샤 타박스 지음

그는 빙그레 웃었다. 결국 새뮤얼 피프스가 그녀에게 감명을 주었다는 말이었다. 그는 페이지를 넘겨 읽기 시작했다. 그의 미소는 더욱 짙어졌다. 30분이 지나자, 그는 마샤가 일어나 침대에서 자신을 지켜보고 있다는 걸 알아차렸다.

"자기."

그녀가 속삭이는 말이 들려왔다.

"왜요, 마샤?"

"그거 맘에 들어요?"

호레이스가 기침을 했다.

"계속 읽고 싶어지는데, 기지가 엿보여요."

"피터 보이스 웬델에게 가져다 줘요. 자기가 예전에 프린스턴 대학에서 최고 점수를 받았고 좋은 책을 알아볼 줄 안다는 것도 말하고 이 책이 크게 성공할 거라고 말해줘요."

"알았어요, 마샤."

호레이스가 온화한 목소리로 말했다. 그녀의 눈이 다시 감기자, 호레이스는 다가가 그녀의 이마에 입을 맞췄다. 그리고 애정 어린 연민의 표정으로 잠시 서 있었다. 그러다 방에서 나갔다.

그날 밤 내내 종이 위에 휘갈겨 쓴 글자와 철자와 문법상의 부단한 오류, 불가사의한 구두점이 그의 눈앞에서 춤을 추었다. 그는 밤중에 여러 번 잠에서 깨었고, 그때마다 글로 자신을 표현하고 싶어 하는 마샤의 영혼이 간절함에 혼란스러운 감정이 샘솟아 그의 마음을 가득 채웠다. 그의 내면에서 그 간절함에 끝없이 애처로운 마음이 일어났고 반쯤 잊어버렸던 자신의 꿈을 몇 달 만에 처음으로 뒤적이기 시작했다.

쇼펜하우어가 염세주의를, 윌리엄 제임스가 실용주의를 대중화했듯 그는 사실주의를 대중화할 총서를 쓰려고 했다.

하지만 삶은 그 길로 나아가지 않았다. 삶은 사람들을 붙잡아 철봉대의 링으로 떠밀었다. 그는 그의 문을 두드리던 소리와 홈에 앉은 어렴풋한 그림자, 키스하라고 으름장을 놓던 마샤를 떠올리며 웃었다.

"그래도 여전히 나로군."

그는 잠에서 깨어나 어둠 속에 누운 채 놀라워하며 크게 소리쳤다.

"나는 들을 수 있는 귀가 그곳에 없다면 문을 두들기는 소리가 실제로 존재하는지 여부를 알아보려고 했던, 무모한 생각으로 버클리에 앉아 있던 그 사람이야. 난 여전히 그 사람이고, 그자가 범죄를 저지르면 전기의자에 앉아 죽을 수도 있었어."

"우리 자신을 유형의 것으로 표현하려 애쓰는 보잘것없는 가벼운 영혼들. 마샤는 자신이 써낸 책들로, 나는 쓰지 않은 책들로, 자신의 매개체를 골라 그 결과물을 취하며 기뻐하기도 하지."

5

『중략(中略)된 산드라 피프스』는 칼럼니스트 피터 보이스 웬델이 서문을 쓰고,《조던 매거진》에 연재하고 3월에 책으로 출간되었다. 그리고 처음 출판했을 때부터 폭넓은 관심을 끌었다. 진부한 주제(뉴저지 작은 마을 출신인 소녀가 뉴욕으로 와서 무대에 오른다는 내용이다)를 평이하게 다루었지만 문장에 독특한 생생함이 배어 있었고, 몹시 부적절한 어휘에서 묻어나는 나지막한 슬픔의 목소리가 좀처럼 머리를 떠나지 않아서 저항할 수 없는 호소력이 있었다.

피터 보이스 웬델은 그때 마침 표현력 있는 방언을 즉각 채택하여 미국의 언어를 풍요롭게 하자고 주장하고 있었다. 인습에 얽매여 밋밋하고 틀에 박힌 평론 일색이던 평론가들은 그 책의 스폰서를 자청하며 격찬을 아끼지 않았다.

마샤는 연재물 한 회당 300달러를 받았는데, 적당한 때에 그렇게 되었다. 호레이스의 곡마장 월급은 마샤가 예전에 벌었던 돈보다는 더 많아졌지만, 어린 딸이 빽빽거리며 울어댔고 둘은 그 울음을 시골의 공기가 필요하다는 뜻으로 해석했다. 그래서 4월 초에 웨스트체스터 지역의 작은 목조 단층집으로 옮겼고, 그 집에는 잔디밭으로 꾸밀 공간과 차고로 사용할 공간, 방음이 되는 난공불락의 서재를 포함하여 모든 것을 할 수 있는 공간이 있었다. 마샤는 조던에게 딸의 요구가 줄어들면 서재에 칩거하여 문장과 어휘가 거친 불후의 명작을 쓰겠다고 했다.

"꽤 괜찮은데."

어느 날 밤, 호레이스가 역에 내려 집으로 가는 길에 생각했다. 그는 몇 가지 가능성을 두고 심사숙고하고 있었다. 다섯 자리 숫자로 제안된 돈을 받으면서 넉 달 동안 보드빌 공연을 할 수도 있고 프린스턴 대학으로 돌아가 체육관 업무를 총괄할 수도 있었다. 이상하기도 한 일이었다. 그는 한때 그곳으로 돌아가 철학 관련 업무를 전담하고 싶었는데, 오랜 우상이었던 안톤 로리에가 뉴욕에 왔다는 소식에도 아무런 감흥이 없었다.

발꿈치 아래에서 조약돌들이 자그락거리며 요란한 소리를 냈다. 번쩍이는 거실의 조명을 보았고 진입로에 세워진 큰 차도 보았다. 아마도 다시 글을 쓰라며 마샤를 독려하러 조던이 온 것이리라.

마샤는 호레이스가 오는 소리를 듣고 마중을 나왔다. 문의 불빛을 등지고 있는 그녀의 실루엣이 보였다.

"어떤 프랑스인이 와 있어."

그녀는 초조하게 속삭였다.

"그 사람의 이름을 발음할 수 없지만 목소리가 엄청 낮아. 자기가 가서 좀 지껄여 봐."

"프랑스인 누구?"

"나도 모르지. 한 시간 전에 조던 씨랑 차를 타고 와서는 산드라 피프스와 기타 등등을 만나고 싶다고 하잖아."

그들이 안으로 들어가자 두 남자가 의자에서 일어났다.

"안녕하시오, 타박스 씨."

조던이 말했다.

"유명 인사 두 분이 만날 자리를 만들었소. 무슈 로리에를 모시고 왔지요. 무슈 로리에, 타박스 부인의 남편인 타박스 씨를 소개하오."

"설마 안톤 로리에."

호레이스가 탄성을 질렀다.

"맞습니다. 꼭 와야 했습니다. 와야만 했지요. 부인의 책을 읽고 매료되고 말았거든요."

그는 주머니 속을 더듬었다.

"당신에 대한 기사도 읽었습니다. 오늘 읽은 신문에 당신 이름도 있더군요."

곧이어 그는 잡지에서 오린 것을 꺼냈다.

"읽어보시죠."

그가 간절히 말했다.

"당신에 관한 이야기도 있습니다."

호레이스의 눈이 페이지를 훑어 내려갔다.

'미국 방언 문학에 명백한 기여'라고 쓰어 있었다.

문학적 어조로 시도되지 않았다. 이 사실로부터 이 책의 우수성이 비롯되었다. 『허클베리 핀』과 마찬가지이다.

호레이스의 눈이 아래쪽 줄에 머물렀다. 그는 돌연 소스라치게 놀랐다. 그리고는 서둘러 읽어 내려갔다.

마샤 타박스는 관객으로서만이 아니라 공연자의 아내로서도 무대와 관련되어 있다. 그녀는 지난해에 호레이스 타박스와 결혼했다. 그는 매일 저녁 자신의 놀라운 비행 공연으로 곡마장에 모인 어린이들을 기쁘게 해준다. 이 젊은 부부는 자신들에게 '머리와 어깨'라는 별명을 붙였다고 한다. 이 말은 필시 타박스 부인이 문학적 정신적 소양을 채우고, 남편의 유연하고 날랜 어깨가 그 가정의 부에 기여한다는 것을 뜻한다.

타박스 부인은 '남용되는 천재'라는 별명을 들을 만
하다. 이제 겨우 스무 살인……

호레이스는 읽기를 멈추고 눈에 아주 이상야릇한 표정
을 담고서 안톤 로리에를 뚫어지게 바라보았다.

"조언 하나 했으면 합니다."

그는 쉰 목소리로 입을 열었다.

"뭐라고요?"

"문을 두드리는 소리에 관한 겁니다. 거기에 대답하지
마시고 그냥 그렇게 놔두세요. 아니, 방음문을 설치해두
세요."

젤리빈

1

짐 파월은 젤리빈(내세울 것 없는 한량을 일컫는 1910~1920
년대 미국의 속어)이었다. 그를 매력적인 캐릭터로 그리고
싶은 생각은 굴뚝같지만, 그런 식으로 독자들을 기만하
는 것은 매우 파렴치한 짓일 것이다. 그는 태어날 때부터
뼛속까지 99와 4분의 3퍼센트 젤리빈이었으며, 메이슨딕
슨선(미국 남부와 북부를 상징적으로 가르는 선) 한참 아래에
있는 젤리빈들의 땅에서, 젤리빈이 나는 철 내내, 말하자
면 사시사철 게으르게 성장했다.

당신이 멤피스 남자를 젤리빈이라고 부르면, 모르긴 몰

라도 그는 바지 뒷주머니에서 길고 튼튼한 동아줄을 꺼내 당신을 제일 가까운 전신주에 대롱대롱 매달아버릴 것이다. 당신이 뉴올리언스 사내를 젤리빈이라고 부르면, 그는 아마 느물느물 웃으면서 '당신의 여자 친구를 마디그라 축제의 무도회에 데려가는 게 누구일 것 같냐'라고 대꾸할 것이다.

이 이야기의 주인공을 생산해낸 젤리빈의 특산지는 멤피스와 뉴올리언스 사이 어디쯤에 붙어 있다. 4만 년 동안 남부 조지아에서 꾸벅꾸벅 졸고 있다가 가끔 깨어나서, 언젠가 어디에서 벌어졌지만 이제는 모두 까맣게 잊어버린 어느 전쟁 이야기를 두서없이 주절거리곤 하는 인구 4만 명의 작은 도시였다.

짐 파월은 젤리빈이었다. 어감이 하도 좋아서 이 말을 또 써 보게 된다. 무슨 동화책의 서두 같지 않은가. 마치 짐이 착한 사람인 것 같고, 어쩐지 모자에 가지각색의 잎사귀며 채소가 무성하게 돋아난, 둥글고 먹음직스러운 얼굴을 가진 사내를 눈앞에 떠올리게 한다. 하지만 짐은 호리호리하고 비리비리한 데다 당구대에 하도 엎어져 있어서 허리까지 구부정한 외양에, 무분별한 북부에서라면 깡백수로 불렸을지도 모를 인물이었다.

'젤리빈'은 남부 전역에서 통용되는 이름이었다. 말하자면 '나는 빈둥거리는 중이다', '나는 빈둥거린다', '나는 빈둥거릴 것이다' 같이 일인칭 단수 형태로 빈둥거리기 위해 동사를 활용하며 살아가는 사람들의 연합을 통칭했다.

짐은 초목이 우거진 길모퉁이의 하얀 집에서 태어났다. 집 앞에는 풍상에 낡은 기둥 네 개가, 뒤로는 엄청나게 많은 격자 울타리가 세워져 있었다. 그 덕에 햇빛을 흠뻑 받아 꽃이 만발한 잔디밭에 훌륭한 체크무늬 배경이 되어주었다.

원래 이 하얀 집에 살던 사람들은 옆집 땅과 그 옆집 땅과 그 옆의 옆집 땅까지 다 가지고 있었지만, 하도 오래전의 일이라 심지어 짐의 아버지마저도 기억이 거의 없었다. 사실 그는 이 문제를 너무도 하찮게 여긴 나머지, 싸움에 휘말려 총상으로 죽어가면서도 굳이 어린 짐에게 그 사실을 말해주지 않았다. 어린 짐은 그때 다섯 살이었고 불쌍할 정도로 겁에 질려 있었다. 하얀 집은 하숙집이 되어 메이컨 출신의 과묵한 아주머니가 경영하게 되었는데, 짐은 그녀를 '메이미 숙모님'이라고 불렀고 지독하게 싫어했다.

그는 열다섯 살이 되어 고등학교에 진학했다. 검은 고수머리를 마구 헝클어뜨리고 다녔으며, 여자애들을 두려워했다. 네 여자와 한 노인이 죽치고 앉아, 파윌 집안이 원래 얼마나 많은 땅을 갖고 있었으며 다음에는 무슨 꽃이 필 차례라는 이야기를 여름이 가고 또 여름이 올 때까지 한도 끝도 없이 주절거렸다. 짐은 자기 집을 증오했다.

가끔 타운의 어린 소녀들의 부모가 짐의 어머니를 기억하고는 검은 눈동자와 머리가 어머니와 닮은 데가 있다고 좋아하면서 이런저런 파티에 그를 초대했다. 하지만 파티에만 가면 쑥스러움이 몰려왔던 그는 차라리 틸리 정비소의 분리된 차축 위에 쭈그리고 앉아 주사위 노름을 하며 긴 지푸라기로 입안을 북북 쑤시는 게 훨씬 마음 편했다.

용돈을 벌기 위해서 아무 일이나 닥치는 대로 다 했는데, 파티에 가지 않게 된 것은 바로 이 때문이었다. 세 번째로 파티에 갔을 때 어린 마저리 헤이트가 다 들리는 자리에서, 그가 가끔 식료품을 배달하러 오는 소년이라고 분별없이 속삭였던 것이다. 그래서 짐은 투스텝(폭스트롯을 변형한 4분의 2박자 춤)과 폴카 대신 원하는 숫자가 나오도록 주사위를 던지는 법을 배웠고, 지난 50년간 주변 지역에서 있었던 온갖 짜릿한 도박의 전설들을 주워들었다.

그는 열여덟 살이 되었다. 전쟁이 터지자 수병으로 입대해 찰스턴 해군 공창(工廠)에서 1년 동안 놋쇠에 광을 내는 일을 했다. 그리고 변화를 주기 위해 북부로 가서 브루클린 해군공창에서 1년 동안 놋쇠에 광을 냈다.

전쟁이 끝나자 그는 고향으로 돌아왔다. 그의 나이는 스물한 살이었고, 바지는 너무 짧고 꼭 끼었다. 단추가 달린 구두는 볼이 좁고 길었다. 자줏빛과 분홍빛이 희한하게 소용돌이치며 얽혀 있는 문양의 넥타이를 매고 있었는데, 그 위의 푸른 두 눈동자는 너무 오래 햇볕에 내다 말린 고급 천 조각처럼 빛이 바래 있었다.

목화밭을 따라 깔린 부드러운 잿빛이 더위에 찌든 타운을 뒤덮던 어느 4월 저녁 어스름, 나무 울타리에 기댄 희미한 형체는 휘파람을 불며 잭슨 스트리트의 불빛 위

달무리를 하염없이 바라보고 있었다. 그는 벌써 한 시간째 어떤 문제에 온통 마음을 빼앗겨 고민을 거듭하는 중이었다. 젤리빈이 파티에 초대받은 것이다.

모든 소년이 모든 소녀를 싫어했던 옛날 옛적, 클라크 대로와 짐 파월은 학교에 나란히 앉은 짝꿍이었다. 하지만 짐의 사교적 열망이 정비소의 기름내 가득한 공기 속에서 죽어버린 반면, 클라크는 여러 번 사랑에 빠졌다가 정신 차리기를 되풀이했고, 대학에 갔고, 술독에 빠졌다가 술을 끊었다. 간단히 말해 타운 최고의 멋쟁이 신사가 되어 있었다.

그럼에도 클라크와 짐은 무심하지만 완벽하게 틀이 잡힌 우정을 유지해왔다. 그날 오후, 클라크의 오래된 포드 자동차가 인도를 걷고 있던 짐 옆에서 속도를 줄이더니, 느닷없이 컨트리클럽에서 벌어지는 파티에 그를 초대한 것이다. 클라크가 충동적으로 이런 짓을 벌인 것도 뜬금없지만, 짐이 충동적으로 승낙한 것은 더 뜬금없었다. 짐의 충동은 아마 무의식적인 권태의 발현이랄까, 반쯤 겁에 질린 모험심 같은 것이었을 것이다. 아무튼 짐은 이제

말짱한 정신으로 그 일을 되짚어보고 있었다.

그는 긴 발로 인도의 석조블록을 무심히 두드리며 노래를 부르기 시작했다. 어느새 낮고 잠긴 목소리로 구성지게 곡조를 뽑고 있었다.

고향에서 1마일 떨어진 젤리빈 타운엔

젤리빈 여왕 진이 살고 있어

주사위를 사랑하고 소중히 다루니

푸대접 받는 일 없으리

그러다 문득 노래를 뚝 그치고는 인도 위에서 거칠게 발을 굴러댔다.

"빌어먹을!"

그는 중얼거리다가 저도 모르게 큰 소리를 냈다.

전부 다 모여 있을 것이다. 옛날 그 무리들, 오래전에 팔아버린 그 하얀 집과 벽난로 위에 걸린 회색 군복의 장교 초상화가 물려준 권리로 따지자면, 짐도 마땅히 일원이 되었어야 하는 그 무리 말이다.

하지만 소녀들의 치마가 1인치씩 길어지듯이 서서히, 소년들의 바지 기장이 느닷없이 발목까지 뚝 떨어지듯이 명백하게, 그 무리는 다 함께 성장해 강한 유대감을 지닌 소수집단이 됐다. 그리고 성이 아닌 이름으로 서로를 부르는 그 풋사랑 집단에서 짐은 아웃사이더였다. 가난한 백인들의 동반자인 아웃사이더. 대부분의 남자가 선심 쓰듯이 그를 알은체했고, 그는 서너 명의 여자에게 모자를 까닥해 인사를 나눴다. 그게 다였다.

어스름이 짙어져 달을 돋보이게 하는 새파란 배경이 되자, 그는 뜨겁고 기분 좋게 자극적인 타운을 지나 잭슨 스트리트를 걸었다. 가게들이 문을 닫는 중이었고, 마지막 쇼핑객들은 느릿느릿 몽롱하게 돌아가는 회전목마를 탄 것처럼 집으로 둥실둥실 떠가고 있었다. 저 아래쪽 거리 장터에서는 다채로운 색깔의 상점들이 골목길을 화려하게 수놓았고, 여러 가지 음악 소리가 뒤섞여 밤의 흥취를 돋우고 있었다. 증기 오르간으로 연주하는 동양적인 댄스 음악, 괴물 쇼 앞에서 울리는 멜랑꼴리한 나팔 소리, 손풍금으로 연주하는 쾌활한 가락의 〈고향 테네시로 돌아가리〉까지.

젤리빈은 상점에 들러 칼라를 하나 샀다. 그리고 '샘(Sam)의 소다' 상점까지 급하게 걸어갔다. 여느 여름날 저녁처럼 자동차 서너 대가 문 앞에 주차되어 있었고 검둥이 꼬마들이 손에 아이스크림 선데와 레모네이드를 들고 왔다갔다 뛰어다니고 있었다.

"안녕, 짐."

지척에서 나는 목소리였다. 조 유잉이 메릿 웨이드와 함께 차에 타고 있었다. 낸시 라마와 낯선 남자도 뒤에 타고 있었다.

젤리빈은 재빨리 모자를 까딱해 보였다.

"안녕, 낸……"

그리고 눈치채기 힘들 정도로 잠깐 말을 멈췄다가 말했다.

"모두들 잘 지내?"

그는 그들을 지나쳐 계속 느릿느릿 걸어서 자기 방이 있는 정비소 2층으로 갔다. "모두들 잘 지내?"라는 인사는 15년 동안 말 한 번 못 붙여 본 낸시 라마를 향한 것이었다.

낸시는 추억 속의 키스하는 것 같은 입술, 아련한 눈매, 부다페스트에서 태어난 어머니로부터 물려받은 검푸른 머리칼을 지녔다. 짐은 소년처럼 주머니에 손을 찔러 넣고 걸어가는 낸시를 가끔 거리에서 스쳐 지나가곤 했다. 그는 그녀가 단짝 친구인 샐리 캐럴 하퍼와 함께 애틀랜타에서 뉴올리언스까지 실연으로 찢어진 심장들의 긴 행렬을 이끌고 다닌다는 걸 알았다.

잠시, 아주 짧은 몇 초간, 짐은 '춤을 잘 추면 좋을 텐데.' 하고 생각했다. 그리고 큰 소리로 웃어넘기고는, 문을 열려고 손을 뻗으며 혼자 나직하게 노래를 부르기 시작했다.

그녀의 젤리롤(Jelly Roll)은 그대 영혼을 뒤틀어 괴롭
히네
그녀의 두 눈은 커다랗고 갈색,
젤리빈 여왕 중의 여왕
젤리빈 타운에 사는 나의 진

2

짐과 클라크는 9시 반에 '샘의 소다' 앞에서 만나 클라크
의 포드 자동차를 타고 컨트리 클럽으로 출발했다.

"짐."

재스민 향이 가득한 밤길을 덜컹거리며 달리면서 클라
크가 무심히 물었다.

"요즘 입에 풀칠은 하고 사냐?"

젤리빈은 잠시 아무 말도 없이 생각에 잠겼다.

"글쎄……."

한참 후에야 그가 말했다.

"틸리 정비소 위층에 방을 하나 얻었어. 오후에 정비소에서 조수로 일하는 대신 공짜로 자게 해주었어. 가끔 틸리네 회사 택시를 몰아 슬쩍 용돈도 벌고. 하지만 정규적으로 기사 노릇 하는 건 질려서 못 하겠어."

"그게 다야?"

"뭐 일거리가 굉장히 많으면 일당 받고 도와주기도 하고, 보통은 토요일에. 그리고 별로 떠들고 다니지 않는 주수입원이 하나 더 있어. 아마 너도 기억할지 모르겠는데, 이 타운에서는 내가 주사위 도박 챔피언이나 마찬가지잖아. 요새 나한테 주사위를 통에 넣어 던지게 하더라고. 일단 내가 감을 잡았다 하면 주사위가 완전히 내 맘대로 굴러가니까."

클라크는 알아 모시겠다는 듯이 씩 웃었다.

"난 아무리 배워도 맘대로 안 되더라. 언제 네가 낸시 라마하고 한판 붙어서 걔 돈을 다 따버리면 좋겠는데. 그 애는 남자들하고 도박을 하는 데다 아버지가 주는 돈으로는 막을 수 없을 정도로 크게 잃거든. 어쩌다 들었는데, 지난달엔 빚을 갚으려고 근사한 반지를 하나 팔았다더라."

젤리빈은 별 반응을 보이지 않았다.

"엘름 스트리트의 하얀 집은 아직도 너네 거냐?"

짐은 고개를 저었다.

"팔았어. 옛날처럼 좋은 동네가 아니라는 걸 감안하면 값은 아주 후하게 쳐서 받았지. 변호사는 그 돈으로 자유 채권(제1차 세계대전 동맹국들을 지지하기 위한 기금 마련용 정부 채권)을 사라고 하더라. 하지만 메이미 숙모가 완전히 노망나는 바람에 그레이트 팜스 요양원에다 이자를 깡그리 갖다 바치고 있어."

"음."

"북부에 나이 든 삼촌이 한 분 있는데, 진짜 완전히 깡통거지가 되면 그리로 올라갈 수도 있지. 좋은 농장인데, 그 동네에는 검둥이 일손이 모자란대. 와서 좀 도와달라고 하는데 별로 정을 붙일 수 있을 것 같지 않아서. 지랄 맞게 외롭지 않겠……."

그는 하던 말을 느닷없이 뚝 끊었다.

"클라크, 초대해줘서 정말 고마워. 그런데 내가 다시 타운으로 걸어서 돌아가게 그냥 여기다 차 좀 세워주면 좋겠다."

"아, 진짜!"

클라크는 불평을 터뜨렸다.

"좀 나다니는 게 너한테도 좋아. 군이 춤을 출 필요도 없어. 그냥 플로어에 나가서 몸 좀 흔들어 주면 돼."

"잠깐만."

짐이 불편하게 외쳤다.

"절대 여자애들 앞에 세워놓고 쓱 도망가면 안 돼. 그러면 빼도 박도 못하고 춤을 춰야 하잖아."

클라크가 껄껄 웃었다.

"왜냐하면……."

짐이 필사적으로 덧붙였다.

"절대 안 그러겠다고 맹세하지 않으면 난 당장 여기서 내려 잭슨 스트리트로 돌아가버릴 거야."

약간의 말다툼 끝에, 짐은 여자들한테 괴롭힘을 당하지 않으면서 구경할 수 있는 구석 자리에 앉아 있고, 클라크는 춤을 추지 않을 때마다 와서 놀아주기로 합의했다.

그리하여 10시경 젤리빈은 다리를 꼬고 보수적으로 팔

짱을 낀 채 남들 눈에는 별 생각 없이 편안히 있는 척, 춤추는 사람들에게도 점잔을 빼며 무심한 척하려 애썼다. 하지만 마음은 극도의 죄의식과 주위에서 벌어지는 모든 일에 대한 강렬한 호기심으로 바싹바싹 타들어갔다.

그는 여자들이 하나씩 드레싱룸에서 나타나 화려한 새들처럼 기지개를 켜고 몸단장을 하고, 파우더를 바른 어깨 너머로 샤프롱들을 보면서 미소 짓고, 방 안을 슬쩍 둘러보며 자신의 등장에 연회장의 사람들이 어떻게 반응하는지 살펴보고는 마치 새들처럼 에스코트하러 대기하고 있던 파트너들의 품에 내려앉아 자리를 잡는 모습을 지켜보았다.

금발에 약시인 샐리 캐럴 하퍼는 제일 좋아하는 분홍색으로 차려입고 방금 잠에서 깬 장미처럼 눈을 깜박이며 등장했다. 마저리 헤이트, 메릿 웨이드, 해리엇 캐리, 한낮에 잭슨 스트리트에서 빈둥거리던 여자애들이 지금은 다 머리를 말고 머릿기름을 바르고 머리 위 조명을 의식해 은은한 색조 화장을 하고 나타났다. 방금 가게에서 사와 색칠이 채 마르지도 않은 분홍색, 파란색, 빨간색, 금색의 신기한 드레스덴 인형들 같았다.

반시간쯤 거기 있었을까. 매번 "어이, 친구. 어떻게 지
내고 있어?" 하며 무릎을 찰싹 치는 걸로 시작되는 클라
크의 쾌활한 방문에도 짐의 기분은 전혀 좋아지지 않았
다. 남자들 중 여남은 명이 말을 걸거나 잠시 옆에 머물렀
지만 하나같이 여기서 그를 보고 놀랐다. 그중 한두 사람
은 심지어 다소 빈정이 상했다는 것도 그는 알고 있었다.
하지만 10시 반이 되자 당황스러운 기분은 별안간 사라지
고 숨 막힐 듯한 흥분이 그를 온통 사로잡았다. 낸시 라마
가 드레싱룸에서 나왔던 것이다.

그녀는 노란색 오건디(얇은 모슬린 천) 드레스를 입고
있었다. 오만 구석이 다 멋들어진 의상으로 삼단 러플(큼
직큼직하게 물결 모양으로 만든 주름 장식)에 등 쪽에는 커다
란 리본이 달려 있어, 은은하게 발광(發光)하듯 그녀 주위
로 까만색과 노란색 빛을 흩뿌렸다. 젤리빈의 눈동자는
휘둥그레지고 속에서 뭔가가 울컥 올라와 목이 메었다.

잠시 그녀가 문간에 서 있자 파트너가 황급히 달려왔
다. 그날 오후 조 유잉의 자동차에 그녀와 함께 타고 있던

낯선 남자였다. 짐은 그녀가 허리에 손을 짚고 나지막하게 뭐라고 말하며 웃는 모습을 쳐다보았다. 남자는 따라 웃었고, 짐은 이상하게도 새로운 종류의 통증이 찌르듯 스치는 느낌을 받았다. 두 사람 사이에 빛이 오갔다. 아까부터 그를 따뜻하게 감싸주던 그 태양으로부터 나온 한 줄기 아름다운 빛이었다. 젤리빈은 갑자기 그늘 속의 잡초 같은 기분이 들었다.

1분 후 클라크가 환한 얼굴로 눈을 빛내며 다가왔다.

"어이, 친구."

그는 독창성이 결여된 인사말을 외쳤다.

"어떻게 지내고 있어?"

짐은 예상했던 질문에 잘 지내고 있다고 말했다.

"나랑 잠깐 같이 가자."

클라크가 졸랐다.

"저녁을 좀 재미있게 만들어줄 만한 일이 있어."

짐은 그를 따라 어색하게 플로어를 지나 층계를 올라 카룸으로 들어갔다. 클라크가 이름 모를 노르스름한 액체가 담긴 유리병을 꺼내 보였다.

167

"끝내주는 옥수수 위스키야."

쟁반에 놓인 진저에일이 들어왔다. '끝내주는 옥수수 위스키' 같은 센 술은 셀처 탄산수 정도로는 감출 수 없는 법이다.

"그런데 말이야."

클라크가 숨을 헐떡거리며 외쳤다.

"낸시 라마 예쁘지 않냐?"

짐이 고개를 끄덕였다.

"끝내주게 예뻐."

그가 동의했다.

"오늘 밤 작별인사를 하려고 꽃단장을 했다더군."

클라크가 하던 말을 계속했다.

"같이 있던 그 남자 봤어?"

"덩치 큰 남자? 백바지 입은?"

"그래. 서배너 출신의 오그던 메릿이야. 부친이 메릿 안전면도기를 만드는 회사 사장이지. 이 친구가 걔한테 푹 빠졌나 봐. 1년 내내 꽁무니를 따라다녔다더라."

클라크가 계속 말했다.

"낸시는 못 말리는 애지. 그래도 나는 걔가 좋아. 다들 좋아하지. 하지만 가끔 진짜 정신 나간 짓을 저지를 때가 있어. 보통은 무사히 빠져나가지만, 한두 번은 뒤처리를 못 해서 평판이 말이 아닌가 보더라고."

"그래?"

짐은 술잔을 기울이며 말했다.

"이거 좋은 위스키네."

"나쁘지 않지. 아, 걘 못 말려. 주사위 도박도 하고! 그리고 하이볼(위스키에서 소다를 섞은 음료)도 진짜 좋아해. 나중에 내가 한 잔 만들어주기로 약속했지."

"그런데 그 남자 메릿인가, 사랑한대?"

"그 속을 누가 알아. 이 동네에서 괜찮은 여자들은 죄다 결혼해서 어디론가 가버리는 것 같아."

그는 술을 한 잔 더 따르고 조심스럽게 코르크 마개를 닫았다.

"이봐, 짐. 나는 가서 춤춰야 하거든. 춤 안 추는 동안은 네가 이 위스키를 좀 깔고 앉아 있어주면 고맙겠어. 내가 술 마신 걸 누가 알면 틀림없이 와서 달라고 할 텐데, 그러면 눈 깜짝할 사이에 다 없어져서 다른 놈이 뿅 가는 시간을 보낼 거 아니야. 그건 안 될 말이지."

그러니까 낸시 라마가 결혼을 하는구나. 이 타운 최고의 미녀가 백바지를 입은 한 사람의 사유재산이 될 참이었다. 이 모든 게 다 백바지의 아버지가 이웃들보다 더 좋은 면도기를 만들기 때문이라니. 층계를 내려오며 이런 생각을 하자 뭐라 설명할 수 없이 우울해졌다. 평생 처음으로 그는 막연한 낭만적 갈등을 느꼈다. 그녀의 모습이 상상 속에서 선명하게 떠올랐다. 소년처럼 쾌활하게 거리를 걸어가는 낸시, 자신을 부르는 과일 장수에게서 십일조로 오렌지를 받아 들고, 샘의 소다 상점의 가상계좌에 콜라 값을 외상으로 달아놓고, 청년 호위단을 모집해서는 오후를 흥청망청 즐기러 득의양양하게 자동차를 타고 떠나는 낸시.

젤리빈은 포치로 걸어 나와 아무도 없는 구석 자리로 갔다. 잔디밭에 비치는 달빛과 외등이 켜진 무도회장의 문 사이에 자리한 어두컴컴한 곳이었다. 그는 의자를 하나 찾아 앉아 담뱃불을 붙이고는 여느 때처럼 몽상 속으로 빠져들었다. 하지만 밤 분위기 탓에, 깊게 파인 드레스 앞섶에 쑤셔 넣어져 열린 문틈 사이로 수천 가지 진한 향기를 뿜어내고 있는 축축한 분첩의 뜨거운 향내 탓에, 그 몽상은 지금 육감적인 색채를 띠고 있었다. 시끄러운 트럼본 소리에 묻힌 음악마저도 뜨겁고 몽롱해져, 바닥에 끌리는 무수한 구두며 슬리퍼 소리에 나른한 느낌을 한층 더하고 있었다.

문틈으로 비치던 사각형 노란 불빛이 별안간 어두운 형상으로 가려졌다. 한 여성이 드레싱룸에서 포치로 나와 10피트도 채 떨어지지 않은 곳에 멈춰 섰다. 낮게 한숨을 쉬며 "망할" 하고 중얼거리는 소리가 들리더니, 어느새 그녀가 돌아서서 그를 보았다. 낸시 라마였다.

짐은 벌떡 일어섰다.

"안녕?"

"안녕……."

낸시는 말을 멈추고, 망설이다가 다가왔다.

"아, 너, 짐 파월이구나."

그는 살짝 고개를 숙여 인사하고, 가벼운 인사말을 생

171

각해내려고 애썼다.

"혹시……."

낸시가 재빨리 먼저 말을 꺼냈다.

"껌에 대해 뭐 좀 아는 게 있니?"

"뭐라고?"

"구두에 껌이 붙었어. 어떤 멍청이가 플로어에 껌을 뱉어놓고 갔는데, 그걸 또 내가 밟았지 뭐야."

짐은 어울리지 않게 얼굴을 붉히고 말았다.

"어떻게 떼어내는지 아니?"

그녀는 성마르게 다그쳤다.

"칼로도 해봤어. 드레싱룸에 있는 빌어먹을 물건들을 다 써봤어. 비눗물, 심지어 향수까지. 껌이 분첩에 붙어 나올까 싶어서 해보다가 분첩만 망가뜨렸지 뭐야."

짐은 동요하는 마음을 억제하지 못한 채 그 질문에 대해 생각했다.

"내 생각엔 아마 가솔린이……."

그 말이 짐의 입술 밖으로 새어나오자마자 그녀가 그의 손을 덥석 잡더니 그를 끌고 달리기 시작했다. 낮은 베란다를 지나고 화단을 지나, 골프코스 1번 홀 옆에 달빛을 받으며 주차되어 있는 자동차를 향해 전속력으로.

"가솔린을 좀 틀어봐."

그녀가 숨을 헐떡거리며 명령했다.

"뭐라고?"

"껌을 떼어야지, 당연히. 껌을 붙이고 어떻게 춤을 추니?"

짐은 순순히 자동차들 쪽으로 가서 필요한 용해제를 얻어낼 목적으로 천천히 살펴보기 시작했다. 그녀가 실린더를 요구했대도 짐은 최선을 다해 하나 뜯어내고야 말았을 것이다.

"여기."

그는 잠시 찾다가 말했다.

"이게 쉽겠다. 손수건 있니?"

"젖어서 위층에 널어놨어, 비눗물로 닦느라고 썼거든."

짐은 자기 주머니를 부지런히 뒤졌다.

"나도 없는 거 같네."

"빌어먹을! 그럼 그냥 틀어서 땅에 흐르게 해."

그는 주유구를 열었다. 기름이 방울방울 떨어지기 시작

했다.

"좀더!"

그는 주유구를 완전히 다 열었다. 방울방울 떨어지던 기름이 줄기가 되더니 금세 빛을 내며 번들거리는 웅덩이가 되었다. 바르르 떨리는 웅덩이 한복판에 출렁이는 달이 비쳤다.

"아."

그녀는 만족스럽다는 듯이 숨을 내쉬었다.

"전부 다 뽑아버리자. 기름 속을 헤치고 걷기만 하면 되겠어."

그는 자포자기 심정으로 꼭지를 끝까지 돌리자 웅덩이가 갑자기 확 넓어지더니 사방으로 작은 강줄기며 실개천이 흘러가기 시작했다.

"좋았어. 그럴싸해 보인다."

치마를 걷어 올리면서 그녀가 우아하게 웅덩이를 밟았다.

"틀림없이 떨어져 나갈 거야."

그녀가 중얼거렸다. 짐은 미소를 지었다.

"저기 차들이 훨씬 더 많네."

그녀는 우아하게 가솔린 웅덩이 밖으로 나와 구두 옆과 바닥을 자동차 발판에 대고 문질러 닦기 시작했다. 젤리빈은 더 이상 참을 수가 없었다. 웃음이 폭발하는 바람에 배를 잡고 웃자 잠시 후 그녀도 따라 웃기 시작했다.

"너 클라크랑 같이 왔지?"

다시 베란다로 걸어오면서 그녀가 물었다.

"그래."

"지금 걔 어디 있는지 아니?"

"신나게 춤추고 있을걸."

"제길, 나한테 하이볼 만들어주기로 했으면서."

"글쎄."

짐이 말했다.

"그거라면 문제없겠는데. 그 녀석 술병이 내 주머니 속에 있거든."

그녀는 환히 빛나는 미소를 띠며 그를 바라보았다.

"하지만 진저에일이 좀 필요할 것 같아."

그가 덧붙였다.

"난 됐어. 그냥 술병만 있으면 돼."

"괜찮겠어?"

그녀는 한심스럽다는 듯이 웃었다.

"두고 봐. 난 남자들이 마시는 건 뭐든 다 마셔. 우리 어디 앉자."

그녀는 테이블 모서리에 기대앉았고 그는 옆 고리버들 의자에 털썩 앉았다. 그녀는 코르크 마개를 열고 병을 입술에 갖다 대더니 길게 한 모금 마셨다. 그는 황홀하게 그녀를 쳐다보았다.

"좋아?"

그녀는 숨을 헐떡이며 고개를 가로저었다.

"아니, 하지만 기분은 좋아. 다른 사람들도 그럴 거라고 생각해."

짐은 동의했다.

"우리 아빠는 지나치게 좋아하셨지. 그게 결국 사람 잡았지만."

"미국 남자들은."

낸시가 심각하게 말했다.

"술 마시는 법을 몰라."

"뭐라고?"

짐은 깜짝 놀랐다.

"사실."

그녀는 무심하게 말을 이었다.

"뭐든 제대로 할 줄을 몰라. 내 인생에서 후회되는 일이한 가지 있다면 영국에서 태어나지 않은 거야."

"영국에서?"

"응. 영국 사람이 아니라는 게 내 인생 단 하나의 후회거리야."

"거기 좋아하는구나."

"음, 엄청. 가본 적은 없지만, 군인으로 여기 온 영국 사람은 많이 만나봤어. 옥스퍼드와 캠브리지 대학생들 말이야. 그러니까 그건 여기선 스와니 조지아 대학 같은 거거든. 물론 영국 소설도 많이 읽었어."

짐은 놀라워하며 흥미롭게 이야기를 경청했다.

"다이애나 매너스 부인(제1차 세계대전 때 유명한 영국 여배우로 당시 최고의 미녀였다) 이야기 들어본 적 있어?"

177

그녀가 진지하게 물었다.

짐은 들어본 적이 없다는 의미로 고개를 가로저었다.

"난 그런 사람이 되고 싶어. 어두운, 그러니까 나처럼 지독히도 제멋대로인 사람 말이야. 소녀 시절에 무슨 성당인지 교회인지 아니면 어디의 계단 위까지 말을 타고 달렸는데, 그 후로 그녀의 모든 소설 속 여주인공이 그런 행동을 하는 장면을 넣었대."

짐은 예의 바르게 고개를 끄덕였다. 무슨 소리인지 도통 알 수가 없었다.

"병 이리 줘봐."

낸시가 말했다.

"나 술 조금만 더 마실래. 조금 더 마신다고 무슨 큰일 날 것도 아니고."

그녀는 한 모금 마시더니, 또 숨을 헐떡거리며 말을 계속했다.

"저쪽 사람들은 스타일이 있어. 여기는 아무도 그런 게 없어. 내 말은 여기 남자애들은 잘 보이려고 옷을 차려입거나 떠들썩한 짓을 벌일 만한 가치가 없다는 거야. 넌 모르겠니?"

"그럴지도……. 그러니까 내 말은 그런 거 같기도 해."

짐은 중얼거렸다.

"내가 몽땅 다 손봐주고 싶어. 정말이지 이 동네에서 스타일 있는 여자는 나밖에 없다니까."

그녀는 기지개를 펴고는 상쾌하게 하품을 했다.

"멋진 밤이야."

"정말 그래."

짐도 동의했다.

"보트 갖고 싶다."

그녀는 꿈꾸듯이 말했다.

"은빛 호수 위로 배를 저어 나가고 싶어. 템스 강 같은 데로, 샴페인이랑 캐비어 샌드위치를 챙겨서, 한 여덟 명쯤 같이. 그런데 그중 한 명이 사람들을 재밌게 해주겠다며 물에 뛰어들었다가 죽어버리는 거야. 다이애나 매너스 부인과 같이 있던 남자가 그랬던 것처럼."

"그 여자를 재밌게 해주려고 그랬던 거야?"

"그 여자를 재밌게 해주려고 물에 빠져 죽을 작정은 아니었지. 그냥 물에 뛰어들어서 사람들을 웃기려고 했던 것뿐이야."

"남자가 물에 빠져 죽었을 때 그 사람들 웃겨 죽었겠네."

"아, 좀 웃었겠지."

그녀는 인정했다.

"어쨌거나 그녀도 웃었을 거야. 내 생각엔, 꽤나 무정한 사람이거든……, 나처럼."

"네가 무정해?"

"찔러도 피 한 방울 안 나올걸."

그녀는 다시 하품을 하고 덧붙였다.

"술 조금만 더 줘."

짐은 망설였지만 그녀는 도전적으로 손을 내밀었다.

"어린애 취급하지 마."

그녀는 경고했다.

"난 네가 만난 어떤 여자애와도 달라."

그녀는 말했다.

"하지만 어쩌면 네가 옳을지도 모르지. 나는 청년의 어깨에 노인네 머리를 달고 있으니까."

그녀는 벌떡 일어나 문 쪽으로 걸어갔다. 젤리빈도 일어났다.

"안녕."

그녀는 정중하게 말했다.

"안녕. 고마워, 젤리빈."

그리고 그녀는 안으로 들어갔고, 그는 눈을 동그랗게 뜬 채 포치에 홀로 남았다.

3

12시가 되자 여자 드레싱룸에서 망토 행렬이 줄지어 나
오더니, 코티용 댄스(스텝이 복잡하고 줄곧 상대를 바꾸는 춤)
대열에서 파트너들과 만나듯 코트 입은 남자들과 하나씩
짝을 이루고 졸음에 겨운 행복한 웃음을 터뜨리며 문을 지
나 표표히 흘러갔다. 그들이 문을 지나쳐 사라지자 어둠
속에서 자동차들이 털털거리며 후진했고, 사람들은 서로
일행의 이름을 부르며 냉수기 근처로 모여들었다.

짐은 구석 자리에 앉아 있다가 클라크를 찾으러 일어
났다. 그를 만난 게 11시쯤이었고, 그 후 클라크는 춤을

추러 들어갔었다. 짐은 한때 바였던 간이 음료수대 쪽으로 슬렁슬렁 클라크를 찾으러 갔다. 방은 휑했다. 카운터 뒤에서 졸고 있는 검둥이와 한쪽 테이블에서 주사위 한 쌍을 갖고 노닥거리는 남자애 둘을 제외하고는 아무도 없었다. 짐은 막 나가려던 참에 막 들어오는 클라크를 보았다. 동시에 클라크도 눈길을 돌렸다.

"어이, 짐!"

그가 큰 소리로 불렀다.

"이리 와서 이 술병 끝장내는 것 좀 도와줘. 얼마 남지 않았지만 술이 사방에 널렸으니까."

낸시와 서배너 출신의 남자 메릿 웨이드 그리고 조 유잉이 문간에서 축 늘어져 낄낄거리고 있었다. 낸시는 짐과 눈이 마주치자 익살스럽게 윙크를 던졌다.

그들은 테이블로 슬그머니 몰려가 자리를 잡고 앉아 웨이터가 진저에일을 가져오기를 기다렸다. 짐은 왠지 마음이 편치 않아 낸시 쪽으로 눈길을 돌렸지만, 그녀는 어느새 옆 테이블에 앉은 두 남자와 5센트짜리 주사위 게임을 하는 데 정신이 팔려 있었다.

"그거 여기로 가져와."

클라크가 말했다.

짐은 주위를 둘러봤다.

"사람들 이목을 끌면 안 돼. 클럽 규칙에 어긋난다고."

"주위엔 아무도 없어."

클라크가 고집했다.

"테일러 씨뿐이야. 누가 자기 차에서 가솔린을 몽땅 빼버렸는지 찾겠다고 미친놈처럼 사방을 휘젓고 다니고 있다니까."

모두들 와아 하고 웃었다.

"낸시 신발에 또 뭐가 묻었다는 데 백만 달러 걸지. 낸시가 지나갈 만한 곳에 차를 주차해놓는 건 금물이라니까."

"아, 낸시. 테일러 씨가 널 찾고 계시단다!"

낸시의 두 뺨은 게임의 흥분으로 빨갛게 달아올라 있었다.

"난 그 사람의 멍청한 플리버(조그만 싸구려 자동차)는 2주 동안 본 적이 없어."

짐은 느닷없는 정적을 느꼈다. 돌아보니 나이를 가늠할

수 없는 남자 하나가 문간에 서 있었다.

"같이 앉으시겠어요, 테일러 씨?"

클라크의 목소리에서 당황스러움이 묻어났다.

"고맙소."

테일러는 아무도 달가워하지 않는 몸을 이끌고 와서는 의자에 편안히 기대앉았다.

"그래야 할 것 같소이다. 가솔린을 구해줄 때까지 기다리고 있거든요. 누가 내 차에 장난을 좀 쳐놔서."

그는 눈을 가늘게 뜨더니 재빨리 사람들을 하나씩 훑어보았다. 짐은 그가 문간에서 어떤 얘기를 들었을지 궁금했다. 그때 무슨 말이 오가고 있었더라.

"오늘 밤 감이 좋아."

낸시가 노래하듯 외쳤다.

"내가 50센트 걸었어요."

"내가 받지."

테일러가 갑자기 끼어들었다.

"어머나, 테일러 씨, 주사위 게임을 하시는지 몰랐네요."

낸시는 그가 자리를 잡고 앉아 곧장 자신의 판돈을 받

아주자 굉장히 기뻐했다. 언젠가 일런의 노골적인 구애를 낸시가 단호하게 거절했던 밤 이래로 그들은 대놓고 서로 미워하는 사이였다.

"좋아, 우리 아가들. 이 엄마를 위해서 잘해주렴. 7 한 번만 가자."

낸시는 주사위를 어르고 달랬다. 그리고 화려한 동작으로 팔을 쳐들어 주사위를 흔들더니 테이블 위로 굴렸다.

"아하! 이럴 줄 알았어. 이제 1달러 올리고 한 번 더."

그녀가 다섯 판을 내리 따자 테일러는 돈을 꽤나 잃었다. 그녀는 갈수록 게임에 사적인 감정을 싣고 있었다. 짐은 이길 때마다 그녀의 얼굴에 승리감이 파닥거리며 지나가는 것을 지켜봤다. 한 번 던질 때마다 판돈을 두 배로 올리고 있었다. 그런 행운은 좀처럼 지속되지 않는 법이다.

"좀 느긋하게 하는 게 어때?"

그는 소심하게 주의를 주었다.

"아, 하지만 이걸 봐."

그녀가 속삭였다. 주사위의 숫자는 8이었고, 그녀는 자신의 숫자를 불렀다.

"우리 꼬마 에이다, 이번에는 남쪽으로 가자꾸나."

디케이터 출신 에이다가 테이블 위를 굴러갔다. 낸시는 잔뜩 상기된 얼굴에 반쯤 히스테릭한 상태였지만, 행운은 버텨주고 있었다. 그녀는 멈추려 하지 않고 판돈을 올리고 또 올렸다. 테일러는 손가락으로 테이블을 톡톡 두들겨댔지만, 끝까지 가볼 작정인 게 분명했다.

그 순간 낸시가 10을 시도했다가 주사위를 잃었다. 테일러가 탐욕스럽게 주사위를 움켜쥐었다. 그리고 조용히 주사위를 던졌다. 숨죽인 흥분 속에서 들리는 소리라곤 테이블 위에서 달그락거리며 한 번, 또 한 번 굴러가는 주사위 소리뿐이었다.

이제 낸시가 다시 주사위를 잡았지만, 이미 행운은 깨졌다. 한 시간이 지났다. 주사위는 이리저리 오갔다. 테일러가 또 던졌다. 그리고 다시, 또다시. 마침내 그들은 비겼고, 낸시는 최후의 5달러까지 다 잃었다.

"내 수표 받겠어요?"

그녀는 재빨리 말했다.

"50달러짜리, 그리고 그걸 다 거는 게 어때요?"

그녀의 목소리는 약간 불안정했고 돈을 거는 손은 떨리고 있었다.

클라크는 조 유잉과 걱정스러운 눈빛을 교환했다. 테일러가 다시 주사위를 던졌다. 그가 낸시의 수표를 가져갔다.

"한 번 더 어때요?"

낸시가 거칠게 말했다.

"어떤 은행이든 상관없어요. 사실 돈이야 사방에 널렸으니까."

짐은 그제야 깨달았다. 자신이 그녀에게 췄던 '끝내주는 옥수수 위스키', 그녀가 줄기차게 마신 그 끝내주는 위스키가 화근이었다. 지금이라도 끼어들 용기가 나면 얼마나 좋을까. 저 나이, 저 신분의 여자가 은행 계좌를 두 개나 갖고 있을 리가 없다. 시계가 새벽 2시를 알리자 그는 더 이상 참을 수가 없었다.

"저기 내가, 내가 대신 던지게 해주겠어?"

짐이 제안했다. 낮고 게으른 특유의 목소리에 살짝 긴장감이 감돌았다. 졸음에 취해 나른해진 낸시가 별안간 그의 앞에 주사위를 던졌다.

"좋아, 친구! 다이애나 매너스 부인 가라사대, '던져라, 젤리빈.' 내 행운은 다 끝났으니까."

"테일러 씨."

짐은 무심하게 말했다.

"저기 쌓인 수표 한 장을 거시면 제가 현금으로 받고 던지죠."

30분 후, 낸시가 몸을 앞으로 숙이고 흔들거리며 걸어오더니 그의 등을 토닥토닥 두드렸다.

"내 행운을 훔쳐갔구나, 네가."

그러더니 현자라도 되는 듯 고개를 끄덕거렸다.

짐은 마지막 수표까지 휩쓸고는 그걸 다른 수표들과 합친 다음 조각조각 찢어서 바닥에 흩뿌렸다. 누군가 노래를 부르기 시작했고 낸시는 의자를 뒤로 치며 벌떡 일어났다.

"신사 숙녀 여러분."

그녀가 공표했다.

"숙녀 여러분, 너 말이야, 메릿. 저는 온 세상에 대고 말하고 싶어요. 이 도시의 젤리빈으로 잘 알려진 짐 파월 씨는 그 대단한 법칙, 그러니까 '주사위의 기린아는 사랑의 실패자'라는 법칙에서 예외라고 선언합니다. 그는 주사위의 기린아이고, 사실 저는 그를 사랑해요. 《헤럴드》에 젊은이들 사이에서 가장 인기 있는 사람 중 하나로 종종 실렸던 그를요. 하긴 다른 여자들도 이런 식으로 많이 실리지만 말이에요. 유명한 검은 머리 미인인 저 낸시 라마가 공표하고자 합니다. 어쨌거나 공표하고자 합니다. 신사 여러분."

그녀가 갑자기 휘청거렸다. 클라크가 그녀를 붙들어 다시 똑바로 서게 했다.

"아, 실수."

그녀는 웃음을 터뜨렸다.

"몸을 굽혀, 몸을 굽혀……. 하여간 우리 젤리빈한테 건배해요. 짐 파월 씨, 젤리빈의 왕."

몇 분 뒤, 짐은 아까 낸시가 가솔린을 찾아 나왔던 포치 구석 자리 어둠 속에서 모자를 손에 들고 클라크를 기다리고 있었다. 갑자기 그의 곁에 그녀가 나타났다.

"젤리빈, 너 여기 있니, 젤리빈? 내 생각에……."

다소 불안한 그녀의 모습마저도 매혹적인 꿈의 일부 같았다.

"내 생각에 넌 최고로 달콤한 키스를 받을 자격이 있어. 젤리빈."

잠깐 동안 그녀의 두 팔이 그의 목을 감싸 안더니 그녀의 입술이 그의 입술을 지그시 눌렀다.

"난 막나가는 세상에 사는 여자야, 젤리빈. 하지만 넌 내게 호의를 베풀어줬어."

그리고 그녀는 사라졌다. 짙은 포치 아래, 귀뚜라미 소리가 요란한 잔디밭 너머 앞문에서 메릿이 그녀에게 화를 내며 뭐라고 하자, 그녀가 웃음을 터뜨리며 돌아서더니 눈길을 피하며 메릿의 차를 향해 걸어가는 것을 보았다. 메릿과 조가 재즈 베이비 어쩌고 하는 나른한 노래를 부르며 그 뒤를 따랐다.

클라크가 나와 층계에 있는 집 옆에 섰다.

"안 봐도 훤하구먼."

그는 하품을 했다.

"메릿은 기분이 엉망이야. 분명 낸시한테서 손을 뗄 거야."

동쪽에서는 골프 코스를 따라 희미한 회색 융단이 밤의 발치를 가로질러 펼쳐지고 있었다. 차에 탄 일행은 엔진이 예열되는 동안 합창하기 시작했다.

"모두들 안녕."

클라크가 말했다.

"안녕, 클라크."

"안녕."

잠시 침묵이 흐르더니 부드럽고 행복한 목소리가 더해졌다.

"안녕, 젤리빈."

차는 떠들썩한 목소리와 함께 멀어져갔다. 길 건너 농장의 수탉이 외로이 구슬픈 소리를 내질렀고 등 뒤에서는 마지막으로 남은 검둥이 웨이터가 포치의 등을 껐다. 짐과 클라크는 도로를 향해 어슬렁어슬렁 걸어갔다. 자갈길을 밟는 신발이 요란하게 거슬리는 소리를 냈다.

"맙소사."

클라크가 조용히 한숨을 내쉬었다.

"넌 도대체 저 주사위를 어떻게 한 거냐?"

아직은 너무 어두웠기 때문에 그는 짐의 여윈 뺨이 붉게 물들어 있는 것을 보지 못했다. 그리고 그것이 이제껏 몰랐던 수치심으로 인한 홍조라는 것도 알지 못했다.

4

틸리 정비소 위 황량한 방에는 덜컹덜컹 씩씩거리는 아래층의 작업 소리와 바깥쪽 차들에 호스를 들이대며 노래하는 검둥이 세차부들의 노랫소리가 하루 종일 울려 퍼졌다. 침대와 망가진 테이블뿐인 쓸쓸한 사각형 방이었다. 테이블 위에는 책이 대여섯 권 놓여 있었다. 고풍스러운 글씨체로 주석이 달려 있는 조 밀러의 『아칸소를 지나는 완행열차』와 『루실』, 해럴드 벨 라이트의 『세상의 눈』 그리고 면지에 1831년이라는 연도와 엘리스 파월이라는 이름이 적힌 오래된 영국성공회 기도서였다.

젤리빈이 정비소에 들어올 때 회색이던 동쪽 하늘은, 그
가 하나밖에 없는 전등을 켰을 때는 짙고 선명한 파란색으
로 변해 있었다. 그는 다시 불을 끄고 창문으로 가서 팔꿈
치를 창턱에 기댄 채 깊어가는 새벽을 물끄러미 응시했다.
감정이 깨어나면서 가장 먼저 깨달은 것은 허망함이었다.
자신의 인생이 완전히 회색빛이라는 사실에서 오는 둔탁한
아픔이었다. 주위에서 갑자기 벽이 솟아올라 그를 에워쌌
다. 그가 사는 텅 빈 방의 하얀 벽만큼이나 분명하고 손으
로 만져질 듯이 실체가 뚜렷한 벽이다. 이 벽의 존재를 깨
닫게 되면서, 지금까지 존재의 낭만이었던 것들—격의 없
는 태도라든가 대책 없이 낙천적인 기질, 기적처럼 후하고
창창하던 삶—이 스스로 빛을 잃었다.

나른한 노래를 웅얼거리며 잭슨 스트리트를 어슬렁대
던 젤리빈, 모르는 가게와 노점상이 없고 가벼운 인사와
우스갯소리에 만족하며 그저 슬프니까 혹은 세월이 흐르
니까 라는 이유로 가끔 울적해하던 젤리빈. 그 젤리빈은
불현듯 사라져버렸다. 그 이름 자체가 비난이었다. 하찮
고 하찮았다. 홍수처럼 밀어닥친 깨달음 속에서, 그는 메

릿이 틀림없이 자신을 경멸하리라는 걸 알았다. 심지어 새벽에 낸시가 해준 키스를 보고도 질투는커녕, 낸시가 그런 식으로 자기비하를 하는 데 모멸감만 느꼈을 것이다. 젤리빈은 그녀를 위해 정비소에서 배운 더러운 속임수를 썼다. 오점은 온전히 그의 것이었다.

회색이 파란색으로 변하며 환하게 방을 비추고 채우자 그는 침대로 건너가 풀썩 몸을 던지고는 침대 모서리를 미친 듯이 움켜쥐었다.

"난 그녀를 사랑해."

그는 큰 소리로 울부짖었다.

"맙소사."

이 말을 하고 나자 목구멍을 막고 있던 덩어리가 녹은 것처럼 속에서 무언가 무너져 내렸다. 아침이 오자 공기가 청명해졌고 주변이 환히 빛났다. 그는 고개를 돌려 베개에 얼굴을 묻고 소리죽여 흐느끼기 시작했다.

오후 3시의 햇살 속에서 잭슨 스트리트를 따라 고생스럽게 낑낑 차를 몰고 가던 클라크 대로는 젤리빈이 큰 소리로 부르는 걸 들었다. 젤리빈은 조끼 주머니에 손가락을 넣은 채 연석에 서 있었다.

"안녕!"

클라크는 깜짝 놀랄 정도로 급히 포드 자동차를 길가에 세우면서 말했다.

"이제 일어났나?"

젤리빈은 고개를 저었다.

"아예 못 잤어. 왠지 마음이 싱숭생숭해서 아침에 교외로 나가 오랫동안 산책을 했어. 지금 막 타운으로 들어온 거야."

"어쩌네 네가 그럴 것 같더라. 나도 온종일 그런 기분이……."

"나 여기를 떠날 생각이야."

젤리빈은 자기만의 생각에 빠진 채 말을 이었다.

"농장에 가서 던 삼촌의 일을 도와드릴까 해. 너무 오래 빈둥거렸던 것 같아."

클라크는 말이 없었고 젤리빈은 계속 말했다.

"메이미 숙모가 돌아가시고 나면 내 돈을 농장에 투자해서 뭔가 해볼 수도 있겠지. 우리 일가가 원래 저 위쪽

출신이잖아. 대저택도 있었어."

클라크는 신기한 듯이 그를 쳐다봤다.

"거참 희한하네."

그가 말했다.

"이게, 이 일이 나한테도 같은 식으로 영향을 줬거든."

젤리빈은 주저했다.

"모르겠어."

그는 느릿느릿 말을 꺼냈다.

"뭔가, 어젯밤에 영국 귀부인이라는 다이애나 매너스 부인에 대해 이야기하던 그 애의 뭔가가 이런 생각을 하게 만들더라고!"

그는 자세를 고쳐 꼿꼿이 서더니 클라크를 묘하게 쳐다보았다.

"나도 한때는 가족이 있었어."

그는 도전적으로 말했다. 클라크는 고개를 끄덕였다.

"알아."

"내가 그중 마지막으로 남은 사람인데."

젤리빈은 계속 말했다. 목소리가 약간 올라갔다.

"일고의 가치도 없는 인간이지. 날 부르는 이름을 봐. 젤리, 유약하고 물렁물렁한 이름이지. 우리 식구들이 많던 시절엔 아무것도 아니었던 사람들이 지금은 길거리에서 마주치면 콧대를 치켜세우잖아."

클라크는 계속 말이 없었다.

"그래서 끝냈어. 오늘 떠날 거야. 내가 다시 타운으로 돌아온다면 그때는 신사가 되어 있을 거야."

클라크는 손수건을 꺼내 이마의 땀을 닦았다.

"이 일 때문에 동요한 사람이 너만은 아닌 것 같아."

그는 침울하게 인정했다.

"여자애들이 지금처럼 이렇게 나다니는 일은 곧 없어질 거야. 끔찍하지. 끔찍해. 하지만 모두들 집안 단속을 할 테니까."

"뭐야?"

짐이 놀라서 물었다.

"그럼 그 일이 다 새나갔다는 거야?"

"새나갔냐고? 도대체 그런 일을 어떻게 비밀로 할 수가 있어. 오늘 저녁 신문에 실릴 거야. 라마 박사도 어떻게든

체면은 지켜야지."

짐은 차에 손을 짚고 긴 손가락으로 금속 표면을 힘껏 붙들었다.

"테일러 씨가 그 수표들을 조사해야겠다는 거야?"

이번엔 클라크가 놀랄 차례였다.

"너 무슨 일이 있었는지 못 들었어?"

짐의 휘둥그레진 눈만으로도 대답은 충분했다.

"있잖아."

클라크가 드라마틱하게 말했다.

"그 넷이서 옥수수 위스키 한 병을 더 마시고는 타운을 깜짝 놀래주기로 결심한 거야. 그래서 낸시와 그 메릿이라는 친구가 오늘 아침 7시에 록빌에서 결혼을 해버렸어."

젤리빈의 손가락 아래서 차체가 약간 우그러졌다.

"결혼했다고?"

"진짜야. 낸시는 술이 깨서 허둥지둥 마을로 돌아왔어. 죽을 지경으로 겁에 질려서는 울고불고하면서 그 모든 게 실수라고 주장했지. 먼저 라마 박사가 정신이 나가서는 메릿을 죽이겠다고 난리를 쳤지만, 결국엔 그럭저럭 수습해서 낸시와 메릿은 오후 2시 반 차로 서배나로 떠났어."

짐은 눈을 감고 갑자기 밀어닥친 구역질을 참으려고 기를 썼다.

"끔찍한 일이야."

클라크가 달관한 사람처럼 말했다.

"결혼이 그렇다는 게 아니라……. 그건 괜찮아. 낸시가 그자에 대해 조금도 마음이 없는 것 같긴 하지만, 그래도 그런 양갓집 처녀가 가족들에게 그런 식으로 상처를 주는 건 범죄라고."

젤리빈은 차에서 손을 떼고 돌아섰다. 또다시 그의 내부에서 무슨 일인가 일어나고 있었다. 설명할 수는 없지만 거의 화학적인 변화가 일어났다.

"어디 가?"

클라크가 물었다.

젤리빈은 고개를 돌리고 어깨 너머로 멍하니 그를 보았다.

"가봐야겠다."

그는 중얼거렸다.

"너무 오래 걸었는지 속이 울렁거려."

"아."

오후 3시의 거리는 뜨거웠고 오후 4시엔 더 뜨거워졌다. 4월의 먼지는 태양을 그물로 잡아두었다가, 영겁과도 같은 오후마다 되풀이하는 낡은 농담처럼 세상에 다시 퍼뜨릴 태세였다. 하지만 오후 4시 반이 되자 고요의 첫 번째 층이 드리워졌고, 차양과 잎사귀 무성한 나무들 아래로는 그림자가 길어졌다. 이런 열기 속에서는 아무것도 중요하지 않았다. 인생은 모두 날씨였다. 세상 어떤 일도 아무런 의미가 없는 뜨거움을 거쳐, 지친 이마에 갖다 대는 여자의 손처럼 부드럽고 위안이 되는 서늘함이 도래하기를 기다리는 것이다. 여기 조지아에는 어떤 느낌이 있다. 분명히 형용할 수는 없을지 몰라도, 이것이 남부 최고의 지혜라는 느낌이. 그래서 잠시 후 젤리빈은 잭슨 스트리트의 당구장에 나타났다. 오래된 농담을 지껄이는 마음 맞는 무리들, 아는 사람들을 언제든 만날 수 있는 그곳에.

낙타 엉덩이

1

만약 지친 독자의 흐리멍덩한 눈길이 저 앞의 제목에 잠시 머무른다면, 그저 은유이겠거니 생각할 것이다. 컵과 입술과 악성 주화와 새 빗자루(영어로 '컵과 입술'은 짧은 순간에도 일이 잘못될 수 있음을, '악성 주화'는 싫은 사람이나 불쾌한 것을, '새 빗자루'는 많은 변화를 가져올 지도자를 일컫는다)에 관한 이야기가 진짜 컵이나 입술이나 동전이나 빗자루와 상관있는 경우는 거의 없으니까. 그러나 이 이야기는 예외다. 이 이야기는 실체가 있고 눈으로 볼 수도 있는 실물 크기 낙타 엉덩이와 관련이 있다.

일단 목에서부터 꼬리 방향으로 나아가며 이야기를 진행하겠다. 먼저 스물여덟 살의 변호사이자 털리도 토박이인 페리 파크허스트를 만나보길 바란다. 페리는 멋진 치아와 하버드 졸업장을 가졌고, 머리 한가운데에 가르마를 타고 있다.

당신은 예전에 그를 만난 적이 있다. 클리블랜드, 포틀랜드, 세인트폴, 인디애나폴리스, 캔자스시티 등에서 반년마다 한 번씩 하는 서부 횡단 여정 도중에 시간을 내어 뉴욕의 베이커브러스 사는 그에게 옷을 해 입힌다. 몽모랑시 사는 3개월에 한 번씩 젊은이를 급파해 그의 신발에 뚫린 작은 구멍들의 개수가 정확한지 체크한다. 그는 지금 국산 로드스터(지붕을 자유로이 접을 수 있는 자동차)를 갖고 있는데, 오래 살기만 한다면 프랑스제 로드스터도 타게 될 테고, 중국제 탱크가 유행하게 되면 분명 그것도 가질 것이다. 그는 석양빛 가슴에 연고를 문질러대는 광고 속 청년 같은 외모를 가졌고, 동창회 참석차 2년에 한 번은 동부를 방문한다.

그의 연인도 만나보길 바란다. 이름은 베티 메딜, 영화에 나와도 손색이 없을 미모의 소유자다. 아버지는 그녀에게 매달 300달러를 옷값으로 준다. 황갈색 눈과 머리카락. 오색 깃털 부채를 갖고 있다. 그녀의 아버지 사이러스 메딜도 소개하겠다. 어느 모로 봐도 피와 살로 이루어진 멀쩡한 사람이지만, 이상하게도 털리도에서는 보통 알루미늄 맨으로 통한다. 하지만 그와 함께 두세 명의 아이언 맨과 화이트파인 맨(소나무의 일종), 브라스 맨이 클럽 창가에 앉아 있을 때면, 그 모습은 당신과 나와 하등 다를 바 없을 뿐만 아니라 훨씬 더 그럴싸하다. 내 말이 무슨 뜻인지 헤아린다면 말이다.

자, 1919년 크리스마스 휴가 기간 동안 털리도에서는 진짜로 중요한 사람들과 관련된 것만 쳐도, 마흔한 번의 디너파티, 열여섯 번의 무도회, 여섯 번의 남녀 오찬, 열두 번의 티파티, 네 번의 남자들만의 저녁 식사, 두 번의 결혼식, 열세 번의 브리지 파티가 열렸다. 이 모든 것이 쌓이고 쌓인 결과, 12월 29일 페리 파크허스트는 결심하게 되었다.

이 메딜이라는 아가씨는 언젠가 그와 결혼하게 되겠지

만, 막상 결혼할 생각은 없었다. 지금은 하루하루가 너무 신나서 그런 결정적인 발걸음을 내딛기가 싫었던 것이다. 그러는 사이, 비밀 약혼은 너무나 오래 질질 끈 나머지 언제 자체 붕괴할지 알 수 없는 상황이 되어버렸다. 이런 사정을 속속들이 알고 있는 워버튼이라는 왜소한 남자가 그녀를 강력히 잡아야 한다고 페리를 부추겼다. 결혼허가증을 받아 들고 메딜의 집으로 쳐들어가서 당장 결혼하든지 영영 취소하든지 양자택일하라고 말하라는 것이었다.

그래서 페리는 자신의 자아와 심장, 허가증, 최후통첩을 모조리 꺼내놓았고, 그로부터 채 5분도 지나지 않아 두 사람은 이미 격렬한 전투를 치르고 있었다. 오랜 전쟁이나 약혼이 막바지에 이르렀을 때 돌연히 터지는 산발적인 야전(野戰)이었다. 이 싸움의 결과로 터무니없는 착오가 생겨났다. 사랑하는 두 사람이 급정거하고 서로를 냉정하게 바라본 후, 이 모든 게 실수였다고 생각하게 되는 그런 착오가 말이다. 대개 다투고 나면 연인들은 조심스럽게 키스하고는 상대방에게 그건 다 자기 잘못이라고 힘주어 말한다. '내가 잘못했어'라고 말해요! 어서요! 당신이 해주는 그 말을 듣고 싶어요!

하지만 화해의 기운이 대기 중에 파르르 떨고 있는 동안, 화해의 그 순간이 왔을 때 이를 더 육감적이면서도 센티멘털하게 음미하기 위해 두 사람이 각자 나름의 방식으로 시간을 끌며 지연 작전을 펴는 사이, 그만 수다스러운 숙모에게 전화가 와서 베티가 20분이나 떠드는 바람에 화해는 영원히 중단되고 말았다. 18분이 지나갈 무렵 페리 파크허스트는 자존심과 의혹과 망가진 체면에 등을 떠밀려, 긴 모피 코트를 입고 연갈색 중절모를 들고는 문 밖으로 성큼성큼 걸어 나와버렸다.

"다 끝났어."

그는 기어를 1단에 넣으려고 낑낑거리며 비탄에 잠긴 목소리로 중얼거렸다.

"다 끝났어. 이거 한 시간은 데워야겠는데, 젠장!"

마지막 말은 오랫동안 서 있느라 싸늘해진 차에 대고 한 것이었다.

그는 시내로 갔다. 그러니까 눈길에 난 바퀴자국에 끼어 옴짝달싹 못하고 가다 보니 시내더라는 얘기다. 좌석

깊숙이 기대어 축 늘어져 앉은 그는 너무나 울적한 나머지 어디로 가든 알 바 아니라는 심정이었다.

클래런던 호텔 앞 인도에서 누군가 그의 이름을 불렀다. 베일리라는 못된 놈이었다. 이가 큼지막하고, 호텔에서 살고, 사랑에 빠져 본 적이라고는 없는 녀석이었다.

"페리."

로드스터가 도로와 가로수의 경계에 와서 서자 그 못된 놈이 부드러운 목소리로 말했다.

"자네가 여태 맛보지 못한 최고의 무탄산 샴페인 6쿼트가 있어. 3분의 1은 자네 거야, 페리. 위로 올라와서 마틴 메이시와 내가 그걸 마실 수 있게 도와준다면 말이지."

"베일리."

페리가 딱딱하게 말했다.

"그 샴페인을 마셔주지. 한 방울도 안 남기고 다 마셔버릴 거야. 죽어도 상관없어."

"닥쳐, 이 괴짜야."

못된 놈이 부드럽게 말했다.

"샴페인에는 메틸 알코올이 없어. 이건 이 세상의 나이

가 6,000년 이상임을 증명해주는 물건이라고. 너무 오래
돼서 코르크가 완전히 화석이 됐어. 그걸 따려면 돌 쪼는
드릴을 써야 할걸."

"올라가지."

페리가 우울하게 말했다.

"그 코르크가 내 심장을 본다면 치욕에 못 이겨 저절로
떨어져 나갈 테니."

위층 객실에는 호텔 특유의 순수한 분위기의 그림들,
즉 사과를 먹으며 그네에 앉아 개와 이야기를 하는 어린
소녀 등의 그림이 잔뜩 걸려 있었다. 그 밖에 방을 장식하
고 있는 것은 분홍 타이츠를 입은 숙녀들이 잔뜩 실린 분
홍 신문을 읽는 분홍 남자와 넥타이들이었다.

"나가서 아무나 데려오랬더니……"(예수가 하늘나라 잔
치의 주인은 초대받은 사람들이 아니라 가난하고 병들고 버림
받은 사람들임을 말한 것을 익살스럽게 인용하고 있다.)

분홍 남자가 베일리와 페리를 질책하듯 쳐다보며 말했다.

"안녕, 마틴 메이시."

페리는 짤막하게 말했다.

"그 석기시대 샴페인은 어디 있지?"

"뭐가 그리 급해? 이건 군사 작전이 아니란 말이야, 알겠어? 이건 파티야."

페리는 뚱하게 앉더니 못마땅하다는 듯이 넥타이들을 쳐다봤다.

베일리는 느긋하게 옷장 문을 열더니 근사한 병 여섯 개를 내왔다.

"그 빌어먹을 코트 좀 벗어!"

마틴 메이시가 페리에게 말했다.

"아니면 혹시 우리가 창문을 다 열기를 바라는 건가?"

"샴페인이나 줘."

페리가 말했다.

"오늘 밤에 타운센드 가에서 열리는 서커스 무도회 갈 거야?"

"아니."

"초대받았어?"

"어어."

"왜 안 가?"

"아, 파티에 질렸어."

페리가 고함을 질렀다.

"정말 질렸어. 너무 많이 다녀서 질렸어."

"아마 하워드 테이트의 파티에는 가겠지?"

"아니, 다시 말하지만 난 파티에 질렸어."

"음."

메이시가 위로하듯 말했다.

"하긴 테이트 가의 파티는 대학생 애들이나 가는 거지."

"말했잖아."

"난 자네가 그중 하나는 갈 줄 알았지. 신문을 보니 이번 크리스마스에는 하나도 안 놓치고 다 갔다기에."

"음."

페리는 침울하게 투덜거렸다.

이제는 어떤 파티에도 가지 않을 작정이었다. 고전적인 경구 따위가 머릿속에서 맴돌았다. 그의 인생에서 그 대목은 이제 끝났다. 끝났다. 남자가 그런 식으로 "끝났다, 끝났다"라고 말할 때는, 어떤 여자가 그를 두 배로 끝장냈다고 장담해도 좋을 거다. 페리는 또 다른 고전적인 생각,

자살이란 얼마나 비겁한가에 대해서 생각했다. 고결한 생각이었다. 따뜻하고 가슴이 뛰지 않는가. 자살이 그렇게까지 비겁하지만 않았더라면 우리가 놓쳐버렸을 그 모든 훌륭한 사람을 생각해보라!

한 시간 후는 6시였고, 페리는 연고 광고에 나오는 청년과는 하나도 닮은 데가 없는 완전 딴판인 인간이 됐다. 이제 그는 시끌벅적한 명랑 만화의 초벌 그림 같았다. 그들은 노래를 부르고 있었다. 베일리가 그 자리에서 만든 즉흥곡이었다.

　멍청이 페리, 거실의 뱀('데이트 비용도 안 쓰고 방 안에서
　여자를 넘보는 짠돌이 호색꾼'이라는 뜻의 속어)
　참하게도 차를 마셔 시내에 명성이 자자하지
　갖고 놀고 장난쳐도
　아무 소리도 안 낸다네
　잘 훈련된 무릎 위 냅킨 위에 멋지게 균형을 잡고서……

"문제는."

방금 전 율리우스 카이사르와 비슷하게 보이려고 베일리의 빗으로 앞머리를 내리고 머리에 오렌지색 타이를 묶고자 애쓰고 있던 페리가 말했다.

"자네들이 노래를 지지리도 못한다는 거야. 내가 멜로디를 벗어나 테너로 부르기 시작하면 자네들도 테너로 부르기 시작하잖아."

"난 타고난 테너야."

메이시가 심각하게 말했다.

"목소리는 좀 더 가다듬을 필요가 있지만, 그래도 괜찮아. 목소리 하나는 타고났다고 숙모님이 말씀하셨지. 타고난 좋은 가수라고."

"가수, 가수, 죄다 훌륭한 가수군."

전화를 걸던 베일리가 말했다.

"아니, 카바레 말고 야근하는 놈을 원한다고. 내 말은 빌어먹을 급사 말이야. 음식 가져오는! 내가 원하는 건……."

"율리우스 카이사르."

페리가 거울에서 돌아서며 선언했다.

"강철 같은 의지와 단호한 결단력을 지닌 사내."

"닥쳐!"

베일리가 고함을 질렀다.

"베일리 씨가 성대한 저녁 식사를 올려 보내시라지 않나. 알아서 해. 당장."

그는 상당히 힘겹게 수화기를 걸이에 맞춰 내려놓고는 입을 꾹 다물고 눈을 빛내며 서랍장으로 다가가 아래 서랍을 열었다.

"보아라!"

그가 명령했다. 그의 손에는 분홍색 깅엄 천으로 만든, 끝이 잘린 옷이 들려 있었다.

"바지."

그는 심각하게 외쳤다.

"보라고!"

그건 분홍 블라우스와 빨강 타이, 그리고 버스터 브라운 칼라(어린 소녀들이 주로 다는 빳빳한 셔츠 칼라)였다.

"이거 보라고!"

그가 되풀이해서 말했다.

"타운센드 서커스 무도회 의상이지. 난 코끼리한테 물

갖다 주는 소년이거든."

페리도 어쩔 도리 없이 감명을 받고 말았다.

"난 율리우스 카이사르 할래."

그는 잠시 집중해서 생각한 후 공표했다.

"자네는 안 가는 줄 알았는데."

메이시가 말했다.

"나? 물론 난 가지. 파티를 놓치는 법이 있나. 파티는 신경에 좋아. 셀러리처럼."

"카이사르!"

베일리가 코웃음 쳤다.

"카이사르는 안 돼! 카이사르는 서커스용이 아냐. 카이사르는 셰익스피어야. 광대를 하라고."

페리는 고개를 저었다.

"아니, 카이사르 할래."

"카이사르?"

"물론. 전차도."

베일리는 불현듯 이해했다.

"좋아, 좋은 생각이야."

페리는 두리번거리며 방 안을 살폈다.

"욕실 가운이랑 이 타이 좀 빌려줘."

그가 마침내 말했다.

베일리는 생각했다.

"좋지 않은데."

"아니, 그것만 있으면 돼. 카이사르는 야만인이었어. 내가 카이사르 분장을 하고 가면 거절 못해. 야만인이라면 말이야."

"아니."

베일리가 천천히 고개를 저으며 말했다.

"의상 가게에 가서 의상을 구해. 놀락스에 가봐."

"문 닫았어."

"알아보니까."

전화로 5분 동안 정신없는 대화가 오간 끝에 지쳐버린 작은 목소리의 사내는 자신이 놀락이라는 걸 페리에게 간신히 납득시키고 타운센드 무도회 때문에 8시까지 문을 연다고 말했다. 이렇게 장담을 받은 페리는 엄청난 양의 필레 미뇽 스테이크를 먹고 남은 샴페인의 자기 몫 3분의

1을 비웠다. 8시 15분, 클래런던 호텔 앞에 서 있던 실크
해트 쓴 남자는 페리가 로드스터에 시동을 걸려고 애쓰는
모습을 보게 된다.

"꽝꽝 얼어붙었군."

페리가 잘 안다는 듯이 말했다.

"추위 때문에 얼었어. 공기가 너무 차가워서."

"얼었습니까?"

"응, 냉기 때문에 얼었어."

"시동이 안 걸린다고요?"

"안 걸려. 그냥 여름까지 여기 있으라고 그래. 뜨거운
8월이 오면 알아서 녹겠지."

"그럼 놔두고 가실 겁니까?"

"그래, 내버려 둬. 저걸 훔쳐가려면 엄청 뜨거운 도둑이
어야 할 걸. 택시 불러줘요."

실크해트를 쓴 남자가 택시를 불렀다.

"어디로 모실까요, 손님?"

"놀락스로 갑시다. 의상 가게요."

2

놀락 부인은 키가 작고 무기력해 보이는 여자로, 세계 대전이 끝난 직후엔 잠시 신생 국가 중 어딘가의 국민이 된 적도 있었다. 그렇지만 안정되지 않은 유럽 정세 탓에 그 후로 다시는 자신의 정체성을 확신하지 못하게 되었다. 그녀가 남편과 함께 매일 노동을 하는 가게는 어둡고 음산했으며 갑옷과 중국 관복들, 천장에 매달린 거대한 종이 새들로 가득 차 있었다. 희미하게 보이는 뒤편에는 줄지어 걸린 가면들이 눈 없는 얼굴로 손님을 노려봤고, 왕관과 홀, 보석과 거대한 삼각 가슴 장식, 색조 화장

품, 인조털, 갖가지 색깔의 가발로 가득한 유리 진열장들이 있었다.

페리가 천천히 가게 안으로 들어섰을 때, 놀락 부인은 고단한 하루의 골칫거리들을 개켜 분홍 실크 스타킹이 가득한 서랍장에 마지막으로 넣고 있었다. 아니, 그게 마지막인 줄 알았다.

"필요하신 거라도?"

그녀가 비관적으로 물었다.

"전차 모는 전사, 율리우스의 의상이 필요한데요."

놀락 부인은 '죄송하지만 전사 의상은 예전에 다 대여되고 없습니다'라고 말하며 타운센드 서커스 무도회용인지 물었다.

"그렇죠."

"죄송합니다만, 정말 서커스용은 남은 게 없는 것 같은데요."

그녀가 말했다.

"이거 문제로군."

"음."

페리가 말했다. 갑자기 아이디어가 떠올랐다.

"캔버스 천이 좀 있으면, 텐트 분장을 하고 갈 텐데."

"죄송합니다만 그런 건 없어요. 그러려면 철물점에 가셔야죠. 꽤 근사한 남군 병사복은 있습니다만."

"아니, 군복은 안 돼요."

"굉장히 멋진 왕도 있는데요."

그는 고개를 저었다.

"신사 몇 분은,"

그녀는 희망을 갖고 말을 이었다.

"실크해트와 연미복을 입고 곡마단장으로 꾸미고 가셨어요. 하지만 실크해트가 다 떨어졌네요. 가짜 콧수염은 드릴 수 있는데."

"뭔가 독특한 걸 하고 싶은데."

"뭔가, 어디 보자. 음, 여기 있는 건 사자 머리랑 가위, 그리고 낙타……."

"낙타?"

그 아이디어가 페리의 상상력을 사로잡아 격렬하게 움켜쥐었다.

"네, 하지만 두 사람이어야 해요."

"낙타라, 그거 좋군요. 어디 한번 봅시다."

낙타가 선반 위 맨 위층의 휴식처에서 끌어내려졌다. 처음 봤을 때는 퀭하고 수척한 머리와 꽤 큰 혹밖에 없는 것 같았지만, 좍 펼쳐보니 두꺼운 면직으로 만든 진갈색의 병자 같은 몸이 붙어 있었다.

"보면 아시겠지만 두 명이 있어야 해요."

놀락 부인은 노골적으로 찬탄하며 낙타를 들고 설명했다.

"친구 분이 있으면 같이 입으시면 돼요, 여기 보시면 이 바지 같은 게 두 사람용이거든요. 하나는 앞에 서는 사람용, 다른 하나는 뒤쪽에 들어가는 사람용이거든요. 앞사람은 여기 있는 이 눈을 통해 앞을 보면 되는 거고요, 뒷사람은 그냥 몸을 숙이고 앞사람을 따라다니기만 하면 돼요."

"어디 입어봐요."

페리가 명령했다. 놀락 부인은 얼룩고양이 같은 얼굴을 낙타 머리에 고분고분 집어넣고 양옆으로 세차게 흔들었다.

페리는 홀딱 반했다.

"낙타는 어떻게 울죠?"

"네?"

놀락 부인이 약간 더러워진 얼굴을 끄집어내며 물었다.

"아, 울음소리요? 그게 당나귀 비슷하게 힝힝거리죠."

"거울 좀 봅시다."

넓은 거울 앞에서 페리는 머리를 써보고 음미하듯 이쪽저쪽을 돌아봤다. 흐릿한 빛 속에서 그 효과는 분명 만족스러웠다. 수많은 찰과상으로 도배된 낙타의 얼굴은 비관주의의 연구 대상 그 자체였다. 그리고 가죽이 낙타답게 전반적으로 방치된 상태이기는 했지만—사실 좀 빨아서 다림질을 해야 했다—확실히 눈에 띄긴 했다. 낙타는 장엄했다. 우울한 표정과 그늘진 눈가에 어린 굶주린 눈빛만 보더라도, 이 낙타는 어떤 모임에서라도 주목을 끌 만했다.

"두 사람이 있어야 한다니까요."

놀란 부인이 다시 한 번 말했다. 페리는 시험 삼아 몸체와 다리를 주워들고는 뒷다리를 허리띠처럼 몸통에 둘렀다. 전체적인 모양새가 좋지 못했다. 심지어 불경스러웠다. 악마의 힘을 빌려 야수로 변한 수도승을 그린 중세의 그림 같았다. 아주 잘 봐줬봤자, 그 총체적 효과는 곱사등이 소가 담요들 사이에 웅크리고 앉은 꼬락서니였다.

"이건 이도 저도 아닌 것 같은데요."

페리는 침울하게 항변했다.

"그러니까."

놀란 부인이 말했다.

"두 사람이 들어가야 한다고요."

페리의 머리에 해결책이 반짝 떠올랐다.

"오늘 밤 데이트 있어요?"

"아니, 전 절대……."

"에이, 이봐요."

페리가 격려하며 말했다.

"할 수 있어요! 자 이리로! 분위기 좀 맞춰봐요! 여기 뒷다리 안으로 들어가봐요."

그는 어렵게 다리를 찾아 챙겨 들고는 시커멓게 입을 열고 있는 의상을 다정스럽게 벌려줬다. 하지만 놀란 부인은

225

싫어하는 것 같았다. 그녀는 고집스레 뒤로 물러났다.

"오, 맙소사."

"입어봐요! 원하면 앞쪽을 해요. 아니면 동전 던지기를 할 수도 있고."

"오, 맙소사."

"사례는 할게요."

놀락 부인은 입을 굳게 다물었다.

"이제 그만 좀 하세요!"

그녀가 내숭 떠는 기색 하나 없이 정색하며 말했다.

"이제껏 이런 식으로 행동하는 신사 분은 하나도 없었어요. 제 남편이······."

"남편이 있어요?"

페리가 물었다.

"어디 있습니까?"

"집에 있는데요."

"전화번호가 어떻게 되죠?"

상당한 교섭 끝에 그는 놀락 페나테스(로마신화에 나오는 가정과 사회의 수호신)의 전화번호를 얻어냈고 그날 이

226

미 한 번 들은 바 있는 작고 기운 없는 목소리와 대화에 돌입했다. 하지만 놀락 부인은 비록 기습을 당해서 페리의 현란한 논리 전개에 다소 혼란스러워하긴 했지만, 완고하게 자기 입장을 고수했다. 그는 파크허스트의 낙타 엉덩이 자격으로 협조하는 일을 단호하지만 품위 있게 거절했다.

전화를 끊고, 아니 상대방이 일방적으로 전화를 끊어버린 후, 페리는 세발 의자에 앉아 그 문제를 곰곰이 생각했다. 전화 걸 만한 친구들 이름을 꼽다가, 베티 메딜의 이름이 아련하고 서럽게 떠오르자 그는 생각을 잠시 멈췄다. 감상적인 아이디어가 떠올랐다. 그녀에게 부탁해야겠다. 사랑은 끝났지만 이 마지막 청을 거절하지는 못할 것이다. 사실 뭐 그리 대단한 부탁도 아니었다. 그냥 딱 하룻밤 그가 자기 몫의 사회적 의무를 해내도록 도와주는 것뿐이다. 고집을 피운다면 그녀한테 앞을 맡으라고 하고 자기가 뒤를 맡으면 된다. 그는 스스로의 도량에 마음이 흡족했다. 그의 생각은 심지어 낙타 안에서 벌어질 다정한 화해에 대한 장밋빛 꿈으로까지 이어졌다. 온 세상으로부터 숨어서, 그 속에서…….

"자, 이제 당장 결정하시는 게 좋겠어요."

놀락 부인의 속물적인 목소리가 감미로운 환상을 깨뜨리고 들어와 행동을 촉구했다. 그는 전화기로 가서 메딜 집에 전화를 걸었다. 베티 양은 없었다. 만찬 참석차 나가고 없다는 것이었다.

모든 것이 허사가 된 듯한 그 순간, 희한하게도 낙타의 엉덩이가 가게 안으로 어슬렁어슬렁 걸어 들어왔다. 전반적으로 쇠락의 분위기를 온몸에 휘감고 코감기를 달고 있는 폐인이었다. 모자는 얼굴까지 푹 눌러썼고, 턱은 가슴께까지 축 늘어졌고, 코트는 신발에 닿도록 내려와 있었다. 기력이라곤 하나도 없었거니와 차림새도 칠칠치 못한 게―구세군이 있는데도―무일푼의 비렁뱅이 같았다. 그는 자신을 신사분이 클래런던 호텔에서 고용한 택시기사라고 소개했다. 밖에서 기다리라는 지시를 들었지만, 한참을 기다리고 있자니 혹시나 신사분이 자기를 속일 목적으로 뒷문으로 빠져나간 게 아닌가―신사들은 종종 그런 짓을 했다―하는 의심이 들기 시작해서 들어왔다고 했

다. 그는 세발 의자에 꺼지듯 주저앉았다

"파티에 갈 생각 있습니까?"

페리가 엄숙하게 물었다.

"전 일해야 돼요."

택시기사가 애처롭게 대답했다.

"일자리를 지켜야죠."

"굉장히 멋진 파티예요."

"굉장히 좋은 일자리죠."

"아, 이봐요!"

페리는 열심히 설득했다.

"좋은 일 한번 합시다. 봐요. 예쁘잖아요!"

그가 낙타를 들어 보이자 택시기사는 냉소적으로 쳐다
보았다.

"허!"

페리는 구깃구깃한 옷 주름 사이를 미친 듯이 뒤적거
렸다.

"봐요!"

그는 주름진 천 일부를 잡고는 열성적으로 외쳤다.

"이게 당신이 입을 부분이에요. 심지어 말할 필요도 없어요. 그저 걷기만 하면 돼요. 그리고 가끔은 앉기도 하고. 앉는 역할은 다 그쪽 몫이거든요. 생각해봐요. 난 내내 서 있는데 당신은 이따금 앉을 수도 있다니까요. 내가 앉을 수 있는 경우는 오직 우리가 엎드릴 때밖에 없어요. 그런데 당신은 이런 경우엔 앉을 수 있단 말예요. 그러니까……, 아니, 아무 때나, 알겠어요?"

"그건 뭐요?"

그는 미심쩍어하며 물었다.

"수의인가요?"

"천만의 말씀."

페리는 분개하며 말했다.

"이건 낙타요."

"허?"

그때 페리가 수고비 얘기를 꺼냈고, 대화는 불평의 땅을 떠나 현실의 색채를 띠기 시작했다. 페리와 택시기사는 거울 앞에서 낙타 의상을 입어봤다.

"당신한텐 안 보이겠지만."

눈구멍을 통해 초조하게 내다보던 페리가 외쳤다.

"솔직히 말하지만, 아저씨 아주 멋져 보이는군요! 진심이에요!"

혹에서 들려오는 툴툴대는 소리가 다소 미심쩍은 이 칭찬에 수긍했다.

"정말입니다. 근사해요!"

페리가 열렬하게 되풀이했다.

"조금 움직이면서 돌아다녀 봐요."

뒷다리들이 앞으로 움직이자 거대한 고양이—낙타가 도약하려고 등을 구부리는 모양새—가 됐다.

"아니, 옆으로 움직여요."

낙타의 엉덩이가 깔끔하게 탈골됐다. 훌라 댄서가 봤으면 부러워 몸을 비틀었을 것이다.

"좋군, 안 그래요?"

페리는 놀락 부인의 동의를 구하며 물었다.

"멋져요."

놀락 부인이 동의했다.

"이걸로 하죠."

페리는 그렇게 말하고 꾸러미를 팔 아래 단단히 꼈다. 그들은 가게를 나섰다.

"파티장으로!"

그가 뒷좌석에 앉으며 명령했다.

"무슨 파티요?"

"가장 무도회."

"그게 어딘데요?"

새로운 문제가 생겼다. 페리는 기억하려고 애썼지만, 휴일 동안 파티를 연 모든 사람의 이름이 눈앞에서 어지럽게 춤췄다. 놀락 부인에게 물어보면 되겠다 싶어서 창밖을 내다보니 가게는 깜깜했다. 놀락 부인은 이미 사라져, 눈 내린 거리 저 아래쪽에 조그맣고 검은 점이 되어 있었다.

"주택가로 갑시다."

페리는 당당한 자신감을 보이며 지시했다.

"파티를 하는 집이 보이면 멈춰요. 아니면 내가 보고 맞다 싶으면 말해주겠소."

그는 나른한 몽상 속으로 빠져들었고, 생각은 다시 베

티 쪽으로 흘러갔다. 그는 베티가 낙타 엉덩이 역할을 맡아 파티에 가기를 거부했기 때문에 두 사람이 말다툼을 했다고 막연하게 생각했다. 막 으슬으슬한 잠 속으로 빠져드는 순간 택시기사가 문을 열더니 그의 팔을 잡아 흔들며 깨웠다.

"다 온 것 같은데요."

페리는 졸린 눈으로 바깥을 내다봤다. 줄무늬 차양이 가로수 경계부터 넓게 펼쳐진 회색 석조 주택까지 이어졌고, 그곳에서는 나지막한 드럼 소리가 섞인 고급스러운 재즈 음악이 흐느끼듯 흘러나오고 있었다. 하워드 테이트 저택이었다.

"맞아."

그는 힘주어 말했다.

"이거야! 오늘 밤에 테이트네 파티가 있었지. 맞아, 모두 간다고 그랬잖아."

"저기."

택시기사는 차양을 또 한 번 초조하게 바라본 후 말했다.

"정말로 이 파티에 왔다고 사람들이 저를 족치지 않을

까요?"

페리는 품위 있게 자세를 바로잡았다.

"만약 누가 뭐라고 하면 당신은 그냥 내 의상의 일부라고 말해요."

자기가 사람이 아니라 물건이라고 상상하니 좀 안심이 되는 모양이었다.

"좋아요."

그는 마지못해 대답했다.

페리가 차양의 보호막 아래로 들어와 낙타 옷을 펼치기 시작했다.

"갑시다."

그가 명령했다.

몇 분 후, 침울하고 허기진 표정의 낙타가 입과 장대한 혹 꼭대기에서 연기를 내뿜으며 하워드 테이트 저택의 문간을 슬쩍 넘어 들어갔다. 낙타에 기함한 하인을 콧방귀조차 뀌지 않고 지나쳐 무도회장으로 이어지는 중앙 계단을 향해 곧바로 나아갔다. 짐승의 걸음걸이는 특이해서, 불안한 밀집 행진 같았다가 우르르 패주하는 오합지졸 같기도 하고 아무튼 오락가락했다. 하지만 그 걸음걸이를 가장 잘 묘사할 수 있는 단어는 '절름발이'였다. 낙타는 절룩거리며 걸었고, 그럴 때마다 낙타의 몸은 거대한 콘서티나(아코디언 비슷한 육각형 악기)처럼 번갈아가며 늘어났다 줄어들었다 했다.

3

하워드 테이트 부부는 털리도 주민이라면 누구나 알고 있듯이 타운 최고의 유력자였다. 테이트의 안주인은 결혼 전에 시카고 토드 가문의 사람이었다. 전반적으로 테이트가는 미국 귀족의 특징으로 자리 잡기 시작한 의식적인 소박함을 가풍으로 삼았다. 테이트 부부는 돼지와 농장 이야기를 하다가도 듣는 이가 재미없다는 반응을 보이면 얼음장 같은 눈길을 보낼 수 있는 지위에 도달해 있었다. 저녁 식사 손님으로 친구들보다 가신(家臣)을 선호했고, 소리 없이 엄청난 돈을 썼으며, 이미 모든 경쟁심을 상실해버리고 꽤 지루한 사람들로 변해가고 있었다.

이날 밤 무도회는 딸 밀리선트의 데이트를 위한 것이었다. 다양한 연령층이 참석했지만, 춤추는 사람들은 대부분 대학생이었다. 젊은 부부들은 텔리호 클럽에서 열리는 타운센드 서커스 무도회에 가 있었다. 테이트 부인은 무도회장 문간에 서서 눈으로 밀리선트를 좇으며, 눈이 마주칠 때마다 환한 웃음을 지었다. 그 옆에는 중년의 아첨꾼 두 명이 찰싹 붙어서는 밀리선트처럼 완벽하게 어여쁜 아이는 없다며 찬사를 늘어놓고 있었다. 바로 그 순간, 열한 살난 둘째 딸 에밀리가 테이트 부인의 치맛자락을 꼭 붙들더니 "와앗!" 하면서 엄마 품으로 달려들었다.

"왜? 에밀리, 뭐가 문제야?"

"엄마."

에밀리는 놀란 눈을 하고도 말은 또박또박 잘했다.

"계단에 뭐가 있어."

"뭐가?"

"계단에 뭐가 있어, 엄마. 커다란 개 같은데, 개처럼은 안 생겼어."

"무슨 말이니, 에밀리?"

아첨꾼들은 공감한다는 듯 머리를 열심히 끄덕였다.

"엄마, 그게……, 낙타처럼 생겼어."

테이트 부인은 웃음을 터뜨렸다.

"몹쓸 헛것을 봤구나. 아가, 아무것도 아냐."

"아니, 그런 게 아냐. 뭔가 있어, 엄마. 커다래. 내가 사람들이 더 있나 보려고 계단을 내려가는데, 그 개인지 뭔지가 계단을 올라오는 거야. 좀 웃기게 생겼어, 엄마. 절름발이 같기도 하고. 그러다가 날 보더니 으르렁 소리를 내면서 층계참 맨 위에서 죽 미끄러지잖아. 그래서 도망쳤어."

테이트 부인의 웃음이 사라졌다.

"얘가 뭔가를 본 모양이에요."

그녀가 말했다.

아첨꾼들은 애가 뭔가를 본 게 틀림없다고 동의했다. 그리고 바로 뒤에서 둔탁한 발소리가 들려오자, 세 여인은 모두 본능적으로 화들짝 문에서 물러섰다.

다음 순간, 깜짝 놀란 세 사람이 숨을 들이켜는 소리가 울려 퍼졌다. 거대한 야수처럼 생긴 짙은 갈색 형체가 모퉁이를 돌아 모습을 드러내더니 굶주린 얼굴로 그들을 내려다봤던 것이다. 낙타가 갑자기 등을 구부리자 숨을 들이켜는 소리는 비명으로 변했다.

"아악!"

테이트 부인이 외쳤다.

"아아아!"

아첨꾼 부인들이 합창을 했다.

"오, 봐요!"

"저게 뭐지?"

춤이 중단되었다. 하지만 춤추다 급하게 달려온 사람들이 내놓은 침입자에 대한 의견은 천차만별이었다. 사실 젊은이들은 즉각 이것이 파티의 흥을 돋우기 위해 고용된 연기자나 곡예사일 거라고 의혹의 눈길을 보냈다. 긴 바지를 입은 소년들은 다소 경멸하는 눈길로 짐승을 바라봤고, 자신들의 지성이 모욕당했다고 생각하며 주머니에 손을 넣고 어슬렁거렸다. 하지만 소녀들은 조그맣게 기쁨의 함성을 내질렀다.

"낙타다!"

"이거 진짜, 너무너무 웃긴다!"

낙타는 양옆으로 몸을 약간씩 흔들며 어정쩡하게 거기 서 있었다. 신중하게 품평하는 눈길로 방 안을 관찰하는 듯했다. 그러다가 돌연 결론에 도달하기라도 한 듯 획 돌아서더니 같은 쪽 앞뒤 발을 동시에 내디디며 순식간에 문밖으로 걸어 나갔다.

하워드 테이트는 막 아래층 서재에서 나와 복도에 서서 한 젊은이와 이야기를 나누고 있었다. 그런데 갑자기 위층에서 시끄럽게 고함 소리가 나고, 곧이어 쿵쿵거리는 소리가 연속적으로 들리더니, 어디론가 황급히 가려는 듯한 커다란 갈색 짐승이 계단 아래에서 불쑥 모습을 드러냈다.

"이건 도대체 뭐야?"

테이트가 기겁을 하며 말했다.

짐승은 기품을 잃지 않으며 자세를 가다듬더니, 마치 방금 중요한 약속이라도 기억났다는 듯 극도의 냉정을 가장하며 정문 쪽을 향해 어기적어기적 걸어갔다. 사실 앞다리 쪽은 아무 생각이 없는 듯 뛰기 시작했다.

"여기 봐."

테이트가 준엄하게 말했다.

"여기! 저놈 잡게. 버터필드, 잡으라고!"

젊은이는 강력한 두 팔로 낙타의 엉덩이를 얼싸안았다. 더 이상 이동이 불가능하다는 것을 깨닫자, 앞쪽은 포획에 순순히 응하며 다소 흥분한 상태로 체념하고 있었다. 이때쯤에는 아래층으로 젊은이들 한 무리가 쏟아져 내려왔다. 테이트는 영리한 강도에서 탈출한 정신병자에 이르기까지 모든 것을 의심하면서 젊은이에게 힘차게 지시했다.

"잡아! 이리로 데려오게. 곧 알게 되겠지."

낙타가 서재로 순순히 따라 들어오자, 테이트는 문을 잠근 후 책상 서랍에서 권총을 꺼내고는 젊은이에게 저놈의 머리를 벗기라고 지시했다. 다음 순간 그는 헉 하는 소리를 내더니 권총을 은닉처에 다시 집어넣었다.

"세상에. 페리 파크허스트 군 아닌가!"

그는 경악하며 소리쳤다.

"파티를 잘못 찾아왔어요, 테이트 씨."

페리가 수줍어하며 말했다.

"제가 너무 놀래드린 게 아니면 좋겠네요."

"음, 굉장히 스릴 있었네, 페리."

이제야 서서히 사태를 파악할 수 있었다.

"타운센드 서커스 무도회에 가는 길이었군."

"그럴 생각이었죠."

"버터필드 군을 소개하지, 파크허스트 군."

그리고 페리를 돌아보며 말했다.

"버터필드 군은 며칠 동안 우리 집에 머물고 있네."

"좀 혼동을 해서요."

페리가 웅얼거렸다.

"정말 죄송합니다."

"정말 괜찮네. 얼마든지 저지를 수 있는 실수가 아닌가. 나도 광대 의상을 준비했네. 조금 있다가 갈 생각이야."

그는 버터필드를 돌아봤다.

"자네도 마음을 바꿔서 같이 가는 게 좋을 텐데."

젊은이는 발을 뺐다. 그는 자러 가겠다고 했다.

"술 한잔하겠나, 페리?"

테이트가 제안했다.

"고맙습니다. 그러죠."

"그리고 저기."

테이트가 재빨리 말을 이었다.

"여기……, 자네 친구에 대해서는 거의 잊어버리고 있었군."

그는 낙타의 엉덩이를 가리켰다.

"무례하게 굴 생각은 아니었어. 내가 아는 사람인가? 나와보라 하게."

"친구 아닙니다."

페리는 허둥지둥 설명했다.

"그냥 빌린 사람입니다."

"저 친구 술은 마시나?"

"술 마셔요?"

페리가 몸을 비비 꽈서 뒤를 돌아보며 물었다.

희미하게 그렇다는 소리가 들려왔다.

"물론 그렇겠지."

테이트가 호탕하게 말했다.

"정말로 효율적인 낙타는 충분한 양을 마실 수 있어야

하거든. 그래야 사흘을 견딜 수 있지."

"말씀드릴 게 있는데."

페리가 초조하게 말했다.

"저 사람은 밖에 나올 정도로 옷을 차려입지 않아서요. 제게 병을 주시면 뒤로 넘겨줘서 안에서 마시도록 하겠습니다."

이 제안에 고무되어 열렬하게 입맛 다시는 소리가 의상 속에서 들려왔다. 집사가 병과 잔, 탄산수 병을 가지고 오자, 병 하나가 뒤로 전달됐다. 그 후 침묵의 파트너는 종종 한 모금씩 길게 들이켜는 소리를 냈다.

그리하여 한 시간이 평온하게 지나갔다. 10시가 되자 테이트는 출발하는 게 좋겠다고 결정했다. 그는 광대 의상을 차려입었고, 페리는 낙타머리를 다시 뒤집어썼다. 그들은 테이트 저택과 텔리호 클럽 사이의 한 블록을 나란히 걸어서 횡단했다.

서커스 무도회는 한창 절정에 달해 있었다. 거대한 텐트 자락이 무도회장 안에 설치되고 벽을 따라 다양한 매력의 서커스 여흥거리를 보여주는 노점이 줄지어 늘어서 있었다. 하지만 노점들은 이제 모두 텅 비었고, 젊음과 혈기가 뒤범벅된 군상들—광대, 수염 난 숙녀, 곡예사, 안장 없는 기수, 곡마단장, 문신한 남자, 전차 모는 전사—이 소리 지르고 웃어대며 플로어를 빼곡하게 채우고 있었다. 타운센드 부부는 성공적인 파티를 열겠다고 단단히 작정하고 엄청난 양의 술을 은밀하게 집 안으로 들여왔는데, 그 술들이 지금 아낌없이 넘쳐나고 있었다. 녹색 리본이 무도회장 벽을 휘돌아가며 붙어 있었고, '녹색 선을 따라 오시오!'라고 초보자에게 지시해주는 화살표와 신호가 리본을 따라 그려져 있었다. 녹색 선은 바(bar)로 이어졌고, 거기에는 순한 펀치와 독한 펀치, 수수한 진녹색 병들이 마련되어 있었다.

바 위의 벽에는 빨갛고 매우 구불구불한, 또 다른 화살표가 그려져 있고 그 아래에는 이런 문구가 쓰여 있었다.

'이제 이걸 따라오시오!'

하지만 그렇게 호화로운 의상과 한껏 고조된 분위기 속에서도 낙타의 등장은 뭔가 흥분을 불러일으켰다. 페리는 즉시 호기심에 차 깔깔 웃어대는 한 무리의 사람들에게 에워싸이고 말았다. 그들은 넓은 문간에 서서 허기지고 구슬픈 눈길로 춤추는 사람들을 물끄러미 응시하고 있는 이 짐승의 정체를 알아내려고 했다.

그때 페리는 한 노점 앞에서 우스꽝스러운 경찰과 이야기하며 서 있는 베티를 봤다. 그녀는 이집트의 뱀 마법사 차림을 하고 있었다. 황갈색 머리는 땋아서 황동 고리들 사이로 늘어뜨렸고, 반짝거리는 동양풍 보석 관으로 화룡점정의 효과를 더했다. 하얀 얼굴은 색칠을 해서 따뜻한 올리브색으로 빛났고, 반달 모양으로 노출된 등과 팔에는 뱀이 독기 어린 녹색 외눈을 반짝이며 똬리를 틀고 있었다. 발에는 샌들을 신었고 치마는 무릎까지 길게 슬릿이 들어가 있어서 걸을 때면 벗은 발목 바로 위에 그려진 또 다른 가느다란 뱀들이 살짝 보였다. 목에는 번쩍이는 코브라를 두르고 있었다. 전체적으로 매력적인 의상이었다. 그래서 나이 든 부인들 중 신경질적인 이들은 그녀가 지나가면 외면했고, 시비 걸기 좋아하는 이들은 "저런 건 용납할 수 없어"라느니 "완전히 치욕스러워" 같은 말들을 떠들어댔다.

하지만 초점이 잘 맞지 않는 낙타의 눈을 통해 내다보는 페리에게는 환하고 생생하고 흥분으로 빛나는 그녀의 얼굴과 어떤 무리 속에서도 그녀를 항상 눈에 띄는 인물로 만들어주는 표현력이 풍부한 팔과 어깨도 보였다. 매혹되어 감정에 취하다 보니 점차 술이 깨기 시작했다. 그날 있었던 일이 더욱 선명하게 떠올랐다. 분노가 치밀었다. 사람들 사이에서 그녀를 데리고 나가야겠다고 반쯤 마음먹고서 그녀 쪽으로 걸음을 옮겼다. 아니, 약간 몸을 늘였다. 사전에 이동 명령을 내리는 것을 잊어버렸기 때문이다.

하지만 그 순간, 하루 동안 모질게 빈정거리며 그를 희롱한 변덕스러운 운명은 그가 제공해준 즐거움을 백 퍼센트 보상해주기로 했다. 운명은 뱀 마법사의 황갈색 눈을 낙타에게로 돌렸다. 그리고 그녀가 옆의 남자에게 살짝 몸을 기울이며 질문하게 만들었다.

"저건 누구죠? 저 낙타 말이에요."

"저도 전혀 모르겠는데요."

하지만 모든 사정을 낱낱이 알고 있는 위버튼이라는

왜소한 남자는 위험을 무릅쓰고 의견을 개진할 필요가 있다고 판단했다.

"저 낙타는 테이트 씨와 같이 왔어요. 저 안에는 아마 위런 버터필드가 있을 것 같군요. 뉴욕에서 온 건축가인데 테이트 씨 댁을 방문 중이거든요."

베티 메딜의 마음속에서 무언가가 흔들렸다. 예로부터 시골 소녀가 외지의 방문객에 보이는 그런 관심이었다.

"아!"

그녀는 살짝 멈칫했다가 아무렇지도 않은 듯 말했다.

다음번 춤이 끝날 때 베티와 파트너는 낙타에게서 몇 피트 떨어지지 않은 곳에서 멈춰 섰다. 그녀는 그날 밤의 전반적인 분위기에 걸맞은 대담함으로 스스럼없이 팔을 뻗어 낙타의 코를 부드럽게 어루만졌다.

"안녕, 낙타 씨."

낙타는 거북해하며 살짝 몸을 움직였다.

"제가 무섭나요?"

베티가 책망하듯 눈썹을 치켜 올리며 말했다.

"그러지 마세요. 보다시피 저는 뱀 마법사인데, 낙타도

248

잘 다룬답니다."

낙타는 고개를 푹 숙였고, 누군가가 미녀와 야수 운운하는 빤한 소리를 했다.

타운센드 부인이 이들에게 다가왔다.

"어머나, 버터필드 씨."

그녀가 도움이 되는 소리를 해주었다.

"전혀 몰라보겠네요."

페리는 다시 고개를 숙이고, 가면 뒤에서 회심의 미소를 지었다.

"그 안에 같이 있는 분이 누구죠?"

그녀가 물었다.

"아."

페리가 말했다. 목소리는 두꺼운 의상에 파묻혀 알아차리기 힘들었다.

"이 사람은 친구가 아닙니다, 타운센드 부인. 그냥 제 의상의 일부죠."

타운센드 부인은 웃음을 터뜨리며 저쪽으로 멀어져갔다. 페리는 다시 베티를 돌아봤다.

'그러니까.'

그는 생각했다.

'이 여자의 사랑은 겨우 이 정도란 말이지! 우리가 최종적으로 갈라선 바로 그날, 다른 남자, 그것도 전혀 모르는 남자와 시시덕거리기 시작하다니.'

페리는 충동적으로 베티를 어깨로 살짝 밀며 복도 쪽을 가리키듯 머리를 흔들어 파트너를 바꾸고 자기와 함께 나가자는 뜻을 분명히 했다.

"잘 가, 러스."

그녀는 파트너에게 말했다.

"전 이 늙은 낙타한테 잡혔어요. 우리 어디로 가는 거죠, 야수 왕자님?"

고귀한 짐승은 아무런 대답도 하지 않았지만, 옆 계단 쪽의 한적한 구석을 향해 엄숙하게 성큼성큼 걸어갔다.

그녀는 거기 앉았다. 퉁명스러운 명령과 열띤 언쟁을 포함한 혼란이 낙타 속에서 몇 초간 이어졌지만 결국 낙타도 그녀 옆에 자리를 잡았다. 낙타의 뒷다리는 두 계단에 걸쳐 불편하게 뻗어 있었다.

"음, 이봐요."

베티가 쾌활하게 말했다.

"이 즐거운 파티가 마음에 들어요?"

낙타는 황홀하다는 듯이 머리를 흔들고는 발굽으로 기쁨의 발길질을 하며 파티가 마음에 든다는 걸 알렸다.

"종자(從者)를 옆에 두고 밀담을 나눠보기는 처음이네요."

그녀는 뒷다리를 가리켰다.

"종자든 뭐든 간에요."

"아."

페리가 중얼거렸다.

"이 사람은 귀머거리에다 장님입니다."

"불구자가 된 기분이겠어요. 걷고 싶어도 제대로 아장아장 걷지도 못하잖아요."

낙타는 애처롭게 고개를 숙였다.

"뭔가 말 좀 해봐요."

페티가 상냥하게 말했다.

"나를 좋아한다고 말해요, 낙타 씨. 나를 아름답다고 생각한다고 말해요. 예쁜 뱀 마법사가 주인이었으면 좋겠다고 말해요."

낙타는 그러겠다고 말했다.

"나랑 춤추겠어요. 낙타 씨?"

낙타는 노력해보겠다고 했다.

베티는 낙타에게 30분을 바쳤다. 그녀는 파티에 온 모든 남자에게 적어도 30분을 바치곤 했다. 그 정도면 충분했다. 그녀가 새로운 남자에게 다가가면 사교계 아가씨들은 으레 기관총 앞에서 전열을 배치하는 밀집 종대처럼 좌우로 흩어졌다. 그래서 페리 파크허스트는 연인을 다른 사람들과 같은 시각으로 바라보는 진기한 특권을 얻을 수 있었다. 그는 정신없이 흔들리며 격하게 희롱당했던 것이다.

4

기반이 부실한 이 천국은 사람들이 무도회장으로 우르르 들어오는 소리에 무너졌다. 코티용이 시작되고 있었다. 베티와 낙타는 무리에 합류했다. 낙타의 어깨를 가볍게 짚은 그녀의 갈색 손은 낙타가 완전히 자기 것이 되었다는 사실을 도발적으로 상징하고 있었다.

두 사람이 들어갔을 때 커플들은 이미 벽을 따라 놓인 테이블에 자리를 잡고 앉아 있었다. 종아리가 좀 지나치게 토실토실한, 안장 없는 특급 기수로 눈부시게 분한 타운센드 부인이 곡마단장과 함께 중앙에 서서 배치를 지휘했다. 밴드에게 신호를 보내자 모두가 일어서서 춤추기 시작했다.

"끝내주지 않나요?"

베티가 한숨을 내쉬었다.

"당신 춤출 수 있겠어요?"

페리는 열성적으로 고개를 끄덕였다. 갑자기 열의가 샘솟았다. 어쨌거나 결국 그는 여기서 익명으로 사랑하는 여자와 이야기를 나누고 있었다. 세상에 대고 후하게 윙크라도 해줄 수 있을 것 같았다.

그래서 페리는 코티용을 췄다. 췄다고 말하기는 했지만, 그건 상상할 수 있는 최고의 막춤을 넘어서는 경지까지 단어의 의미를 잡아 늘인 것이다. 파트너가 자신의 무력한 어깨에 손을 얹고 플로어 여기저기로 끌고 다니는 동안, 그는 거대한 머리를 온순하게 그녀의 어깨에 얹고 쓸데없고 바보 같은 발동작들을 했다. 뒷다리는 제멋대로 춤을 췄다. 대개 처음에는 한쪽 발로 펄쩍 뛰다가 다른 쪽 발로 뛰는 식이었다. 춤이 진행되고 있는지 아닌지 도무지 알 수 없었던 뒷다리는 음악이 시작될 때마다 무조건

일련의 스텝을 밟는 안전을 도모했다. 그래서 낙타의 앞쪽은 편안히 서 있는데, 뒤쪽은 끊임없이 정열적으로 움직여대는 모습이 심심찮게 보였다. 여린 마음을 가진 관찰자라면 누구라도 동정의 진땀을 흘리지 않을 수 없는 광경이었다.

그는 빈번하게 춤 신청을 받았다. 처음에는 밀짚으로 온몸을 뒤덮은 키 큰 숙녀와 춤을 췄는데, 그녀는 자신을 건초 다발이라고 쾌활하게 소개하며 먹어치우지 말라고 수줍게 간청했다.

"먹어버리고 싶은데요. 당신이 너무 달콤하니까."

낙타는 정중하게 말했다.

그는 곡마단장이 "남자들 이동!" 하고 고함칠 때마다 마분지, 비엔나소시지며 수염 난 여자사진을 비롯해 그때그때 다양한 파트너와 함께 있는 베티를 향해서 뒤뚱거리며 맹렬하게 달려가곤 했다. 간혹 일등으로 그녀에게 도착할 때도 있었지만 돌진은 대체로 성공적이지 못했고, 그 결과 격렬한 내부 언쟁이 벌어지곤 했다.

"제발!"

페리는 이를 악물고 사납게 으르렁거렸다.

"기운 좀 내요! 당신이 말을 듣기만 했어도 이번엔 그녀를 잡을 수 있었다고."

"음, 미리 경고 좀 해줘요!"

"했잖아요. 제기랄."

"이 안에서는 빌어먹을 아무것도 안 보인단 말이오."

"그냥 나를 따라서 하기만 하면 돼요. 당신이랑 함께 걷자니 모래주머니를 끌고 다니는 것 같다고요."

"댁이 뒤에서 한번 해보시구려."

"닥쳐요! 여기 사람들이 이 방에서 당신을 발견하면 말도 못하게 흠씬 두드려 패줄 걸. 택시 면허증도 빼앗아버릴 거요."

페리는 이런 끔찍한 협박을 너무도 태연스럽게 하는 스스로에게 놀랐지만, 협박은 상대방에게 최면 효과를 가져오는 듯했다. 그는 "으음" 하더니 겸연쩍은 침묵 속으로 가라앉았다.

곡마단장이 피아노 위로 올라가더니 조용히 하라고 손을 흔들었다.

"시상 시간입니다!"

그가 외쳤다.

"모이세요!"

"이야! 상이다!"

사람들은 겸연쩍어하며 슬금슬금 앞으로 모여들었다. 한껏 용기를 내어 수염 난 숙녀 분장을 하고 온 예쁘장한 소녀는 이 밤의 끔찍한 의상상을 받으리라는 기대에 흥분하며 몸을 떨었다. 몸에 문신을 그리느라 오후 나절을 몽땅 보낸 남자는 군중의 가장자리로 슬슬 숨어들고는 누가 옆에서 그가 받을 게 틀림없다고 말하면 맹렬히 화를 내며 얼굴을 붉혔다.

"신사 숙녀 곡마단원 여러분."

곡마단장이 쾌활하게 선언했다.

"모두 즐거운 시간을 보내셨으리라 생각합니다. 이제 마땅히 영예를 누려야 할 분들에게 상을 수여함으로써 치하하도록 하겠습니다. 타운센드 부인께서 제게 시상을 맡겨주셨습니다. 자, 동료 곡마단원 여러분, 일등상은 가장 놀랍고도 잘 어울리는……,"

이 부분에서 건초 다발이 귀를 쫑긋 세웠다.

"모습을 보여주신 숙녀 분께 드리겠습니다. 저희가 내린 결정에 여기 계신 모든 분이 만장일치로 동의하시리라 확신합니다. 일등상은 베티 메딜 양, 매력적인 이집트의 뱀 마법사입니다."

박수소리 ─ 주로 남자들이 쳤다 ─ 가 터져 나왔고, 베티 메딜 양은 올리브색 화장 위로 아름답게 볼을 붉히며 상을 받으러 나왔다. 곡마단장은 부드러운 눈길로 그녀를 바라보며 커다란 난초 꽃다발을 건넸다.

"그리고 이제."

그는 주위를 둘러보며 말을 이었다.

"나머지 상은 가장 재미있고 독창적인 의상을 보여준 남자 분을 위한 상입니다. 이 상은 이견의 여지없이 중간에 계신 손님에게 드리겠습니다. 이곳을 방문 중인 분이지만, 우리 모두는 부디 이분이 오래 즐겁게 머무셨으면 합니다. 긴말 하지 않겠습니다. 저녁 내내 굶주린 표정과 탁월한 춤 솜씨로 우리 모두를 즐겁게 해주신 고귀한 낙타 분께 드립니다."

말을 마치자 우레와 같은 박수 소리와 함성이 뒤따랐다. 다수의 선택이었다. 상으로 주는 커다란 시가 상자는 해부학적으로 수상자가 직접 받을 수 없는 상황임을 고려해 일단 한쪽 옆에 치워두었다.

"자, 이제."

곡마단장이 말을 이었다.

"환락의 여신과 우매의 신이 결혼식을 올림으로써 코티용을 마무리 짓겠습니다."

"결혼행진곡을 위해 정렬해주세요. 아름다운 뱀 마법사와 고귀한 낙타를 맨 앞에 세우고."

베티가 발랄하게 앞으로 폴짝 뛰어나오더니 낙타의 목에 올리브색 팔을 들렀다. 그 뒤로 소년, 소녀, 촌놈, 뚱뚱한 숙녀, 말라깽이 남자, 칼 먹는 사람, 보르네오의 야만인, 팔 없는 인간 등이 열을 지었다. 상당수는 흥청망청 취해 있었고, 모두가 흥분했고 행복했다. 기괴한 깃발과 야만적인 화장 밑에서 이상하게 낯설어 보이는 익숙한 얼굴들과 색채의 흐름에 눈이 부셨다. 트롬본과 색소폰 선율이 몽롱하게 뒤섞인 재즈풍의 육감적인 결혼행진곡이 흘러나왔다. 그리고 행진이 시작되었다.

"기쁘지 않아요? 낙타 씨?"

발을 맞춰 나아가면서 베티가 상냥하게 물었다.

"이렇게 결혼하게 돼서, 또 멋진 뱀 마법사가 영원히 당신 주인이 돼서 기쁘지 않은가요?"

낙타의 앞다리가 극도의 기쁨을 표현하며 껑충껑충 뛰었다.

"목사! 목사! 목사는 어디 있지?"

난봉꾼들 무리가 외쳤다.

"성직자 역할은 누가 할 거야?"

텔리호 클럽에서 수년 동안 웨이터로 일한 뚱뚱한 흑인 점보의 머리가 반쯤 열린 식료품 저장실 문 사이로 불쑥 등장했다.

"아, 점보다."

"점보 데려와요. 점보가 딱이야."

"이리 와, 점보. 결혼식 주례 서는 게 어때?"

"와아!"

점보는 네 명의 코미디언에게 붙잡혀 앞치마를 뺏기

고 무도회장 앞의 높은 연단으로 호송됐다. 사람들은 그의 셔츠 칼라를 떼어내 뒷부분을 앞으로 돌려 다시 채워서 성직자 비슷하게 만들었다. 행렬은 두 줄로 갈라져 신랑 신부를 위한 통로를 내주었다.

"준비됐어요."

점보가 큰 소리로 말했다.

"성경이랑 필요한 거 다 있어요. 진짜로."

그는 너덜너덜한 성경을 안주머니에서 꺼냈다.

"아아! 점보가 성경을 갖고 있어!"

"면도칼도 있을걸. 내 장담하지."

뱀 마법사와 낙타는 환호성으로 가득한 복도를 따라 올라가 점보 앞에 섰다.

"허가증은 어디 있나, 낙타?"

옆의 남자가 페리를 쿡 찔렀다.

"종잇조각 하나 줘요. 아무거나 괜찮아요."

페리는 당황하며 주머니를 뒤졌고, 접은 종잇조각을 찾아내 입 밖으로 내밀었다. 점보는 종이를 거꾸로 들고는 꼼꼼히 살피는 척했다.

"이건 낙타의 특별 허가증이로군."

그가 말했다.

"반지를 준비하게, 낙타."

낙타 속에서 페리는 몸을 돌려 자신의 허접한 반쪽에게 말했다.

"반지 줘요, 제발."

"없어요."

피곤한 목소리가 항변했다.

"있어요. 내가 봤어요."

"내 손에서 이걸 빼나 보쇼."

"안 그러면 죽어버리겠어."

헉 하는 숨소리가 들리더니 라인스톤과 황동으로 된 커다란 물건이 페리의 손에 쥐어졌다.

다시 한 번 누군가 밖에서 그를 쿡쿡 찔렀다.

"말해요!"

"준비됐습니다."

페리는 재빨리 외쳤다.

베티가 명랑한 말투로 대답하는 소리가 들렸는데, 이 웃기는 난장판 한가운데서도 그는 그 소리에 마음이 설렜다.

다음 차례로 그는 라인스톤을 낙타 의상의 찢어진 틈으로 내밀어 그녀의 손가락에 끼워주며 어느새 점보를 따라 역사적이고 케케묵은 문구들을 중얼거리고 있었다. 이런 사실은 영원히 아무도 몰랐으면 싶었다. 머릿속엔 온통 정체를 들키지 않고 슬쩍 빠져나갈 생각뿐이었다. 테이트도 지금까지 비밀을 잘 지켜주고 있었다. 점잖은 젊은이 페리, 이 일로 갓 개업한 변호사 경력을 망칠 수도 있었다.

"신부를 포옹하시오."

"가면을 벗어, 낙타. 그리고 키스해."

베티가 웃으며 그에게 돌아서서 마분지 코를 톡톡 건드리자, 그의 심장은 본능적으로 크게 뛰기 시작했다. 자제력이 스르르 무너지고 있었다. 두 팔로 그녀를 와락 안고는 자신의 정체를 밝히고, 겨우 30센티미터 앞에서 미소 짓고 있는 저 입술에 키스하고 싶었다. 바로 그때 갑자기 그들을 둘러싼 웃음과 박수 소리가 사라지더니 이상한 정적이 무도회장을 뒤덮었다. 페리와 베티는 놀라서 고개를 들었다. 점보가 대경실색한 목소리로 "주목!" 하고 커다랗게 소리를 내지르는 바람에 모든 이목이 그에게 쏠렸다.

"여기 주목!"

그가 다시 말했다. 그는 거꾸로 들고 있던 낙타의 결혼 허가증을 똑바로 돌려 잡더니 안경을 꺼내 고심하며 꼼꼼히 들여다보았다.

"이럴 수가!"

그가 소리쳤다. 쥐죽은 듯 시위를 에워싼 침묵 속에서 그의 말은 방 안 모든 사람의 귀에 똑똑히 들렸다.

"이건 진짜 결혼 증명서잖아."

"뭐라고?"

"응?"

"다시 말해봐, 점보!"

"글자 읽을 수 있는 거 맞아?"

점보는 손을 휘저어 사람들을 조용히 시켰고, 자신의 실수를 깨달은 페리는 피가 혈관 속에서 불타오르는 것만 같았다.

"맞아요!"

점보가 반복했다.

"이건 진짜 허가증이에요. 그리고 당사자 중 하나는 여기 젊은 숙녀 분, 베티 메덜 양이고, 나머지 하나는 페리 파크허스트 씨예요."

모두가 놀라서 헉 하고 숨을 몰아쉬었다. 사람들의 눈길이 일제히 낙타에 쏠리면서 나지막한 웅성거림이 터져나왔다. 베티는 재빨리 그에게서 떨어졌고 그녀의 황갈색 눈은 분노의 불꽃을 내뿜었다.

"당신은 파크허스트입니까, 낙타 씨?"

페리는 아무 대답도 하지 않았다. 군중이 가까이 다가와 그를 빤히 처다보았다. 당황한 그는 뻣뻣하게 얼어붙었지만, 불길한 징조와도 같은 점보를 바라보는 그의 마분지 얼굴은 여전히 허기지고 냉소적인 표정이었다.

"말하는 게 좋을 겁니다."

점보가 천천히 말했다.

"이건 굉장히 심각한 문제예요. 이 클럽에서 하고 있는 일 외에, 전 제일침례교회의 진짜 목사이기도 하거든요. 제가 보기엔 당신들 진짜로 결혼해버린 것 같은데요."

5

　뒤이어 벌어진 광경은 텔리호 클럽의 역사에 영원히 기록되어 전해질 것이다. 튼실한 부인들이 기절하고, 순도 백 퍼센트 미국인들이 욕을 해대고, 분노로 이글거리는 사교계 아가씨들은 전광석화처럼 순식간에 끼리끼리 모였다가 순식간에 흩어지며 정신없이 지껄여댔다. 적의에 차 있으면서도 기묘하게 억제된 웅성거림이 아수라장이 된 무도회장 안에 나지막이 울려 퍼졌다. 열에 들뜬 젊은이들은 페리를 혹은 점보를 혹은 자기 자신을, 아무튼 누군가를 죽이겠다고 맹세했으며, 침례교회 목사는 폭풍우처럼 몰아닥친 시끄러운 아마추어 변호사들 무리에 포위됐다. 그들은 질문하고 협박하고 선례를 요구하고 결혼 무효를 명령하고, 무엇보다도 이미 일어나버린 사건에 미리 계획한 낌새가 조금이라도 있는지 알아내려고 했다.

한쪽 구석에서 타운센드 부인은 하워드 테이트의 어깨에 기대 흐느꼈고, 테이트는 속절없이 그녀를 위로하고 있었다. 그들은 서로 "모두가 내 탓"이라는 소리를 끝도 없이 늘어놓았다. 눈 덮인 바깥 인도에서는 알루미늄 맨이라 불리는 사이러스 메딜이 두 억센 전차 사이에서 신경질적으로 왔다 갔다 서성이면서, 차마 다시 입에 담을 수 없는 일련의 욕설을 퍼붓다가도 그냥 정보만 잡을 수 있게 해달라고 미친 듯이 거듭 애원했다. 그는 그날 밤 우스꽝스럽게 보르네오의 야만인으로 분장했는데, 최고의 깐깐한 무대 감독이라도 그 역할을 캐스팅하는 것보다 더 나은 선택은 없을 거라고 인정했을 것이다.

그러는 동안, 두 주연 배우는 무대의 정중앙을 차지하고 있었다. 사납게 날뛰는 베티 메딜—아니, 이젠 베티 파크허스트인가?—은 별로 예쁘지 않은 소녀들에게 둘러

267

싸여 있었다. 예쁜 소녀들은 이미 베티 얘기로 수다를 떠느라 바빠서 정작 그녀에게 신경 쓸 여유가 없었다. 무도회장의 반대편에는 낙타가 머리 부분만 제외하고는 의상을 그대로 입은 채 서 있었다. 낙타 머리는 가슴팍에 처량하게 대롱대롱 매달려 있었다. 페리는 화나고 당황한 일군의 사람들에게 자신의 결백을 열심히 주장하고 있었다. 몇 분에 걸쳐 그가 자신의 결백을 분명히 증명해내고 나면, 그때마다 누군가가 결혼 증명서 이야기를 꺼냈고, 그러면 심문은 처음부터 다시 시작되고는 했다.

털리도에서 두 번째로 잘나가는 사교계의 꽃 매리언 클라우드라는 소녀가 베티에게 한 말이 이 상황을 본격적으로 바꿔놓았다.

"저기."

그녀는 심술궂게 말했다.

"다 끝날 거야, 얘. 법원이 물어보지도 않고 무효 처리를 해줄 거야."

베티가 흘리던 분노의 눈물이 기적처럼 말랐다. 그녀는 굳게 입을 다물고 매리언을 무표정하게 바라보았다. 그러더니 일어나서 그녀를 동정하고 있던 사람들의 무리를 가르며 방을 똑바로 가로질러 겁에 질려 눈도 못 떼고 있는 페리에게 다가갔다. 또다시 침묵이 슬그머니 방 안에 내려앉았다.

"신사답게 제게 5분만 대화할 시간을 내주시겠어요. 아니면, 그런 건 당신 계획에 포함되어 있지 않나요?"

페리는 좋다고 고개를 끄덕였다. 입에서는 도무지 말이 나오지 않았다. 그녀는 싸늘하게 따라오라는 몸짓을 하고는 턱을 꼿꼿이 치켜세운 채 복도로 나가 단둘이 이야기할 수 있는 조그만 카드놀이 방으로 향했다.

페리는 그녀의 뒤를 따라가려고 했지만, 뒷다리가 따라와주지 않는 바람에 갑자기 움찔하며 멈춰 섰다.

"당신은 여기 있어!"

그가 사납게 명령했다.

"그럴 수 없잖아요."

혹 안에서 징징대는 목소리가 들려왔다.

"당신이 먼저 나가고 나를 내보내준다면 모를까."

페리는 주저했지만, 호기심에 찬 군중의 시선을 더는

견디지 못하고 웅얼웅얼 명령을 내렸고 낙타는 네 발로 조심스레 방에서 나왔다.

베티가 그를 기다리고 있었다.

"흠."

격분한 그녀가 말을 시작했다.

"무슨 짓을 했는지 알겠어? 당신이랑 그 말도 안 되는 허가증! 그런 걸 받으면 안 된다고 말했잖아!"

"자기, 난······."

"자기라고 부르지 마! 이따위 치욕스러운 일을 벌인 후에도 아내를 얻는 게 가능하다면 당신 진짜 아내한테나 쓰게 아껴두란 말이야. 사전에 계획한 게 아니라고 둘러 댈 생각도 하지 마. 저 흑인 웨이터한테 돈을 찔러줬지. 그랬잖아! 나하고 결혼하려던 게 아니었다고?"

"아니지, 물론······."

"그래, 인정하는 게 좋을 거야! 그러려던 거잖아, 이제 어쩔 건데? 우리 아빠가 거의 미칠 지경이라는 건 아시 나? 아빠가 당신을 죽이려고 들어도 자업자득이라고. 총 을 들고 차가운 금속을 당신한테 박아 넣을걸. 이 결, 이 일이 무효가 된다고 해도, 오명은 내 남은 평생 따라다닐 거라고!"

페리는 자기도 모르게 부드러운 목소리로 베티의 말을 인용했다.

"오, 낙타 씨, 예쁜 뱀 마법사가 주인이 되어 기쁘지 않나요?"

"닥쳐!"

베티가 고함을 쳤다.

침묵이 흘렀다.

"베티."

페리가 마침내 말했다.

"우리 둘 다 깨끗하게 이 일에서 빠져나갈 수 있는 방법은 단 한 가지밖에 없어. 당신이 나랑 결혼하는 거야."

"결혼한다고?"

"그래, 정말로 그게 유일한……."

"닥쳐! 그쪽하고 결혼 따위는 안 해. 만일, 만일……."

"알아. 내가 지구에 남은 마지막 남자라 하더라도 말이지. 하지만 자기도 평판을 조금이라도 생각한다면……."

"평판!"

그녀가 외쳤다.

"이제 와서 내 평판을 생각해주다니 거참 고맙네. 왜 진작 그 생각을 안 했어? 저 끔찍한 점보를 고용해서 그, 그……."

페리는, 난감하게 고개를 들었다.

"좋아, 원하는 건 뭐든지 하겠어. 신께 맹세코, 남편으로서 모든 권리를 다 포기할게."

"하지만……."

새로운 목소리가 말했다.

"전 아니에요."

페리와 베티는 깜짝 놀랐다. 그녀는 가슴에 손을 올려놓았다.

"맙소사. 저게 무슨 소리야?"

"접니다."

낙타의 엉덩이가 말했다.

페리가 순식간에 낙타 가죽을 획 벗어던지자 추레하고 절뚝거리는 물체―옷은 눅눅하게 축 처졌고, 손에는 거

272

의 빈 병을 술병을 꼭 쥐고 있는―가 도전하듯 그들 앞에 섰다.

"오."

베티가 외쳤다.

"날 겁주려고 저 물건을 데려왔군요! 귀머거리라고 했잖아요. 저 끔찍한 사람이!"

낙타 엉덩이는 만족스러운 한숨을 내쉬며 의자에 앉았다.

"날 그런 식으로 말하지 마요. 아가씨, 난 그냥 사람이 아니에요. 난 당신 남편이오."

"남편!"

베티와 페리에게서 동시에 쥐어짜듯 고함이 터져 나왔다.

"아니, 당연하지. 저 괴짜 녀석만큼이나 나도 당신 남편이지. 그 검둥이는 낙타의 머리랑 당신을 결혼시킨 게 아니거든. 낙타 전체랑 결혼시킨 거지. 게다가 당신 손에 끼고 있는 건 내 반지고!"

꽥 하고 조그맣게 비명을 내지르며 그녀는 손가락에서

273

반지를 낚아채 미친 듯이 바닥에 내던졌다.

"이게 다 무슨 소립니까?"

페리가 멍하니 물었다.

"당신, 일을 제대로 바로잡는 게 좋을 거요. 그러지 않으면 난 당신이랑 똑같이 저 여자랑 결혼할 권리를 가질 테니까."

"이중결혼이군."

페리는 심각하게 베티를 쳐다보며 말했다.

그리고 눈을 빛냈다. 페리에게 이날 밤 최고의 순간이 왔다. 운을 걸 결정적 기회가 말이다. 그는 일어나서 먼저 베티를 쳐다봤다. 그녀는 새로운 이 혼란국면에 경악한 나머지 기운을 잃고 앉아 있었다. 그러고는 의자에 앉아 불안하게 협박하듯이 양옆으로 몸을 흔들고 있는 인물을 쳐다봤다.

"좋습니다."

페리는 그 인물에게 천천히 말했다.

"당신이 가지세요, 베티. 난 우리 결혼이 전적으로 우발적이었다는 걸 증명할게. 자기가 내 아내라는 권리를 완전히 포기할 거야. 그리고 당신을 저 남자, 당신 반지의 임자이자 법적인 남편인 저 남자에게 양도하겠어."

침묵이 흐르더니 공포에 질린 네 개의 눈동자가 그를 쳐다봤다.

"잘 있어, 베티."

그가 목멘 소리로 말했다.

"새로 찾은 행복 속에서 나를 잊지는 마. 난 아침 기차로 서부로 떠날 거야. 날 기억해줘. 베티."

마지막으로 그들을 쳐다본 후 페리는 몸을 돌려 문손잡이를 잡으면서 머리를 가슴께까지 푹 숙였다.

"잘 있어."

그는 한 번 더 말했다. 그리고 문손잡이를 돌렸다. 하지만 이 소리에 뱀과 실크와 황갈색 머리카락이 갑자기 격렬하게 그를 향해 돌진했다.

"오, 페리, 날 버리지 마. 페리, 나도 데리고 가!"

그녀의 눈물이 그의 목을 따라 축축하게 흘러내렸다. 그는 침착하게 두 팔로 그녀를 감싸 안았다.

"난 상관없어요."

그녀는 울었다.

"당신을 사랑해요. 당신이 이 시간에 목사님을 깨워서 다시 식을 올릴 수만 있다면, 함께 서부로 갈게."

그녀의 어깨 너머로 낙타 머리는 낙타의 엉덩이를 쳐다 봤다. 그리고 그들은 오로지 진정한 낙타들만이 이해할 수 있는 특별히 미묘하고 비밀스러운 윙크를 교환했다.

리츠칼튼 호텔만 한 다이아몬드

1

존 T. 엉거는 미시시피 강 유역에 위치한 작은 마을 하데스에서 수 세대에 걸쳐 명망을 떨친 가문 출신이었다. 그의 아버지는 치열한 대회를 수없이 거쳐 아마추어 골프 챔피언이 되었다. 또한 엉거 부인은 정치 연설을 잘해서, 그 지방 특유의 표현을 쓰자면, '핫박스(hotbox: 철도 차량의 열축함으로 임시 정치 연설의 단상으로 쓰였다.)에서 핫베드(hotbed: 범죄의 온상, 은밀한 정치 거래들이 이루어지는 세계를 말한다)까지 그 명성을 떨쳤다.

막 열여섯 살이 된 어린 존 T. 엉거는 긴 바지를 입기도

전에 뉴욕에서 유행하는 최신 춤을 몽땅 춰보았다. 그리고 이제 그는 잠시 집을 떠나 있게 됐다. 모든 지방 도시의 몰락의 원인이자 해마다 가장 전도유망한 젊은이들을 마을밖으로 내보내는 뉴잉글랜드 교육에 대한 신망이 그의 부모도 사로잡았던 것이다. 아들이 보스턴 근교에 자리 잡은 세인트 마이더스 스쿨(이 학교는 피츠제럴드의 어린 시절 모교인 세인트폴 아카데미와 뉴먼스쿨을 합친 것으로, 자신의 딸을 포함해 손대는 모든 것을 금으로 변하게 만든 미다스 왕의 전설에 대한 아이러니를 담고 있기도 하다)에 가는 것 말고는 그 무엇도 성에 차지 않을 터였다. 하데스는 사랑스럽고 재능이 넘치는 아들을 품기에는 너무 좁았다.

이제 하데스에서는—한 번이라도 거기 가봤다면 잘 알겠지만—명문 예비학교나 대학 이름들이 거의 의미가 없었다. 주민들은 너무나 오랫동안 세상과 유리된 채 살아서 드레스와 매너, 문학에서 시류를 따라잡는 시늉을 하지만 대체로 풍문에 의지하고 있었다. 그러다 보니 하데스에서 세련된 걸로 여겨지는 것이 시카고 축산 재벌가의 공주님이 보기엔 '아무래도 좀 싸구려'일 가능성이 매우 농후했다.

존 T. 엉거가 출발하기 전날 밤, 엉거 부인은 어머니다운 어리석음을 발휘해 트렁크에 리넨 정장과 소형 선풍기를 꾸역꾸역 챙겨 넣었고, 엉거 씨는 아들에게 돈을 두둑이 채운 석면 지갑을 선사했다.

"기억해라, 이곳은 언제나 네 집이다."

그가 말했다.

"항상 너를 위해 집을 지키고 있으마."

"알아요."

존은 쉰 목소리로 말했다.

"네가 누구이며 어디서 왔는지 절대 잊지 마라."

아버지는 자랑스럽게 말을 이었다.

"그리고 너는 명예에 누가 될 짓은 절대로 안 할 거야. 넌 하데스 출신의 엉거니까."

그리하여 나이 든 아버지와 어린 아들은 악수를 했고, 존은 눈물을 줄줄 흘리며 길을 떠났다. 10분 후, 시 경계선을 벗어난 그는 마지막으로 걸음을 멈추고 뒤를 돌아봤다. 게이트 위에 걸린 구식 빅토리아풍 표어가 묘하게 매력적으로 보였다. 아버지는 그 표어를 좀 더 진취적인 기상과 기백이 담긴 것으로 바꾸려고 몇 번이나 시도했었다. '하데스, 당신의 기회'라든가, 전구를 박아 강조한 힘찬 악수 그림 위에다 간결하게 '웰컴'이라고 쓴다든가 하는 식으로, 그 구식 문구는 기분을 좀 울적하게 만든다는 게 아버지의 생각이었다. 하지만 이젠⋯⋯.

그래서 존은 그 광경을 눈에 담고 나서 목적지를 향해 단호하게 얼굴을 돌렸다. 돌아서서 본 하늘 아래 하데스의 불빛은 따뜻하고 열정적인 아름다움으로 가득 찬 듯했다.

세인트 마이더스 스쿨은 보스턴에서 롤스로이스 자동차로 30분 거리에 자리 잡고 있다. 실제 거리는 절대로 알수 없을 것이다. 왜냐하면 존 T. 엉거를 제외한 누구도 롤스로이스를 타지 않고 그곳에 도착한 일이 없었고, 아마앞으로도 영원히 그럴 테니까. 세인트 마이더스는 세상에서 가장 비싸고 가장 배타적인 소년 예비학교다.

그곳에서의 첫 2년은 기분 좋게 흘러갔다. 모든 소년의 아버지들은 상당한 재력가였고 존은 상류층의 리조트를 방문하면서 여름을 보냈다. 놀러 간 집마다 친구들은 다들 굉장히 좋았지만, 그들의 아버지들은 다 똑같아 보였다. 가끔 그는 소년다운 호기심으로 그 아버지들은 어쩌면 저렇게 똑같을까 궁금해했다. 집이 어딘지 말하면, 그 아버지들은 명랑하게 묻곤 했다.

"그 아랫동네는 무척이나 덥지?"

그러면 존은 억지로 희미한 미소를 지으며 대답했다.

"정말 그래요."

친구 아버지들이 하나같이 이런 농담을 하지만 않았다면 그도 더 진심 어린 대답을 했을 것이다. 기껏 변화를 준다는 게 "그 아랫동네는 너한테도 덥니?"였는데, 이 말도 지긋지긋하기는 마찬가지였다.

2학년 중반에, '퍼시 워싱턴'이라는 이름을 가진 조용하고 잘생긴 소년이 존의 학년에 들어왔다. 이 학생은 기분 좋은 태도를 지녔고, 세인트 마이더스의 기준으로 따지더라도 대단히 옷을 잘 입었지만, 어떤 이유에서인지 다른 소년들과는 초연하게 거리를 두었다. 그가 가까이 지내는 유일한 사람은 존 T. 엉거였지만, 존에게조차 자기 집이나 가족에 대해서는 몹시 말을 아꼈다. 부자라는 것은 말할 필요도 없었지만, 그런 몇 가지 추론 이상으로 존이 친구에 대해 아는 바는 거의 없었다. 그렇기 때문에 퍼시가 '서부에 있는' 자기 집에서 여름을 보내자고 초대했을 때, 그는 호기심을 채워줄 과자점을 통째로 약속받은 기분이었다. 존은 망설임 없이 초대에 응했다.

기차에 오르고 나서야 퍼시는 처음으로 좀 터놓고 말하기 시작했다. 어느 날은 식당차에서 점심을 먹으며 몇몇 학교 친구들의 아쉬운 성격에 대해 이야기하고 있는데, 퍼시가 느닷없이 말투를 바꾸더니 불쑥 내뱉었다.

"우리 아버지는."

그가 말했다.

"단연코 세계에서 제일 부자야."

"아."

존은 예의 바르게 말했다. 이 자신만만한 말에 대해 어떤 대답을 해야 할지 몰랐다. "그거 굉장히 멋지구나"라고 말할까 생각했지만 어쩐지 빈말 같았고, "정말?"이라는 말이 목구멍까지 올라왔지만 퍼시의 말을 의심하는 것처럼 들릴까 봐 그대로 삼켰다. 그런 놀라운 말에는 이의를 제기하기 힘든 법이다.

"단연코 가장 부자야."

퍼시가 반복해서 말했다.

"『세계 연감』에서 읽었는데."

존이 입을 뗐다.

"미국에는 1년에 500만 달러 이상의 수입을 가진 사람이 한 명 있대. 그리고 300만 달러 이상 수입을 가진 사람이 네 명이고 또······."

"아, 그 사람들은 아무것도 아냐."

퍼시의 입이 조소를 띤 반달 모양으로 변했다.

"번지르르한 싸구려 자본가들, 재계의 잔챙이들, 시시한 소상인들과 사채업자들이지. 우리 아버지라면 그 사람들 재산을 몽땅 다 사버려도 티조차 안 날걸."

"하지만 어떻게······."

"왜 아버지의 소득세가 기록되지 않느냐고? 왜냐하면 소득세를 안 내시니까. 물론 조금 내기야 하지. 하지만 진짜 소득에 대해서는 하나도 안 내."

"정말로 굉장한 부자시겠구나."

존은 소박하게 말했다.

"멋지다. 난 굉장한 부자들이 좋아. 더 부자일수록, 더 좋아."

존의 가무잡잡한 얼굴에 솔직한 열망의 빛이 어렸다.

"작년 부활절에 슌리처 머피의 집에 갔었거든. 비비언 슌리처 머피에겐 달걀만 한 루비가 있어. 게다가 공같이 생긴 사파이어들도 있었는데, 그 안에서 빛이……."

"난 보석이 좋아."

퍼시도 열렬히 동의했다.

"물론 학교에서 누가 아는 건 싫지만, 난 꽤나 굉장한 수집품을 가지고 있어. 우표 대신 보석을 모았거든."

"그리고 다이아몬드."

존이 열심히 이야기를 계속했다.

"슌리처 머피네엔 호두만 한 다이아몬드……."

"그건 아무것도 아니야."

퍼시는 몸을 앞으로 숙이고는 목소리를 낮춰 속삭였다.

"정말 아무것도 아냐. 우리 아버지는 리츠칼튼 호텔보다 더 큰 다이아몬드를 갖고 계셔."

2

몬태나의 황혼이 두 산 사이에 거대한 멍 자국처럼 걸려 있었고, 거기서 거무스름한 동맥들이 뻗어 나와 독에 취한 하늘에 펼쳐져 있었다. 하늘에서 끝도 없이 떨어진 저 아래, 하찮고 쓸쓸하고 사람들에게 잊힌 피시 마을이 웅크리고 있었다.

피시 마을엔 열두 명이 산다고 한다. 문자 그대로 아무것도 없는 바위에서 빈약한 젖을 빨고 자란 음침하고 불가해한 이 열두 영혼은, 세상 구석구석에 주민을 심어놓는 불가사의한 자연의 힘이 낳은 사람들이었다. 피시의 열두 주민은 별개의 종족이 되었다. 마치 자연의 초기에 즉흥적으로 개발했다가, 생각을 바꿔 그냥 고군분투하다 멸종해버리라고 내버려둔 종처럼.

저 멀리 검푸른 멍 자국으로부터 이동하는 빛의 기나긴 선이 황량한 땅 위에 내려앉아 슬금슬금 퍼져갔고, 피시의 열두 주민은 시카고 발 7시 대륙횡단 급행열차가 지나가는 것을 보기 위해 유령처럼 초라한 기차역에 모여들었다. 대륙횡단 급행열차는 상상조차 할 수 없는 어떤 관할권을 통해 1년에 여섯 번 정도 피시 마을에 멈췄고, 그럴 때면 한두 명이 기차에서 내려 땅거미 속에서 어김없이 나타난 사륜마차를 타고 멍든 황혼을 향해 사라졌다. 이 무의미하고 터무니없는 현상을 관찰하는 것은 피시 마을 사람들 사이에서 일종의 의식이 되었다.

그게 다였다. 그들에게는 사람을 경탄하고 사색하게 만들 만한 환상의 활력이 아예 남아 있지 않았다. 그렇지 않았더라면, 이 신비한 방문을 둘러싸고 종교가 탄생했을지도 모른다. 하지만 피시의 사람들은 그 어떤 종교의 차원으로도 닿을 수 없는 것에 있었다. 심지어 기독교의 가장 기본적이고 미개한 교리조차도 그 황폐한 바위에는 발을 붙일 수 없었을 것이다. 그래서 거기엔 어떤 제단도 사제도 희생도 없었다. 오로지 매일 밤 7시에 초라한 기차역 주변에서 열리는 조용한 모임과 기적을 희구하는 희미하고 핏기 없는 회중뿐이었다.

이 6월의 밤, 피시 사람들이 누군가를 신격화했다면 아마 천상의 주인공으로 선택했을지 모를 '위대한 보조차장'은 마을에 인간(또는 비인간) 기탁물을 내려놓으라고 7시 기차에 명했다. 7시 2분에 피시 워싱턴과 존 T. 엉거가 내리더니 주술에 홀린 듯, 어안이 벙벙한 듯, 잔뜩 겁에 질린 듯 휘둥그레진 피시 주민 열두 명의 눈을 서둘러 지나쳐서 어디선가 홀연히 나타난 사륜마차에 올라 사라졌다.

30분가량 지나고 황혼이 어둠으로 굳어져버리자, 사륜마차를 몰던 말없는 검둥이가 저 앞 어둠 속 어딘가에 있는 불투명한 물체를 소리쳐 불렀다. 외침에 응답해, 그 물체는 깊이를 헤아릴 수 없는 심연의 밤에서 나온 악의에 찬 눈알처럼 빛나는 원반을 그들 쪽으로 비췄다. 좀 더 가까이 다가가자 존은 그것이 거대한 자동차의 미등임을 알아차렸다. 이제껏 본 어느 차보다도 더 크고 장엄했다. 차체는 니켈보다 더 훌륭하고 은보다 가벼운 빛나는 금속으로 이루어져 있었고, 바퀴 축에는 초록빛과 노란빛으로 은은히 반짝이는 기하학적 형상들이 장식되어 있었다. 존은 그게 유리인지 보석인지 추측해볼 엄두조차 나지 않았다.

런던의 왕실 행렬 사진에서 본 것 같은 번쩍거리는 제복을 입은 검둥이들이 차 옆에 부동자세로 서 있었다. 두 젊은이가 마차에서 내리자 이들이 뭐라고 인사했는데, 손님은 알아들을 수 없었지만 검둥이들이 쓰는 극심한 남부 사투리 같다고 생각했다.

"타."

그들이 트렁크를 리무진의 흑단 같은 지붕 위로 던져 올리자, 퍼시가 친구에게 말했다.

"여기까지 마차로 데려올 수밖에 없어서 미안해. 하지만 기차의 승객들이나 신에게 버림받은 저 피시 사람들에게 이 자동차를 보게 할 수는 없거든."

"세상에! 이 차 끝내준다."

차의 내부를 본 존의 입에서 감탄사가 터져 나왔다. 내부 직물 장식은 금사 바탕천에 보석과 자수를 짜 넣은, 천 개의 조그맣고 정교한 실크 태피스트리로 이루어져 있었다. 두 소년이 호화롭게 앉아 있는 두 개의 좌석은 듀베틴(벨벳 중에서도 특히 호화롭고 값비싼 종류) 비슷한 천으로 덮여 있었는데, 타조 깃털 끝을 장식하는 오만 가지 색깔로 짠 것 같았다.

"이 차 굉장하구나!"

존이 감탄하며 다시 말했다.

"이거?"

퍼시가 웃었다.

"어, 이건 그냥 스테이션왜건 대신 쓰는 오래된 고물일 뿐이야."

이때쯤 그들은 어둠을 뚫고 두 산 사이의 계곡을 향해 미끄러지듯 달리고 있었다.

"한 시간 반 뒤에 도착할 거야."

퍼시가 시계를 보며 말했다.

"이 말도 해두는 게 좋겠다. 이제까지 네가 본 어떤 것과도 다를 거야."

만약 이 차가 앞으로 존이 보게 될 것을 암시하는 지표라면, 그는 진실로 놀랄 준비가 되어 있었다. 하데스 특유의 소박한 신심은 부자들에 대한 진지한 숭배와 존경을 교리 제1조로 삼고 있었다. 존이 부자들 앞에서 해맑은 겸손이 아닌 다른 감정을 느꼈다면 그의 부모는 그 불경함에 경악하며 등을 돌렸을 것이다.

그들은 이제 두 산 사이의 계곡에 도착해 그 사이로 진입했고, 동시에 길은 더 험해졌다.

"여기 달빛이 비친다면, 우리가 거대한 협곡에 있다는 걸 알 수 있을 텐데."

퍼시가 창밖을 내다보려고 애쓰며 말했다. 그가 송화구에 대고 몇 마디 하자 즉시 하인이 탐조등을 켜더니 거대한 광선으로 언덕을 휩쓸 듯이 비췄다.

"봐, 바위투성이지. 보통 차라면 30분도 못 가서 너덜너덜해질걸. 사실 길을 모르면 탱크가 이 길을 지나다닐 수 있을 거야. 봐, 언덕을 오르고 있어."

그들은 분명히 오르막을 오르고 있었다. 몇 분 안에 차는 높은 언덕을 가로질렀고, 멀리 새로 뜬 달이 흘긋 보였다. 차가 갑자기 멈추더니 옆의 어둠 속에서 몇 사람이 모습을 드러냈다. 이들 또한 검둥이였다. 또다시 두 젊은이는 아까와 마찬가지로 어렴풋이 뜻을 짐작할 수밖에 없는 사투리로 인사를 받았다. 그리고 검둥이들은 일에 착수해서 저 위쪽에 매달린 거대한 네 개의 케이블을 보석이 박힌 바퀴 축에 고리로 연결했다. "헤이야" 하고 울려 퍼지는 고함소리와 함께 차가 천천히 땅에서 들어 올려지는 게 느껴졌다. 위로, 위로, 양쪽으로 가장 높이 솟은 바위를 훌쩍 넘어서, 그러고도 더 높이. 마침내 그들이 방금 떠나온 구렁 같은 암반과 선명하게 대조를 이루는 계곡이 달빛에 흠뻑 젖어 물결치듯 눈앞에 펼쳐졌다. 한쪽에만 아직 암반이 남아 있었는데 다음 순간 갑자기 옆에도, 아니어디에도 바위는 보이지 않았다.

차는 하늘을 향해 수직으로 솟구친 거대한 칼날 같은 바위를 뛰어넘은 게 분명했다. 잠시 후 그들은 다시 하강했고, 마침내 부드럽게 쿵 하는 소리와 함께 판판한 땅에 착륙했다.

"최악의 상태는 지나갔어."

퍼시가 눈을 가늘게 뜨고 창밖을 보면서 말했다.

"여기서 5마일만 가면 돼. 그리고 이제부터는 내내 우리 사유 도로야. 태피스트리 벽돌로 쫙 깔았지. 여긴 우리 땅이지. 아버지는 여기가 미국이 끝나는 곳이라고 말씀하셔."

"우리가 캐나다에 온 거야?"

"아니, 여긴 몬태나 주 로키산맥 한가운데야. 하지만 이곳 5제곱마일은 이 나라에서 한 번도 측량된 적이 없는 땅이지."

"왜 그런 건데? 잊어버렸던 거야?"

"아니."

퍼시가 씩 웃으며 말했다.

"정부에서는 측량을 세 번 시도했어. 첫 시도 때는 우리 할아버지가 측량국 전체를 매수했고, 두 번째 시도 때는 미국 공식 지도에 손을 좀 댔지. 그래서 15년을 막을 수 있었어. 마지막 시도 때는 더 힘들었어. 아버지는 역대 최강의 인공 자기장을 만들어 그 사람들의 나침반을 혼란에 빠뜨렸어. 그리고 이 지역이 나타나지 않도록 살짝 조작한 측량 기구를 만들어 실제 측량에 사용될 기구들이랑 바꿔치기했지. 그리고 강의 물줄기를 바꾸고 마을 비슷하게 보이는 걸 강변에 만들었어. 측량 팀에서 보면 계곡 10마일 위에 있는 마을이라고 생각하도록 말이야. 아버지가 두려워하는 건 단 한 가지야."

그가 말을 맺었다.

"세상에서 유일하게 우리를 찾기 위해 사용될 수 있는 물건."

"그게 뭔데?"

퍼시는 목소리를 낮춰 말했다.

"비행기."

그가 속삭였다.

"우리에겐 여섯 개의 대공포가 있어. 지금까지는 그걸로 이럭저럭 처리가 됐어. 하지만 사망 사고가 몇 건 있었고 포로가 굉장히 많이 생기기는 했지. 우린 그런 일에 개의치 않아. 그러니까 아버지랑 나는 말이야. 하지만 엄마와 여동생들은 불편해하지. 게다가 언젠가는 그걸로 안될 가능성이 늘 있으니까."

초록색 달이 뜬 하늘에 너덜너덜 찢어진 친칠라 토끼털 같은 구름 조각들이 타타르 칸의 시찰을 받기 위해 행진하는 동양의 진귀한 보물들처럼 초록색 달 앞을 지나고 있었다. 존에게는 지금이 낮이고, 바위로 둘러싸인 절망의 마을에 희망의 메시지를 담은 특허약 광고 전단과 팸플릿을 뿌리며 머리 위 허공을 가로질러 날아가는 청년들을 바라보고 있는 것처럼 느껴졌다. 구름 사이로 그 청년들이, 그가 지금 향하고 있는 알 수 없는 곳, 알 수 없는 것들을 물끄러미 내려다보고 있는 듯했다.

다음엔 어떻게 되는 걸까? 음험한 장치에 의해 착륙을 유도당해 최후의 심판 날까지 특허약도 팸플릿도 누리지 못하고 유폐된 채 그곳에 갇히게 될까? 혹여 그들이 덫에 걸려들지 않으면, 한바탕 강한 연기와 귀청이 터질 듯한 날쌘 폭탄이 그들을 땅으로 내려오게 만들까? 그래서 퍼시의 어머니와 여동생들을 '불편하게' 만들까? 존은 머리를 설레설레 흔들었다. 망령이 벌린 입술 사이로 공허한 웃음이 조용히 새어나왔다. 얼마나 지독한 거래가 이곳에 숨겨져 있을까? 기괴한 크로이소스(무역으로 커다란 부를 축적한 리디아의 왕)식 도덕적 편법이 얼마나 횡행했을까? 어떤 끔찍하고도 값비싼 비밀이 있는 것일까?

친칠라 토끼털 구름은 이제 저 멀리 흘러갔고, 몬태나 주 야외의 밤은 낮처럼 훤했다. 달빛 비치는 조용한 호수를 끼고 달리는 커다란 바퀴 아래 태피스트리 벽돌길은 비단길처럼 매끈했다. 그들은 잠시 깜깜한 어둠 속으로 들어갔다. 톡 쏘는 향기가 나는 서늘한 소나무 숲이었다. 다음 순간, 그들은 잔디밭이 넓게 펼쳐진 대로로 나왔고, "집에 다 왔어" 하는 퍼시의 짤막한 말과 동시에 기쁨에 찬 탄성이 존의 입에서 터져 나왔다.

형형한 별빛 아래, 절묘하게 아름다운 성이 호숫가에 자리해 있었다. 빛나는 대리석으로 이루어진 성은 인접한 산중턱까지 올라와서는 우아하게, 완벽한 균형을 이루며, 여자의 권태처럼 나른하게 반투명해지다가 소나무 숲의 밀집한 어둠 속으로 서서히 녹아 사라졌다. 수많은 탑, 비스듬한 흙벽에 세공된 가느다란 격자무늬, 직사각형, 육각형, 삼각형의 황금색 불빛이 새어나오는 천여 개 노란 창문들의 경이로운 조각, 별빛 가득한 면과 푸른 그림자의 면면이 교차하는 부드러운 빛의 편린들. 이 모든 것이 현악의 화음처럼 어우러져 존의 영혼을 울렸다. 그중 가장 높이 솟아 있고 토대가 가장 어두운 탑 하나는 꼭대기에 설치된 외부 조명 덕분에 하늘에 떠 있는 요정 나라 같은 분위기를 풍겼다.

따스한 황홀경에 취해 탑을 올려다보고 있으려니 앞꾸밈음을 연주하는 바이올린 소리가 로코코풍 화음을 이루며 아련하게 떠내려왔다. 이제껏 그가 들어본 그 어떤 음악과도 달랐다. 다음 순간 차는 넓고 높은 계단 앞에 멈췄다. 주변의 밤공기가 꽃향기로 가득했다. 계단 꼭대기에 있는 두 개의 커다란 문이 소리 없이 활짝 열리고 어둠 위로 호박색 빛이 쏟아졌다. 검은 머리를 높이 올린 아름다운 여인이 빛 속에 윤곽을 드러내더니 그들을 향해 팔을 내밀었다.

"어머니."

퍼시가 말했다.

"여긴 제 친구, 하데스 출신의 존 엉거예요."

훗날 존은 그 첫 밤을, 수많은 색채와 생생한 감각적 인

상, 사랑에 빠진 목소리처럼 부드러운 음악, 아름다운 물
건, 빛과 그림자의 움직임, 몽롱하고 눈부신 향연으로 기
억했다. 그곳엔 황금 받침이 달린 아주 작은 크리스털 잔
으로 다채로운 색이 도는 코디얼 주(酒)를 마시며 서 있는
백발의 남자가 있었다. 꽃 같은 얼굴에, 티타니아(셰익스피
어의 『한여름 밤의 꿈』에 나오는 요정의 여왕) 같은 드레스를
입고 사파이어 빛 머리채를 땋은 소녀도 있었다.

손으로 꾹 누르면 자국이 남는 진짜 부드러운 순금 벽
들이 늘어선 방이 있었으며, 궁극의 프리즘을 이상적으로
구현한 것 같은 방도 하나 있었다. 이 방은 천장이고 바닥
이고 할 것 없이 모든 면에 온갖 크기와 모양의 다이아몬
드 덩어리들이 촘촘히 박혀서, 구석마다 놓인 키 큰 보라
색 램프에 불을 밝히면 눈이 멀 것 같은 순백색으로 찬란
하게 빛났다. 세상 그 무엇에도 비견될 수 없고, 인간이 소
망하거나 꿈꿀 수 있는 차원을 넘어선 순백색으로 말이다.

두 소년은 미로처럼 이어진 이런 방들을 헤맸다. 발아
래 바닥은 그 아래서 비추는 조명에 따라 화려한 무늬, 거
칠게 충돌하는 색채들이 만드는 무늬, 파스텔 색조의 섬

세한 무늬, 순연한 백색 무늬, 분명히 아드리아 해의 어느 모스크에서 온 게 틀림없는 난해하고 복잡한 모자이크 무늬를 드러내며 번쩍였다. 때로는 켜켜이 쌓인 두꺼운 수정 층 아래로, 소용돌이치는 푸른색 혹은 녹색의 물과 거기서 살아가는 다채로운 색깔의 물고기와 무지갯빛 잎사귀를 가진 식물들이 보였다. 다음 순간 그들은 갖가지 촉감과 색깔을 지닌 모피들을 밟고 있는가 하면, 인간의 시대가 시작되기도 전에 멸종한 공룡의 거대한 엄니를 통째로 조각한 듯 이음매 하나 없는 엷디엷은 빛깔의 상아로 지은 복도를 따라 걸어가기도 했다.

그리고 아스라이 기억나는 이런저런 일을 거쳐, 그들은 저녁 식탁 앞에 앉았다. 식기 하나하나가 거의 눈에 띄지 않을 정도로 미세하게 두 겹으로 겹친 진짜 다이아몬드로 되어 있었고, 그 사이로 녹색 공기를 얇게 저며 깎아낸 부스러기 같은 에메랄드 줄 세공이 신기하게 들어가 있었다. 은은하게 울려 퍼지면서 튀지 않는 음악이 저 멀리 복도에서부터 흘러내려왔다. 교묘하게 그의 등 굴곡을 따라 휘어지는 깃털 장식 의자는, 포트와인을 한 잔 마시고 나자 그를 훌떡 집어삼켜 기운을 온통 빼놓은 것 같았다. 꾸벅꾸벅 졸면서 자신을 향한 질문들에 대답하려 했지만, 몸을 휘감은 달콤한 향락이 잠의 환상을 한층 더했다. 보석, 옷, 와인, 금속 등이 눈앞에서 흐려지더니 달콤한 안개로 화했다.

"네."

그는 예의를 지키려고 애쓰며 대답했다.

"저 아랫동네는 저한테도 분명 덥습니다."

가까스로 희미한 웃음을 덧붙였지만 다음 순간 저항도 못하고 꼼짝없이 둥둥 떠서 흘러가버리는 듯했다. 꿈같은 분홍색의 얼음을 넣은 디저트를 남기고 그는 잠들었다.

잠에서 깨보니 몇 시간이 지나 있었다. 칠흑같이 어두운 벽과 등불이라기에는 너무 어렴풋하고 너무 흐릿한 조명이 있는 커다랗고 조용한 방이었다. 젊은 주인이 그의 위로 몸을 숙이고 서 있었다.

"너 식사하다가 잠들었어."

퍼시가 말했다.

"나도 하마터면 잠들 뻔했어. 학교에서 한 해를 보내고 다시 편한 집에 오니 너무 좋구나. 네가 잠든 사이에 하인들이 옷을 벗기고 목욕을 시켰어."

"이게 도대체 침대야, 구름이야?"

존이 한숨을 내쉬었다.

"퍼시, 가기 전에 사과할 게 있어."

"뭔데?"

"네가 리츠칼튼 호텔만 한 다이아몬드가 있다고 말했을 때 널 안 믿었던 거."

퍼시는 조용히 미소를 지었다.

"네가 안 믿는다고 생각했어. 그건 말이야, 이 산이야."

"무슨 산?"

"성이 자리하고 있는 산 말이야. 산치고는 그다지 크지 않지만, 50피트 정도의 잔디와 맨 위의 자갈을 제외하면 몽땅 다이아몬드야. 흠집 하나 없는 1세제곱마일 크기의 하나의 다이아몬드. 너 듣고 있니? 그러니까……."

하지만 존 T. 엉거는 다시 잠 속으로 빠져들었다.

3

어느덧 아침이 왔다. 아직 잠이 덜 깬 와중에도 그는 일어나자마자 환하게 쏟아져 들어오는 햇살을 느꼈다. 한쪽 벽을 덮고 있던 칠흑 판벽이 레일을 따라 스르르 옆으로 열리면서 아침 햇살에 방이 반쯤 노출된 것이다. 흰색 유니폼을 입은 덩치 큰 검둥이가 침대 옆에 서 있었다.

"좋은 저녁이군요."

존이 몽롱한 정신을 수습하며 중얼거렸다.

"좋은 아침입니다. 나리, 목욕할 준비가 되셨는지요? 아, 일어나지 마세요. 잠옷 단추만 풀어주시면, 제가 욕조에 넣어드릴게요. 네, 그렇게요. 감사합니다. 나리."

존은 하인이 잠옷을 벗기는 동안 가만히 누워 있었다.

이 모든 게 흥미진진하고 기분 좋았다. 시중을 들고 있는 이 검은 가르강튀아(프랑스와 라블레의 『가르강튀아와 팡타그뤼엘』에 등장하는 기괴하고 거대한 주인공)가 자신을 아이처럼 번쩍 들어 올릴 거라고 생각했지만, 그런 일은 일어나지 않았다. 대신 침대가 천천히 옆으로 기울어지더니 몸이 벽 쪽으로 굴러 내려가기 시작했다. 처음에는 깜짝 놀랐지만 벽에 다가가자 휘장이 열렸고, 그는 푹신푹신한 경사를 2야드 더 내려가 체온과 같은 온도의 물속으로 첨벙 들어갔다.

주위를 둘러봤다. 그가 내려온 통로, 아니 미끄럼대는 다시 부드럽게 접혀 제자리로 들어갔다. 그는 또 다른 방으로 던져져, 머리만 바닥 높이 위로 내놓은 채 움푹 꺼진 욕조 안에 앉아 있었다. 주위를 둘러싼 방의 벽들과 욕조의 옆면, 바닥은 온통 푸른 수족관이었다. 그가 앉아 있는 크리스털 판 너머로 물고기들이 호박색 빛 사이를 헤엄치면서 호기심조차 보이지 않고 그가 뻗은 발가락 옆을 유유히 미끄러져갔다. 그와 물고기들을 갈라놓고 있는 것은 두꺼운 크리스털 판뿐이었다. 위에서는 햇살이 바다 같은 녹색 유리를 뚫고 내려왔다.

"나리, 오늘 아침엔 뜨거운 장미 향수와 비누거품이 마음에 드실 것 같습니다만, 마무리로는 차가운 소금물이 어떨까요?"

검둥이는 그의 옆에 서 있었다.

"좋아요."

존은 멍하게 미소 지으며 말했다.

"마음대로 해요."

자신의 변변찮은 기준으로 이 목욕을 어떻게 좌지우지 해보려는 것은 건방지고 적잖이 사악한 짓일 것이다.

검둥이가 어떤 버튼을 누르자 따뜻한 비가 내리기 시작했다. 분명히 머리 위에서 내리는 것 같았는데, 잠시 후에 보니 옆에 있는 분수 장치에서 나오는 것이었다. 물은 연한 장밋빛으로 변했고, 욕조 구석에 있는 미니 해마의 머리에서 액체 비누가 장밋빛 빗속으로 뿜어져 나왔다. 욕조 옆면에 부착된 열두 개의 조그마한 외륜이 이 혼합물을 휘저어 순식간에 무지갯빛으로 찬란히 빛나는 분홍 거품을 만들고는 그 감미로운 가벼움으로 그를 부드럽게 감싸더니 여기저기서 반짝이는 장밋빛 물거품을 터뜨렸다.

"영사기를 틀까요, 나리?"

검둥이가 공손하게 제안했다.

"오늘은 한 릴짜리 재미있는 코미디가 들어 있습니다. 진지한 이야기가 좋으시면 제가 즉시 릴을 바꿔 넣겠습니다."

"아니, 괜찮아요."

존은 공손하지만 단호하게 대답했다. 목욕이 너무나 만족스러워서 다른 데 정신을 팔고 싶지 않았다. 하지만 곧 주위가 산만해졌다. 바로 다음 순간, 그는 욕실 바로 밖에서 들려오는 플루트 소리에 유심히 귀를 기울였다. 플루트는 폭포처럼 멜로디를 방울방울 떨어뜨리며, 거품처럼 가볍고 경쾌한 피콜로 소리에 반주를 맞추었다. 이 목욕탕처럼 시원한 초록빛의 음악이었다. 연주는 몸을 감싸고 그의 마음을 사로잡는, 레이스 같은 목욕 거품보다 더 섬세했다.

차가운 소금물로 자극을 주고 차가운 정수로 상쾌하게 마무리한 그는 밖으로 나와 포근한 가운을 입고 가운과 똑같은 재질의 소파 위에 누워 오일과 알코올, 아로마 마사지를 받았다. 그리고 푹신한 의자에 앉아 면도와 이발을 했다.

"퍼시 씨가 거실에서 기다리고 계십니다."

이 모든 절차가 끝나자 검둥이가 말했다.

"제 이름은 긱섬입니다. 나리. 제가 매일 아침마다 엉거 씨의 수발을 들 겁니다."

존은 햇살이 훤히 비치는 개인 거실로 걸어갔다. 그곳에는 아침 식사가 차려져 있었고, 흰색 염소가죽 니커보커스를 멋지게 차려입은 퍼시가 안락의자에 앉아 담배를 피우고 있었다.

4

　다음은 아침 식사를 하는 동안 퍼시가 존에게 대략적으로 들려준 워싱턴 가의 이야기다.

　퍼시의 할아버지는 버지니아 사람으로 조지 워싱턴과 볼티모어 경(제1대 볼티모어 남작인 조지 캘버트를 말하는 것이다)의 직계 후손이었다. 남북전쟁이 끝날 무렵, 그는 거덜 난 플랜테이션 농장과 1,000달러어치 금을 가진 스물다섯 살의 연대장이었다.

　피츠노먼 컬페퍼 워싱턴—이것이 그 젊은 연대장의 이름이었다—은 버지니아의 토지를 동생에게 주고 서부로 가기로 결심했다. 그는 가장 충성심이 강하고 그를 숭배하는 흑인 스물넷을 선발한 후 서부행 티켓 스물다섯 장을 샀다. 거기서 그 흑인들 이름으로 땅을 불하받아 목장을 시작할 작정이었다.

몬태나에 간 지 한 달이 안 되어 상황이 실로 좋지 않게 돌아가고 있을 때, 그는 우연찮게 굉장한 발견을 했다. 그는 말을 타고 언덕을 돌아다니다가 길을 잃었고, 하루종일 음식도 못 먹고 돌아다녀 배가 고파왔다. 라이플총이 없었기 때문에 결국 다람쥐를 쫓는 신세가 되었다. 그런데 쫓아가다 보니 다람쥐가 입에 뭔가 반짝이는 것을 물고 있는 것을 보았다. 다람쥐는 구멍으로 들어가기 일보 직전─이 다람쥐로 허기를 달래는 것은 신께서 뜻하신 바가 아니었다─물고 있던 짐을 떨어뜨렸다. 이 상황에 대해 좀 생각해보려고 주저앉은 피츠노먼의 눈에 옆의 풀밭에서 뭔가 빛나는 것이 보였다. 10초 후 그는 식욕을 완전히 잃어버리고 10만 달러를 얻었다. 성가시게 고집을 부리며 음식이 되기를 거부했던 다람쥐가 그에게 커다랗고 완벽한 모양의 다이아몬드를 선물했던 것이다.

그날 밤 늦게 그는 길을 찾아 캠프로 돌아왔고, 열두 시간 후 남자 검둥이들만 데리고 다람쥐 굴로 가서 산허리를 미친 듯이 파게 했다. 그는 라인스톤 광산을 발견했다고 말했고, 검둥이들 중 조그만 다이아몬드라도 본 적이 있는 사람은 한두 명뿐이었기 때문에 그들은 의심하지 않고 그 말을 믿었다. 얼마나 엄청난 것을 발견했는지 명확해졌을 무렵 그는 오도 가도 못할 곤경에 빠져버렸다. 산 전체가 하나의 다이아몬드였다. 문자 그대로 다른 어떤 것도 섞이지 않은 진짜 다이아몬드.

그는 번쩍이는 샘플을 안장 가방 네 개에 가득 담아 세인트폴로 떠났다. 거기서 작은 다이아몬드 여섯 개를 겨우 팔 수 있었지만, 큰 것을 꺼내자마자 보석가게 주인이 기절해버려 피츠노먼은 공공질서 교란 혐의로 체포됐다. 그는 탈옥해 뉴욕행 기차를 탔고, 거기서 중간 크기의 다이아몬드 몇 개를 20만 달러어치의 금과 바꿨다. 하지만 보통 크기가 넘는 보석들은 꺼낼 엄두도 내지 못했다.

사실 그는 적시에 뉴욕을 떠난 셈이었다. 보석업계에서는 그 다이아몬드들의 크기뿐만 아니라 정체불명의 출처를 놓고 엄청난 소동이 벌어졌다. 다이아몬드 광맥이 캐 츠킬 산맥에서, 뉴저지 주 해안에서, 롱 아일랜드에서, 위 싱턴스퀘어에서 발견됐다는 터무니없는 소문이 돌았다. 곡괭이와 삽을 든 남자들이 빼곡하게 들어찬 탐사 열차가 가까운 엘도라도를 향해 뉴욕에서 매시간 출발하기 시작 했다. 하지만 그때쯤 젊은 피츠노먼은 이미 몬태나로 돌 아가는 중이었다.

2주쯤 지났을 때, 그는 이 산의 다이아몬드가 세상에 존재한다고 추정되는 나머지 모든 다이아몬드의 양과 대 략 일치한다고 어림잡았다. 하지만 통상적인 계산법에 따 라 그 가치를 산출하는 건 불가능했다. 통째로 한 덩어리 인 다이아몬드인 데다가, 이 물건이 시장에 나온다면 시 장의 근본이 무너지고 말 것이기 때문이었다. 게다가 일 반적으로 가치란 크기에 따라 달라지기 마련인데, 그렇다 면 세상에는 이 다이아몬드의 10분의 1을 살 금도 충분치 않았다. 게다가 이 정도 크기의 다이아몬드를 가지고 도 대체 뭘 하겠는가?

이는 엄청난 곤경이었다. 그는 한편으로는 역대 최고

의 부자였지만, 그게 도대체 가치가 있기는 할까? 만일 비밀이 새어나간다면, 정부에서는 보석뿐만 아니라 금 시장의 대공황을 막기 위해 어떤 조치를 취할 것인지 알 수 없었다. 즉각 소유권을 인수하여 독과점을 실시할지도 모른다. 대안이 없었다. 비밀리에 산을 거래해야 했다.

그는 남부에 사람을 보내 동생을 불러들여 검둥이 추종자들의 감독을 맡겼다. 검둥이들은 노예제가 폐지된 사실을 전혀 알지 못했다. 일을 확실히 하기 위해 자기가 작성한 포고문도 읽어줬다. 포리스트 장군(부유한 사업가이자 남북전쟁 당시 유명한 장군으로, 전후 KKK단의 수장이 되었다)이 흩어진 남군을 재조직해서 단 한 번의 전투로 북군을 물리쳤다는 내용이었다. 검둥이들은 그의 말을 절대적으로 믿었다. 그들은 좋다고 의결하고 당장 부흥회를 열었다.

피츠노먼 자신은 10만 달러와 온갖 크기의 다이아몬드 원석을 가득 넣은 트렁크 두 개를 가지고 해외 사업을 시작했다. 그는 중국 범선을 타고 러시아로 가서, 몬태나를 떠난 지 6개월 후 상트페테르부르크에 도착했다. 남의 눈에 띄지 않는 숙소를 잡고 즉시 궁정 보석상을 찾아가 자신이 러시아 황제를 위한 다이아몬드를 가지고 있다고 알렸다. 그는 내내 숙소를 옮겨 다니고 끊임없이 살해 위험에 시달리며 상트페테르부르크에 2주간 머물렀다. 두려워서 그 2주 동안 트렁크는 서너 번 이상 열어보지도 못했다.

1년 뒤 더 크고 굉장한 보석들을 가지고 돌아온다는 약조를 하고서야 그는 인도로 떠날 수 있었다. 하지만 그가 떠나기 전, 궁정 재무 담당관은 미국 은행에 있는 그의 계좌에 네 개의 서로 다른 가명으로, 1,500만 달러를 공탁했다.

그는 2년 좀 넘게 집을 떠나 있다가 1868년 미국으로 돌아왔다. 그는 스물두 나라의 수도를 방문했고, 다섯 명의 황제, 열한 명의 왕, 세 명의 왕자, 샤와 칸과 술탄을 한 명씩 만나 대화를 나눴다. 당시 피츠노먼은 자신의 재산을 10억 달러로 추산했다. 한 가지 사실로 인해 비밀은 내내 누설되지 않았다. 그가 더 큰 다이아몬드들 세상에 내놓더라도 세상의 이목을 일주일 이상 끌지 않았다. 바빌론 제1왕조 시절부터 꾸준히 세상의 이목을 끌어왔던 수많은 사망자와 희대의 불륜 사건, 혁명, 전쟁으로 점철된 역사에 묻혔던 것이다.

1870년에서 그가 사망한 1900년까지, 피츠노먼 워싱턴의 역사는 황금의 긴 서사시였다. 물론 지엽적인 문제들도 있었다. 그는 측량을 피했고, 버지니아 출신의 숙녀와 결혼해서 아들 하나를 낳았으며, 일련의 불행하고 복잡한 사태로 인해 어쩔 수 없이 동생을 살해해야만 했다. 무분별하게 인사불성이 되어버리는 동생의 불행한 술버릇으로 인해 그들의 안전이 여러 번 위험에 처했기 때문이다. 하지만 이 행복한 진보와 확장의 시기를 더럽힌 다른 살해 사건은 거의 없었다.

사망 직전에 그는 정책을 바꿔서, 몇백 만 달러를 제외한 모든 외부 자산으로 희귀 광물을 대량 사들여 골동품이라고 표시한 후 전 세계 은행의 안전 금고에 예탁해 뒀다. 아들 브래독 탈턴 워싱턴은 이 정책을 더욱 철두철미하게 따랐다. 광물을 모두 가장 희귀한 화학원소인 라듐으로 바꾼 것이다. 그래서 10억 달러어치의 황금에 해당하는 양을 시가 상자만 한 크기의 저장소에 보관할 수 있었다.

피츠노먼이 죽은 지 3년이 됐을 때, 아들 브래독은 이 정도 했으면 사업은 됐다고 결론을 내렸다. 그 산에서 그들 부자가 끄집어낸 부는 어떤 계산으로도 정확히 측정할 수 없는 경지에 도달했다. 그는 자신이 후원하는 수천 개의 은행 하나하나에 있는 라듐의 정확한 양과 그 계좌에 쓴 가명을 노트에 암호로 기록했다. 그리고 나서 매우 간단한 조치를 취했다. 광산을 폐쇄해버린 것이다.

그는 광산을 폐쇄했다. 이제껏 거기서 벌어들인 것만 해도 아직 태어나지도 않은 워싱턴 가 사람들이 수세대 동안 전대미문의 호사스러운 생활을 하고도 남을 정도였다. 단 한 가지 신경 써야 할 일은 비밀 유지였다. 이 광산이 발견되었을 때 발생할 대공황과 그 와중에 세상 다른 모든 재력가와 더불어 극도의 빈곤의 나락으로 떨어지는 일이 생기지 않도록 말이다.

존 T. 엉거가 머물고 있는 집은 바로 이런 곳이었다. 이것이 그가 도착한 다음 날 은으로 벽을 두른 거실에 앉아 들은 이야기였다.

5

아침 식사 후, 존은 거대한 대리석 현관으로 이어지는 길을 찾아 나와 눈앞의 경치를 신기한 듯 바라봤다. 다이아몬드 산에서 5마일 떨어진 가파른 화강암 절벽에 이르는 계곡 전체는 아직도 숨결 같은 황금빛 아지랑이를 내뿜었다. 아지랑이는 아름답게 펼쳐진 잔디밭과 호수와 정원 위를 나른하게 떠돌고 있었다. 여기저기 무리지어 섬세한 작은 숲 그늘을 만들고 있는 느릅나무들이 짙푸른 녹색으로 언덕을 단단히 거머쥐고 있는 강인한 소나무 숲과 기이한 대조를 이뤘다.

존이 바라보고 있는 동안에도, 새끼 사슴 세 마리가 반 마일 정도 떨어진 숲에서 일렬로 또각또각 걸어 나오더니 어색하게 깡충거리며 검게 이랑진 어슴푸레한 숲속으로 사라졌다. 피리를 불며 숲속을 노니는 염소발(하반신은 염소, 상반신은 인간인 그리스신화 속의 사타로스를 가리킨다)이나, 눈이 시릴 정도로 선명한 초록색 잎사귀들 사이에서 분홍빛 살결에 금발머리를 한 요정을 흘낏 보았다 하더라도 존은 놀라지 않았을 것이다.

이런 근사한 희망을 품은 채 그는 대리석 계단 아래서 잠든 윤기 자르르한 러시아 사냥개 두 마리의 잠을 살짝 방해하며 계단을 내려가, 특별히 어디로 이어지는 것 같지 않은 흰색과 푸른색 벽돌로 만든 산책로를 따라 걸었다.

그는 최대한 그 순간을 즐겼다. 청춘의 지복이자 결점은, 결코 현재를 살지 못하며 늘 눈부시게 상상한 미래를 기준으로 현재를 재야만 한다는 것이다. 꽃과 황금, 소녀와 별, 이들은 모두 비교할 수 없고 도달할 수 없는 젊은 꿈의 예시일 뿐이다.

존은 빽빽한 장미덤불이 짙은 향기를 내뿜고 있는 완

만한 모퉁이를 돌아 방향을 틀더니 공원을 가로질러 나무 아래 긴 이끼를 향해 걸어갔다. 이끼 위에 누워본 적이 없었기 때문에, 그 이름을 형용사로 쓰는 게 타당할 만큼 이끼가 정말로 부드러운지 알아보고 싶었다. 거기서 그는 자신을 향해 풀밭 위를 걸어오는 소녀를 봤다. 이제껏 본 사람 중 가장 아름다웠다.

그녀는 무릎 바로 아래까지 오는 작고 하얀 가운을 입었고, 얇고 푸른 사파이어 조각으로 이은 목서초 화환으로 머리를 묶어 올리고 있었다. 분홍색 맨발로 걸어오며 이슬을 차서 흩뿌렸다. 존보다 어렸다. 열여섯 살을 넘지 않은 것 같았다.

"안녕."

그녀가 상냥하게 외쳤다.

"난 키스민이에요."

이미 존에게 그녀는 그 이름 이상의 의미를 담은 존재였다. 그는 그녀에게 다가갔다. 그녀의 맨 발가락을 밟을까봐 조심스레 가까이 가는 동안 그녀는 거의 움직이지 않았다.

"나 본 적 없죠?"

부드러운 목소리가 말했다. 그녀의 푸른 눈은 이렇게 덧붙었다.

'아, 정말 대단한 걸 놓친 거예요!'

"어젯밤에 우리 언니 재스민은 만났겠죠. 난 양상추 식중독으로 아팠거든요."

부드러운 목소리가 이어졌고, 눈은 이렇게 말하고 있었다.

'난 아프면 다정해져요. 그리고 건강할 때도.'

'난 너한테 완전히 반했어.'

존의 눈은 말했다.

'그리고 나도 그렇게 둔한 사람은 아니야.'

"안녕?"

그의 목소리가 말했다.

"오늘 아침엔 몸이 많이 나앗기를 바라요."

'사랑스러운 그대.'

그의 눈은 떨면서 이렇게 덧붙였다.

정신을 차려보니 두 사람은 길을 따라 함께 걷고 있었다. 그녀의 제안으로 그들은 이끼 위에 나란히 앉았다. 이

끼가 얼마나 부드러운지 판단할 정신이 없었다.

그는 여자들에 대해 까다로웠다. 단 하나의 결점—발목이 굵다거나 목소리가 거칠다거나 안경을 썼다거나—만 있어도 완전히 흥미를 잃어버리곤 했다. 그런데 여기 평생 처음으로 완벽한 육신의 현현 같은 소녀 옆에 앉아 있었다.

"동부에서 왔어요?"

키스민이 매력적인 흥미를 보이며 물었다.

"아니."

존은 간단하게 대답했다.

"난 하데스에서 왔어요."

그녀는 하데스에 대해 들어본 적이 없거나 그에 대해 덧붙일 괜찮은 말이 생각나지 않았는지, 더 이상 그 이야기를 계속하지 않았다.

"올 가을엔 나도 동부에 있는 학교에 가요."

그녀가 말했다.

"그곳이 나랑 맞을까요? 뉴욕에 있는 미스 벌지 학교에 가요. 굉장히 엄격하대요. 하지만 주말에는 뉴욕의 우리

저택에서 가족들이랑 지낼 거예요. 여자애들은 둘씩 짝을 지어 다녀야 한다는 이야기를 아버지가 들으셨거든요."

"아버지는 따님들이 당당하길 원하는군요."

존이 말했다.

"우린 그래요."

그녀는 품위 있게 눈을 빛내며 대답했다.

"우린 아무도 벌을 받아본 적이 없어요. 아버진 절대 그런 일이 있어선 안 된다고 하세요. 재스민이 어렸을 때 아버지를 계단 아래로 민 적이 있었는데, 아버지는 그냥 일어나더니 절룩거리며 걸어가셨어요. 어머닌…… 음, 좀 많이 놀라셨어요."

키스민이 말을 이어갔다.

"어머니가 당신 고향에 대해, 그러니까 당신이 그곳에서 왔다는 말을 들었을 때요. 어머니가 어렸을 때는……, 하지만 그때는, 당신도 알겠지만, 어머닌 스페인계에다 구식이니까요."

"여기에서 시간을 많이 보내요?"

존은 그녀의 말에 다소 상처받은 걸 감추기 위해 물었

다. 그에게서 시골티가 난다고 매정하게 암시하는 것 같았다.

"퍼시와 재스민과 난 매년 여름 여기 와요. 하지만 내년 여름에 재스민은 뉴포트로 가요. 올 가을이 지나고 1년 후에 런던 사교계에 나갈 거거든요. 왕실을 배알할 거예요."

"그거 알아요?"

존이 머뭇거리며 말을 꺼냈다.

"처음 보았을 때 생각했던 것보다 당신이 훨씬 세련된 사람이라는 거?"

"오, 아니, 안 그래요."

그녀는 허둥지둥 외쳤다.

"아, 난 정말 그렇게 되고 싶지 않아요. 세련된 젊은이들은 끔찍하게 흔해요. 안 그래요? 난 전혀 그렇지 않아요. 그렇다고 하시면 나 울어버릴 거예요."

그녀는 너무나 괴로운 나머지 입술까지 부들부들 떨었다. 존은 그게 아니라고 말하지 않을 수 없었다.

"그런 뜻이 아니에요. 그냥 놀리려고 한 말일 뿐이에요."

"내가 진짜 세련된 사람이라면 상관 안 했을 거예요."

그녀가 고집스럽게 말했다.

"하지만 난 아니거든요. 난 굉장히 순진하고 소녀다운 걸요. 담배도 술도 한 적 없고, 시 빼고는 아무것도 안 읽어요. 수학이나 화학 같은 건 거의 모르고, 옷도 굉장히 소박하게 입죠. 사실, 잘 차려입는 일도 거의 없어요. 세련 됐다는 건 나를 두고 할 말은 전혀 아닌 것 같아요. 소녀들은 젊음을 건전한 방식으로 즐겨야 한다고 믿어요."

"나도 그래요."

존이 진심으로 말했다. 키스민은 다시 기분이 좋아졌다. 그녀는 미소를 지었지만, 아직 고여 있던 눈물 한 방울이 푸른 눈 한쪽에서 흘러내렸다.

"난 당신이 좋아요."

그녀가 친밀하게 속삭였다.

"여기 있는 동안 퍼시하고만 시간을 보낼 건가요. 아니면 나한테도 잘해줄 건가요? 생각해봐요. 난 아무도 밟지 않은 싱싱한 초원인걸요. 이제껏 날 좋아한 남자애도 하나 없었어요. 심지어 혼자서 남자애를 만나본 적도 없어요. 퍼시를 제외하고는. 전 당신과 마주치길 바라면서 이

숲까지 왔어요. 여기엔 식구들이 옆에 없을 테니까."

존은 너무나 우쭐해진 나머지 하데스의 댄스 학교에서
배웠던 것처럼 허리를 숙여 인사했다.

"이제 가는 게 좋겠어요."

키스민이 달콤하게 말했다.

"11시엔 어머니 옆에 있어야 해요. 당신은 저한테 키스
해 달라는 말도 한번 안 하는군요. 요즘 남자들은 다 그런
다고 생각했는데."

존은 의기양양하게 자세를 바로잡았다.

"어떤 남자들은 그러죠."

그가 대답했다.

"하지만 난 그런 사람이 아닙니다. 여자들도 그런 말은
하지 않죠. 하데스에선."

그들은 나란히 집으로 걸어갔다.

6

존은 환한 햇살 아래서 브래독 위싱턴을 마주 보고 섰다. 위싱턴 씨는 마흔 남짓한 나이에 당당하고도 무표정한 얼굴, 지적인 눈, 단단한 체격을 갖추고 있었다. 아침이면 그에게서 말 냄새가 났다. 그것도 최고의 명마 냄새가. 그는 손잡이가 커다란 오팔 한 덩어리로 된 간소한 회색 자작나무 지팡이를 들고 다녔다. 그는 퍼시와 함께 존에게 집을 안내하는 중이었다.

"저곳은 노예 숙사다."

그는 지팡이로 왼편에 있는 대리석 회랑을 가리켰다. 회

326

랑은 산자락을 따라 우아한 고딕풍으로 이어져 있었다.

"젊었을 때 난 잠시 터무니없는 이상주의에 빠져 현실적 사업을 등한시한 적이 있었지. 그 시절에 검둥이들은 호화롭게 살았어. 예를 들어 방마다 타일 욕조를 설치했지."

"제 생각엔."

존은 기분을 맞춰주려 웃으면서 감히 의견을 개진해 봤다.

"검둥이들은 욕조를 석탄 넣어두는 장소로 사용했을 것 같군요. 슌리처 머피 씨께서 제게 말씀하셨는데요, 그분도 한때……."

"슌리처 머피 씨의 의견은 그다지 중요하지 않을 것 같네."

브래독 워싱턴이 차갑게 말을 잘랐다.

"내 노예들은 욕조에 석탄을 넣지 않았어. 그들은 매일 목욕하라는 명령을 받았고, 그렇게 했지. 전혀 다른 이유에서였어. 검둥이들 몇 명이 감기에 걸려 죽어버렸거든. 어떤 종족에게는 물이 좋지 않아, 음료수를 쓸 때 말고는."

존은 웃음을 터뜨렸다가 진지하게 동의를 표하는 의미에서 고개를 끄덕이기로 했다. 브래독 워싱턴은 사람을 불편하게 했다.

"이 검둥이들은 우리 아버지가 북부로 올 때 데려온 자들의 후손이다. 지금은 250여 명이 있지. 자네도 눈치챘겠지만, 이들은 세상과 너무 오래 떨어져 살아서 원래의 사투리가 거의 알아들을 수 없는 말로 변해버렸다. 그중 몇 명은 교육을 시켜서 영어를 쓰도록 했지. 내 비서랑 집에서 부리는 두세 명 정도."

그는 계속해서 말했다.

"여기는 골프 코스네."

그들은 벨벳처럼 부드러운 사철 잔디 위를 산책하고 있었다.

"모두 다 잔디밭이지. 보다시피 페어웨이도, 러프도, 해저드도 없어."

그는 존에게 기분 좋은 미소를 지어 보였다.

"감옥에 사람이 많은가요, 아버지?"

퍼시가 갑자기 물었다.

브래독 워싱턴은 휘청하더니 자기도 모르게 욕설을 내뱉었다.

"꼭 있어야 할 놈이 하나 모자란다."

그는 음험하게 소리 질렀다. 그러고는 조금 있다 덧붙였다.

"그간 문제가 많았어."

"어머니 말씀이,"

퍼시가 외쳤다.

"그 이탈리아인 선생이……."

"무시무시한 실수였지."

브래독 워싱턴이 분노에 차서 말했다.

"하지만 벌써 우리 손아귀에 잡혔을 공산이 크다. 어쩌면 숲속 어느 구덩이에 떨어졌거나 절벽에서 발을 헛디뎠을 수도 있으니까. 게다가 혹시나 여길 빠져나갔더라도 그가 하는 이야기를 아무도 믿어주지 않을 가능성은 늘 있는 거고. 하지만 그래도 스물댓 명 풀어서 근처 마을들을 뒤지고 있다."

"성과가 없나요?"

"좀 있어. 그중 열네 명이 그 인상착의에 부합하는 사람을 죽였다고 내 대리인한테 보고했다. 하지만 어쩌면 그들이 노린 건 오로지 보상금……."

그가 갑자기 말을 멈췄다. 둘레가 회전목마의 원주만 하고 단단한 쇠창살로 덮인 커다란 구덩이가 앞에 나타났다. 브래독 워싱턴이 존에게 가까이 오라고 손짓하더니 지팡이로 쇠창살 아래를 가리켰다. 존은 가장자리로 다가가 들여다봤다. 저 아래서 올라오는 사나운 고함소리가 즉시 귀를 공격했다.

"지옥으로 내려와라!"

"안녕, 꼬마야. 그 위 공기는 어떠냐?"

"이봐! 밧줄 좀 던져줘!"

"어이, 친구, 오래된 도넛 있나, 아니면 먹다 남은 샌드위치 두어 개라도?"

"이봐. 그 옆에 있는 인간을 이리로 밀어버리면, 사람이 순식간에 없어지는 광경을 보여주지."

"내 대신 한 대 좀 때려줘라!"

구덩이 아래는 너무 깜깜해서 아무것도 보이지 않았지만, 목소리와 말 속에서 풍기는 거친 낙관주의와 억센 활기로 보아, 기가 센 축에 속하는 중산층 미국인들이라는 것을 알 수 있었다. 다음 순간, 브래독 워싱턴이 지팡이를 들어 잔디 위의 단추를 누르자 아래에 불이 들어왔다.

"불행히도 엘도라도를 발견해버린, 모험심 가득한 선원들이지."

그가 말했다.

발밑으로 사발처럼 푹 팬 커다란 구멍이 나타났다. 옆면은 경사가 가팔랐고, 반질반질 윤이 나는 유리로 되어 있었다. 약간 우묵한 표면에는 스물댓 명의 남자들이 반은 무대의상 같고 반은 제복 같은 비행복을 입고 서 있었다. 치켜든 얼굴들은 분노와 악의, 절망, 냉소적인 유머로 번들거리고 긴 수염으로 덮여 있었지만, 눈에 띄게 여위어가는 몇 명을 제외하고는 다들 잘 먹어 건강해 보였다.

브래독 워싱턴은 구덩이 가장자리에 정원 의자를 당겨와 앉았다.

"음, 잘 지내고 있나, 청년들?"

그가 상냥하게 물었다.

너무 의기소침해서 소리를 지를 기력도 없는 몇 명을 제외하고는 모두가 입을 모아 욕설을 퍼부었다. 욕설의 합창이 햇살 가득한 대기 속으로 울려 퍼졌지만, 브래독 위싱턴은 초연하게 냉정을 지키며 그 소리를 들었다. 마지막 메아리가 사라지고 나자 그가 말했다.

"이 곤경에서 빠져나갈 방법은 생각했나?"

여기저기서 의견이 떠올라왔다.

"우린 좋아서 여기 있기로 했다!"

"우릴 꺼내줘, 그러면 알아서 방법을 생각해내지!"

브래독 위싱턴은 다시 잠잠해질 때까지 기다렸다. 그리고 말했다.

"내가 상황을 말해줬잖은가. 나도 자네들이 여기 있는 게 싫어. 자네들을 아예 본 적이 없다면 얼마나 좋을까 기도하고 싶은 심정이야. 자네들이 여기 있는 건 다 자네들 호기심 때문이야. 그러니 언제라도 나와 내 이익을 보호할 수 있는 방법을 생각해내기만 하면, 내 기꺼이 그걸 고려하지. 하지만 그 노력을 땅굴 파는 데 몽땅 쓰는 한은……. 그래, 자네들이 새로 파기 시작한 굴도 내 이미 알고 있어. 자네들은 멀리 못 가. 집에 있는 사랑하는 가족이 어쩌고 하면서 아무리 울부짖어도, 생각해보면 이건 그다지 가혹한 대접이 아니야. 사랑하는 가족을 그렇게나 걱정하는 사람들이었다면, 애초에 비행 같은 걸 하지도 않았겠지."

키 큰 남자 하나가 무리에서 떨어져 나오더니 손을 쳐들어 포획자에게 할 말이 있다는 신호를 보냈다.

"질문 좀 합시다!"

그가 외쳤다.

"당신은 공정한 사람인 척하니까."

"말도 안 되는 소리. 나 같은 지위에 있는 사람이 어떻게 자네한테 공정한 마음을 가질 수 있겠나? 스페인 사람이 스테이크 조각에 대해 공정한 마음을 갖길 바라는 게 낫지."

이 가차 없는 말에 스물댓 점 스테이크의 고개가 푹 꺾였다. 하지만 키 큰 남자는 말을 계속했다.

"좋아요!"

그가 외쳤다.

"전에도 이걸 갖고 다툰 적이 있었죠. 당신은 인도주의자도 아니고 공정한 사람도 아닙니다. 하지만 당신도 사

람이잖아요. 적어도 자기 입으로 그렇다고 하니까, 그렇
다면 입장을 바꿔놓고 생각해볼 수 있어야 하는 거 아니
겠어요? 이게 얼마나, 얼마나, 얼마나……."

"얼마나 뭐?"

워싱턴이 냉정하게 물었다.

"얼마나 불필요한……."

"나한텐 안 그래."

"음, 얼마나 잔인한……."

"그 이야기는 끝나지 않았나? 잔인함이라는 건 자기보
존 문제가 걸린 마당에는 존재하지 않아. 자넨 군인이었
잖은가. 잘 알 텐데. 다른 식으로 말해보게."

"음, 그럼, 얼마나 어리석은지."

"맞았어."

워싱턴이 인정했다.

"그 말은 받아들이지. 하지만 대안을 생각해봐. 원한다
면 모두 고통 없이 처형해주겠노라는 제안도 했어. 아내와
연인, 아이들, 어머니를 납치해서 여기로 데려오겠노라는
제안도 했잖은가. 그 아래 공간을 확장해서 남은 평생 먹

이고 입혀주겠네. 영원히 기억을 상실하게 만들 방법이 있다면. 자네들 모두를 수술한 다음 내 영역 바깥 어디다가 즉각 풀어주지. 하지만 내 생각은 거기까지가 다야."

"당신을 밀고하지 않겠다는 말을 믿어보는 게 어때요?"

누군가 소리쳤다.

"설마 그거 진지하게 하는 말은 아니겠지?"

브래독 워싱턴이 경멸하는 표정을 지으며 말했다.

"난 한 사람을 꺼내서 내 딸한테 이탈리아어를 가르치게 해봤어. 그 자는 지난주에 도망쳤지."

환희에 찬 광란의 고함소리가 스물댓 명의 목청에서 갑자기 터져 나왔고, 기쁨의 아수라장이 이어졌다. 동물적 원기가 갑자기 솟구친 죄수들은 나막신 춤을 추며 환호성을 지르고 요들을 부르고 레슬링을 했다. 심지어 구덩이의 우묵한 유리벽을 할 수 있는 한 달려 올라갔다가 바닥으로 미끄러져 천연 쿠션인 서로의 몸 위로 떨어지기도 했다. 키 큰 남자가 노래를 시작하자 모두가 가세했다.

오, 우린 황제를 목매달 테야

시큼한 사과나무에……

브래독 워싱턴은 노래가 끝날 때까지 속을 알 수 없는
침묵을 지키며 앉아 있었다.

"이보게,"

조금이나마 주목받을 수 있는 상황이 되자 그가 말했다.

"난 자네들한테 나쁜 감정 없어. 자네들이 즐겁게 지냈
으면 좋겠네. 그렇기 때문에 모든 이야기를 한꺼번에 해
주지 않은 거야. 그 남자, 이름이 뭐였더라? 크리치티첼
로? 내 수행원들이 쏜 총에 맞았어. 열네 군데."

'군데'라는 말이 도시를 지칭한다는 생각은 들지 않았
기 때문에, 환희의 야단법석은 즉각 잦아들었다.

"역시."

워싱턴은 살짝 분노를 표하며 외쳤다.

"그는 탈주하려고 했어. 그런 일을 겪고도 내가 자네들
중 누구한테 또 운을 시험해볼 것 같은가?"

또다시 연달아 탄성이 솟구쳤다.

"물론!"

"당신 딸 중국어는 안 배우고 싶대요?"

"이봐요. 나도 이탈리아어 할 줄 알아요! 어머니가 이탈리아계거든."

"아마 당신 딸은 뉴욕 말을 배우고 싶을지도 모르지."

"당신 딸이 커다란 푸른 눈을 가진 예쁜이라면, 내가 이탈리아어보다 더 좋은 걸 많이 가르쳐줄 수 있는데."

"난 아일랜드 노래를 좀 알아요. 금관악기도 좀 만졌고요."

브래드 워싱턴이 갑자기 지팡이를 들고 몸을 앞으로 쑥 내밀더니 잔디 위의 단추를 눌렀다. 저 아래쪽의 풍경은 즉시 사라졌고, 음산하고 검은 쇠창살이 쳐진 크고 어두운 구멍만 남았다.

"이봐!"

아래에서 누군가 외쳤다.

"축복도 안 내려주고 가지는 않겠지?"

하지만 브래독 워싱턴은 두 소년을 데리고 이미 골프 코스의 9번 홀 쪽으로 느긋하게 걸어가고 있었다. 마치 구덩이와 그 속의 내용물들은 손에 잘 붙는 아이언 골프채만 있으면 쉽게 정복할 수 있는 해저드에 불과하다는 것처럼.

7

　다이아몬드 산그늘에서 보낸 7월 한 달 동안, 밤은 서늘했고 낮은 따뜻하고 눈부셨다. 존과 키스민은 사랑에 빠졌다. 그는 자신이 준 조그만 황금 풋볼공—'신과 조국과 세인트 마이더스를 위하여'라는 문구가 새겨진—이 그녀의 가슴에 걸린 백금 체인에 달려 있다는 걸 몰랐다. 하지만 그것은 거기 매달려 있었다. 그녀 또한, 어느 날 그녀의 간소한 머리 장식에서 떨어진 커다란 사파이어가 존의 보석함에 소중히 보관되어 있다는 사실을 알지 못했다.

　어느 늦은 오후, 루비와 흰 담비 모피로 장식된 음악실이 조용해졌을 때, 두 사람은 거기서 함께 한 시간을 보냈다. 그는 그녀의 손을 잡고, 그녀가 보내는 눈길에 취해 그 이름을 커다랗게 속삭였다. 그녀는 그에게로 몸을 굽히고 머뭇거리며 말했다.

"'키스민'이라고 한 거예요?"

그녀는 부드러운 목소리로 물었다.

"아니면……."

확실히 하고 싶었던 거다. 잘못 들었는지도 모르겠다고 생각했기 때문이다.

둘 다 이전에 키스해본 적이 없었지만, 한 시간이 지나자 그건 어차피 별 문제가 아닌 것 같았다.

오후가 흘러갔다. 그날 밤, 마지막 숨결 같은 음악이 가장 높은 탑을 타고 흘러내려올 때, 둘은 잠자리에 들지 않고 깨어 그날의 순간순간을 행복하게 반추하고 있었다. 두 사람은 가능한 한 빨리 결혼하기로 결심했다.

8

브래독 워싱턴과 두 젊은이는 매일매일 깊은 숲속으로 사냥이나 낚시를 하러 가거나, 나른한 코스를 따라 골프—존은 외교적 수완을 발휘해 주인이 이기도록 양보했다—를 치거나, 서늘한 산속 호수에서 수영을 했다. 존은 브래독 워싱턴의 성격이 다소 깐깐하다는 것을 알았다. 그는 자신의 의견이나 생각이 아닌 어떤 것에는 철저히 무관심했다. 워싱턴 부인은 언제나 초연하고 과묵했다. 두 딸에게도 명백히 무관심했으며, 오로지 아들 퍼시에게만 열중했다. 저녁 식사 시간이면 그녀는 빠른 스페인어로 아들과 끊임없이 대화를 나눴다.

큰딸 재스민은 약간 휜 다리에다 손발이 큰 것을 제외하면 키스민과 외모는 비슷했지만, 성격은 전혀 딴판이었다. 그녀가 가장 좋아하는 책들은 홀아버지를 위해 집안을 꾸려나가는 가난한 소녀들에 대한 이야기였다. 존은 재스민이 군인 매점 전문가로서 유럽으로 막 출발하려는 순간 세계대전이 종식되는 바람에, 그 충격과 실망에서 아직도 벗어나지 못하고 있다는 이야기를 키스민에게서 전해 들었다. 재스민은 심지어 한동안 시름시름 앓기까지 했다고 한다. 그래서 브래독 워싱턴은 손을 써서 발칸 반도에 새로운 전쟁을 일으켰지만, 그녀는 세르비아 부상병들의 사진 몇 장을 보고는 그 모든 일에 흥미를 잃어버렸다. 반면 퍼시와 키스민은 무정한 아름다움으로 가득한 오만한 태도를 아버지에게서 물려받은 듯했다. 그들이 하는 생각마다 순결하고도 일관된 이기주의가 문양처럼 찍혀 있었다.

존은 성과 계곡의 경이로움에 깊이 매료되었다. 퍼시에게서 들은 바에 의하면, 브래독 워싱턴은 조경설계사, 건축가, 연극무대 디자이너, 지난 세기의 잔존물인 프랑스 퇴폐주의 시인을 납치해 왔다고 한다. 자신이 가진 검둥이 모두를 마음대로 쓰도록 허락했고, 세상에 존재하는 모든 재료를 공급하겠노라 보장했으며, 생각대로 작업하도록 내버려뒀다. 하지만 그들은 차례차례 자신이 무용지물이라는 것을 보여줬다.

퇴폐주의 시인은 금세 봄날의 대로(大路)를 떠나 살 수는 없다며 한탄을 늘어놓기 시작했고, 향료와 유인원과 상아에 대한 종잡을 수 없는 말들을 좀 했지만 그중 실용적 가치가 있는 소리는 하나도 없었다. 무대 디자이너는 계곡 전체를 마술과 감각적 특수효과로 채우려 했으나, 그런 건 워싱턴이 곧 싫증냈을 게 뻔하다. 건축가와 조경설계사에 대해 말하자면, 관습적인 사고밖에 하지 못하는 위인들이었다. 이것은 이것처럼 만들고 저것은 저것처럼 만드는 것밖에 몰랐다.

하지만 그들은 적어도 자신들의 사후 처리에 대해서는 해결책을 내놓았다. 어느 날 밤 한방에 모여 분수를 어디 설치할 것인가를 놓고 합의하려고 애쓰다 그다음 날 아침 일찍 모두 미쳐버렸던 것이다. 그리하여 이들은 현재 코네티컷 주 웨스트포트에 있는 한 정신병원에 편안하게 갇혀 있다.

"그러면 누가 만든 거야. 그 근사한 응접실이랑 홀이랑 진입로랑 욕실이랑?"

존이 호기심에 차서 물었다.

"글쎄, 말하기 부끄럽지만, 그건 영화제작자가 만든 거야. 무제한의 돈을 갖고 노는 데 익숙한 사람은 그 사람뿐이었거든. 비록 목깃에 냅킨을 쑤셔 넣고, 읽을 줄도 모르는 위인이긴 했지만."

퍼시가 대답했다.

8월이 끝나가자 존은 곧 다시 학교로 돌아가야 한다는 사실에 섭섭해지기 시작했다. 그와 키스민은 이듬해 6월에 사랑의 도피를 하기로 결정했다.

"여기서 결혼하면 더 멋질 텐데."

키스민이 고백했다.

"하지만 아버지는 당신과 결혼하는 걸 절대 허락해주지 않으실 테니까. 그러느니 차라리 도망가는 게 좋아요. 현재 미국은 부자들이 결혼하기엔 끔찍해요. 만날 쓰다 남은 물건으로 혼수를 한다고 언론에 공고를 내야 하잖아요. 실제로는 엄청난 양의 오래된 골동품 진주에, 외제니 황후(나폴레옹 3세의 부인이자 프랑스 황후로, 사치스럽기로 유명했다)가 한때 입었던 레이스니 하면서 말이에요."

"알아."

존은 열렬하게 동의했다.

"슈리처 머피의 집에 있을 때, 그 집 딸인 그웬돌린이 웨스트버지니아의 절반을 소유한 남자의 아들과 결혼했거든. 은행원 월급으로 살아가느라 얼마나 고군분투하고 있는지 집에 편지를 써 보냈더라고. 그리고 끝에 한다는 말이, '어쨌거나 하녀가 네 명 있어서 다행이에요. 조금은 도움이 되니까'라지 뭐야."

"말도 안 돼요."

키스민이 말했다.

"일꾼이고 뭐고 다 합쳐서, 하녀 둘만 데리고 꾸려나가는 온 세상의 수백만에 또 수백만의 사람들을 생각해봐요."

그러나 늦은 8월의 어느 날 오후, 이 모든 상황은 키스민이 무심코 던진 말 한마디에 뒤집혀버렸고 존은 공포에

344

빠져들게 된다.

그때 두 사람은 그들이 가장 좋아하는 작은 숲속에 함께 있었고, 키스하는 사이 존은 낭만적이고도 불길한 예감을 탐닉하고 있었다. 어쩐지 이런 예감이 두 사람의 관계를 더 애틋하게 만들어주는 것 같았다.

"가끔은 우리가 절대 결혼 못 할 것만 같다니까."

그가 슬프게 말했다.

"당신은 너무 부자고 너무 화려해. 당신처럼 부유한 사람이 다른 여자들이랑 같을 리가 없잖아. 난 오마하 같은 도시에 사는 부유한 철물 도매업자의 딸이랑 결혼해서 지참금 50만 달러에 만족하고 살아야 할 거야."

"나도 전에 철물 도매업자의 딸을 만난 적이 있어요."

키스민이 말했다.

"당신이 그런 여자에 만족할 거라고는 생각할 수 없는데요. 우리 언니 친구였는데, 여기 왔었거든요."

"어, 그럼 다른 손님들도 왔었어?"

존이 놀라서 외쳤다.

키스민은 말한 것을 후회하는 눈치였다.

"아, 네."

그녀가 허둥지둥 말했다.

"몇 명 있었어요."

"하지만 당신은……. 당신 아버지는 그 사람들이 밖에 나가서 말할까 봐 걱정하지 않으셨나?"

"어, 어느 정도는요. 어느 정도는."

그녀가 대답했다.

"우리 기분 좋은 다른 이야기해요."

하지만 존은 호기심에 불타올랐다.

"기분 좋은 다른 얘기라고?"

그가 물었다.

"그 이야기는 왜 불쾌한 거지? 좋은 애들이 아니었나?"

놀랍게도 키스민은 울기 시작했다.

"좋은 애들이었어요. 그, 그게, 문제였어요. 난 그중 몇 명한테 저, 정말로 정이 들었거든요. 재스민도 그랬고. 하지만 어쨌거나 언니는 친구들을 계속 초대하는 거예요. 난 이해할 수가 없었어요."

존의 심장 속에서 어두운 의혹이 생겨나고 있었다.

"그러니까, 그 애들이 입을 열어서, 당신 아버지가……, 처리했다는 거군?"

"그보다 더 끔찍해요."

그녀가 울먹이며 중얼거렸다.

"아버지는 운에 맡기는 법이 없어요. 그런데 재스민은 계속 친구들에게 오라고 편지를 했어요. 그리고 더할 나위 없이 즐겁게 지내는 거예요!"

그녀는 복받치는 슬픔에 발작하듯 제정신이 아니었다.

뜻밖의 사실을 알게 된 존은 공포에 질려 입을 다물지 못한 채 멍하니 앉아 있었다. 온몸의 신경이 그의 척추 위에 내려앉은 수많은 참새처럼 지저귀고 있는 것 같았다.

"자, 이제 다 말해버렸어요. 이러면 안 되는데."

갑자기 마음을 진정시킨 그녀가 짙은 푸른색의 눈에서 눈물을 닦아냈다.

"그러니까 당신 말은, 그 친구들이 떠나기 전에 죽이라고 아버지가 지시했다는 거야?"

그녀가 고개를 끄덕였다.

"보통은 8월이었어요. 아니면 9월 초. 당연히 우리로서는 그들한테서 뽑아낼 수 있는 향략을 다 누려야 하니까요."

"천인공노할! 어떻게…… 아니, 미치겠군! 당신 정말로 그걸……."

"그래요."

키스민이 어깨를 으쓱하며 말을 잘랐다.

"저 조종사들처럼 가둬두는 것도 마땅치 않잖아요. 날 마다 끊임없이 우리를 책망할 텐데. 그리고 아버진 항상 우리 예상보다 더 신속하게 일을 처리해서 재스민과 내가 좀 더 수월하게 받아들이게 해주셨어요. 그러면 작별 인 사 같은 걸 피할 수 있……."

"그러니까 당신네들이 살인을 했다고! 아!"

존이 울부짖었다.

"아주 깨끗하게 처리했어요. 잠든 사이에 약을 먹여 서……. 그리고 가족들에게는 언제나 뷰트(미국 서부 평원 의 고립된 산)에서 성홍열에 걸려 죽었다고 전했고요."

"하지만……. 그런데도 왜 계속해서 사람들을 초대하는 지 난 도저히 이해가 안 돼."

"전 안 했어요."

키스민이 버럭 고함을 질렀다.

"한 번도 초대한 적 없어요. 재스민이 했지. 그리고 언제나 정말 즐겁게 지냈어요. 마지막이 가까워질수록 언니는 친구들에게 최고로 훌륭한 선물을 했지요. 아마 나도 어쩌면 친구들을 초대해야 하는 게 아닐까요. 그런 일에 무감각해져야 하지 않을까요. 죽음 같은 필연적인 일이 현재의 삶을 즐기는 데 걸림돌이 되게 할 수는 없잖아요. 아무도 찾아오지 않는다면 여기가 얼마나 외롭겠어요. 아버지와 어머니도 우리와 마찬가지로 단짝 친구 몇 명을 희생하셨다고요."

"그래서?"

존이 비난하는 어조로 말했다.

"그래서 내가 당신을 사랑하게 내버려두고 그 사랑에 화답한 척한 거야? 결혼 이야기까지 하고? 내가 여기서 살아 나가지 못할 걸 너무나 잘 알고 있으면서……."

"아니에요."

그녀는 강하게 항의했다.

"지금은 아니에요. 처음엔 그랬어요. 당신이 여기로 와

349

버렸으니까요. 그건 이미 어쩔 수 없는 일이었으니, 당신 생에 마지막 나날을 우리 둘이 함께 즐겁게 보내는 게 차라리 낫겠다고 생각했어요. 하지만 난 당신을 사랑하게 되어버렸고, 그리고 진심으로 안타까워요. 당신이 처리되어야 한다는 게……. 그러니까 죽게 된다는 게……. 하지만 당신이 다른 여자한테 키스하는 걸 보느니 차라리 당신이 죽어버리는 게 나아요."

"아, 그러시군, 그러셔?"

존은 사납게 외쳤다.

"그럼요, 훨씬 낫죠. 게다가 여자는 절대 결혼할 수 없는 상대라는 걸 잘 알 때, 훨씬 더 연애를 즐길 수 있다고 들었어요. 아, 도대체 내가 왜 이런 얘기를 했을까요? 아무래도 나 때문에 당신의 즐거운 시간이 엉망이 되어버린 것 같네요. 차라리 당신이 아무것도 몰랐을 때는 정말로 즐거운 시간을 보냈는데. 사실 이런 일이 당신한테는 좀 우울할 거라 생각하긴 했어요."

"아, 그러셨구나, 그러셨어?"

존의 목소리는 분노로 파르르 떨렸다.

"이만하면 들을 얘기는 다 들은 셈이야. 시체나 다름없는 사람이랑 연애할 정도로 자존심과 품위가 없는 사람이라면, 나도 당신 같은 사람이랑 더 이상 상종하고 싶지 않아!"

"당신은 시체가 아니에요!"

그녀는 공포에 질려 외쳤다.

"당신은 시체가 아니에요! 내가 시체랑 키스했다는 말 따위 절대로 못해요!"

"그런 소리 안 했어!"

"그랬잖아요! 내가 시체에 키스했다고!"

"안 했다니까!"

그들은 언성을 높였지만, 갑작스러운 훼방꾼이 나타나는 바람에 둘 다 즉시 입을 다물었다. 발소리가 그들이 있는 쪽으로 길을 따라 다가오고 있었다. 그리고 잠시 후 장미덤불을 헤치고 브래독 워싱턴이 나타났다. 감정 없는 잘생긴 얼굴에 박힌 지적인 눈이 그들을 바라보고 있었다.

"누가 시체에 키스를 했다고?"

그가 노골적으로 힐책하며 물었다.

"아무것도 아니에요."

키스민이 재빨리 대답했다.

"그냥 농담하고 있었어요."

"어쨌거나, 두 사람 여기서 뭘 하고 있나?"

그가 무뚝뚝하게 물었다.

"키스민, 넌 지금 언니랑 책을 읽거나 골프를 치고 있어야 하는 거 아니냐? 가서 책이나 읽어라! 가서 골프를 쳐! 내가 다시 왔을 때 여기 있는 꼴 보게 하지 마라."

그는 존에게 고개를 까딱해 보이고는 길을 따라 올라갔다.

"봤죠?"

그가 말소리가 들리지 않는 곳까지 멀어지고 나자 키스민이 심술궂게 말했다.

"당신이 다 망쳤어요. 이제 우린 절대 못 만나요. 아버지가 허락하지 않으실 거예요. 우리가 서로 사랑하는 사이라고 생각했다면, 아마 일찌감치 당신을 독살하셨을 분이에요."

"이젠 사랑하는 사이가 아니지!"

존이 사납게 소리쳤다.

"그러니까 그 점은 안심하셔도 좋다고 말해. 그리고 내가 여기 계속 있을 거라는 착각은 하지 말고, 길을 갉아 내서라도 여섯 시간 내에 저 산을 넘어서 동부로 갈 테니까."

두 사람은 일어났다. 그의 말에 귀 기울이던 키스민이 다가오더니 팔짱을 꼈다.

"나도 가요."

"당신 미쳤……."

"물론 난 갈 거예요."

그녀는 조바심을 내며 말을 잘랐다.

"당신은 절대 못 가. 당신은……."

"좋아요."

그녀가 조용히 말했다.

"지금 아버지를 따라가서 이 문제를 같이 이야기해볼까요?"

존이 졌다. 그는 억지로 쓴웃음을 지었다.

"좋아, 자기."

그는 희미하고 설득력 없는 애정을 느끼며 동의했다.

"같이 가."

그녀를 향한 사랑이 되살아나 평온하게 마음에 자리 잡았다. 그녀는 그의 여자였다. 위험을 나누며 같이 가려고 한다. 그는 두 팔로 그녀의 몸을 감싸 안고 열렬히 키스했다. 결국 그녀는 그를 사랑했다. 사실상 그의 목숨을 구한 것이다.

이 문제를 논의하면서 둘은 천천히 걸어서 성으로 돌아왔다. 브래독 워싱턴한테 두 사람이 함께 있는 걸 이미 들켰으니, 다음 날 밤에 출발하는 게 좋겠다고 결정했다. 그런데도 저녁 식사 자리에서 존의 입술은 이상하게 바싹바싹 타들어갔다. 공작 수프를 한 숟가락 크게 떠서 삼켰지만 불안한 나머지 왼쪽 폐로 들어가고 말았다. 터키색과 칠흑빛 담비 털로 장식된 카드룸으로 옮겨진 그의 등을 집사 보조가 쾅쾅 두드려줬다. 퍼시는 이게 무슨 대단한 농담이라도 된 듯 즐거워했다.

9

    자정이 한참 지났을 무렵, 불안한 나머지 잠결에 소스라치며 존은 벌떡 일어나 앉아 방 안에 드리워진 비몽사몽의 장막 너머를 물끄러미 응시했다. 열린 창문으로 보이는 파란 사각형이 어둠을 뚫고 저 멀리서 희미한 소리가 들려왔다. 그 소리는 불안한 꿈으로 둘러싸인 그의 기억이 미처 정체를 확인하기도 전에 바람결에 실려 사라졌다. 하지만 뒤이어 들려온 날카로운 소음은 점점 더 가까워지더니 바로 방문 밖까지 다가왔다. 손잡이를 찰칵 돌리는 소리, 발소리, 속삭이는 소리, 뭐가 뭔지 알 수 없었다. 소리를 들어보려고 기를 쓰고 귀를 기울이는데, 뱃속 저 깊은 데서 딱딱한 응어리가 생기더니 순식간에 온몸이 욱신거렸다. 다음 순간, 장막이 홀연 걷히며 사라지는가 싶더니, 문간에 서 있는 어렴풋한 형상이 보였다. 어둠을 등지고 서서 희미한 윤곽밖에 보이지 않는 그 형상은 장막 주름과 마구 뒤섞여 더러운 유리창에 비친 모습처럼 일그러져 보였다.

공포인지 결단인지 모를 갑작스러운 동작으로 그는 침대 옆의 버튼을 눌렀는데, 정신을 차려보니 어느새 옆방에 있는 움푹 꺼진 녹색 욕조 안에 앉아 있었다. 욕조에 반쯤 차 있는 차가운 물의 충격으로 잠이 홀딱 달아났다.

벌떡 일어선 그는 젖은 잠옷에서 무겁게 흘러내리는 물방울을 바닥에 뚝뚝 떨어뜨리며 청록색 문을 향해 내달렸다. 그 문이 2층의 상아 계단참으로 이어진다는 걸 그는 알고 있었다. 문은 소리 없이 열렸다. 저 위의 거대한 돔에서 빛나고 있는 심홍색 램프 하나가 조각으로 장식된 계단의 유장한 위용을 처연하도록 아름답게 비추고 있었다. 사방을 묵직하게 둘러싼 고요한 호화로움에 오싹 소름이 끼쳐 존은 잠시 머뭇거렸다. 주위의 풍경은 흠뻑 젖은 채 상아 계단 위에 서서 바들바들 떨고 있는 한 사람을, 그 거대한 윤곽선과 주름으로 덮쳐버릴 태세였다.

순간 동시에 두 가지 일이 벌어졌다. 먼저 방에 딸린 거실 문이 활짝 열리더니 벌거벗은 검둥이 세 명이 홀 안으로 황급히 돌진해 들어왔다. 그리고 존이 공포에 질려 계단 쪽으로 움직이려는 찰나 복도 반대편 벽에서 또 다른 문이 스르르 미끄러지며 열렸다. 브래독 워싱턴이 모피코트를 입고 무릎까지 올라오는 승마 부츠를 신은 채 불 켜진 승강기 안에 서 있었다. 부츠 위로 선명하게 빛나는 장밋빛 잠옷이 보였다.

바로 그 순간 세 명의 검둥이 — 존이 한 번도 본 적 없는 사람들이었다 — 가 틀림없이 달려들던 동작을 멈추고 명령을 기다리듯 승강기 안의 남자를 바라봤다. 그가 오만하게 내뱉었다.

"이리 들어와! 셋 다! 빨리 못 움직이나!"

그러자 순식간에 세 명의 검둥이는 승강기 안으로 총알같이 달려들었고, 승강기 문이 미끄러져 닫히자 직사각형 불빛은 사라졌다. 존은 다시 혼자 홀에 서 있었다. 그는 상아 계단에 힘없이 기대며 주저앉았다.

뭔가 불길한 일이 벌어진 것이 분명했다. 적어도 잠시 동안은 그의 사소한 재난을 연기시킨 일이 발생한 것이다. 뭘까? 검둥이들이 폭동이라도 일으켰나? 조종사들이 격자문의 쇠창살을 억지로 벌렸나? 아니면 피시 마을 사람들이 할 일 없이 언덕을 비척대고 다니다가 구슬프고 기쁨 없는 눈으로 이 번쩍번쩍한 계곡을 바라보기라도 했나? 존은 알 수 없었다. 승강기가 다시 윙 하며 올라갔다가 잠시 후 내려오면서, 획 하는 희미한 바람 소리가 들렸다. 어쩌면 퍼시가 아버지를 돕기 위해 서둘러 달려가고 있을지도 모른다. 지금이 키스민을 만나 즉시 탈출할 기회라는 생각이 퍼뜩 들었다. 그는 승강기가 몇 분 동안 아무 소리도 내지 않고 잠잠해질 때까지 기다렸다. 그리고 젖은 잠옷 사이로 사정없이 들이치는 싸늘한 밤공기에 살짝 몸을 떨면서 방으로 돌아와 재빨리 옷을 입었다. 그리고 높고 긴 계단을 올라가 러시아산 담비털 카펫이 깔린 복도를 지나 키스민의 방으로 갔다.

그녀의 거실 문은 열려 있었고 등불이 밝혀져 있었다. 키스민은 앙고라 가운을 입고 창가에 서서 귀를 기울이고 있다가 존이 소리 없이 들어오자 그를 향해 돌아섰다.

"아, 당신이군요!"

그녀가 방을 가로질러 다가오며 속삭였다.

"저 소리 들었어요?"

"내가 들은 건, 당신 아버지의 노예들이 내……."

"아뇨."

그녀가 흥분한 어조로 말을 잘랐다.

"비행기들이에요!"

"비행기? 아까 잠을 깨운 소리가 저거로군."

"적어도 열두 대는 되는 것 같아요. 조금 전 달에 비친 비행기 한 대를 똑똑히 봤어요. 절벽에 있는 보초가 총을 발사해서 아버지가 일어나신 거예요. 곧 대공포를 쏘기 시작할 거예요."

"일부러 여기 온 건가?"

"네. 도망친 그 이탈리아 사람이……."

그녀의 마지막 말과 동시에 딱 하는 날카로운 소리가

359

열린 창문을 통해 들려왔다. 키스민은 짧게 외마디 소리를 지르고 화장대 위의 상자에서 더듬거리는 손으로 동전 하나를 꺼내더니 전등으로 달려갔다. 성 전체가 순식간에 암흑천지가 됐다. 그녀가 퓨즈를 끊어버린 것이다.

"이리 와요!"

그녀가 고함을 질렀다.

"옥상 정원으로 가서, 거기서 봐요!"

그녀는 망토를 두르고 그의 손을 잡았다. 그들은 더듬더듬 문을 찾아 밖으로 나갔다. 문 바로 옆에 탑으로 올라가는 승강기가 있었다. 그녀가 단추를 누르자 승강기가 위로 솟구쳐 올라갔고, 그는 어둠 속에서 그녀를 안고 입술에 키스했다. 마침내 존 엉거에게 로맨스가 찾아온 것이다.

1분 후 그들은 별빛 가득한 옥상으로 나왔다. 저 위 안개 낀 달 아래, 소용돌이치는 구름 조각들 사이를 들락거리며 검은 날개를 단 동체 열두 대가 끊임없이 선회하며 떠 있었다. 계곡 여기저기서 비행기를 향해 섬광이 솟구쳐 올랐고, 뒤이어 날카로운 폭발음이 들려왔다. 키스민

360

은 기쁨에 겨워 손뼉을 쳤지만, 그 기쁨은 잠시 후 당황스러움으로 바뀌었다. 비행기들이 미리 정한 신호에 따라 폭탄을 투하하기 시작했고, 계곡 전체가 낮게 울려 퍼지는 폭발음과 번득이는 불빛의 파노라마로 화했다.

얼마 안 가서 공격 목표는 대공포가 위치한 지점에 집중됐고, 그중 하나는 즉시 거대한 잿더미가 되어 장미덤불이 우거진 공원 위로 연기를 내뿜었다.

"키스민."

존이 간절하게 말했다.

"당신은 내가 살해될 뻔한 날 밤에 이 공격대가 온 걸 기뻐하게 될 거예요. 저기 통로에서 보초가 발사하는 총소리를 듣지 못했다면, 난 지금쯤 시체가 되어 있을 걸……."

"안 들려요! 더 크게 말해요!"

키스민은 앞에서 벌어지는 광경에서 시선을 떼지 못하고 외쳤다.

"그냥 내 말은, 저 사람들이 성을 폭격하기 전에 여기서 나가는 게 좋겠다는 거야!"

존이 고함을 질렀다.

갑자기 검둥이 숙사의 현관 전체가 산산조각 나더니 회랑 아래서 화산처럼 불꽃이 터져 나왔고, 날카로운 대리석 파편 덩어리들이 호숫가까지 날아가 내동댕이쳐졌다.

"5만 달러어치 노예들이 날아가버렸잖아."

키스민이 울부짖었다.

"그것도 전쟁 전 가격으로. 도대체 미국인들은 왜 이렇게 재산을 존중할 줄 모르는 거야."

존은 그녀를 설득해 성을 나가려는 노력을 재개했다. 비행기의 목표는 점점 더 명확해졌고, 여전히 반격하고 있는 대공포는 두 대뿐이었다. 포화에 둘러싸인 요새가 오래 버티지 못하리라는 것은 명백했다.

"이리 와요!"

존은 키스민의 팔을 잡아끌며 고함을 질렀다.

"우린 가야 해요. 저 조종사들이 당신을 발견하면 묻지도 않고 죽일 거라는 거 몰라요?"

그녀는 마지못해 동의했다.

"재스민 언니를 깨워야 해요!"

승강기를 향해 달려가며 그녀가 말했다. 그리고 어린애 같이 즐거워하며 덧붙였다.

"우린 가난해지겠죠. 안 그래요? 책에 나오는 사람들처럼. 난 고아가 될 테고 완전히 자유로워질 거예요. 자유롭고 가난하게! 너무 재미있겠다!"

그녀는 멈춰 서더니 입술을 내밀어 그에게 기쁨의 키스를 했다.

"그 둘을 한꺼번에 다 가지는 건 불가능해."

존이 냉정하게 말했다.

"이미 잘 알려진 사실이야. 나라면 둘 중에서 자유로운 걸 선택하겠지만. 더 신중을 기하자면, 보석함에 있는 것들을 주머니에 쏟아 넣는 게 좋을 거야."

10분 후 두 소녀는 어두운 복도에서 존과 만나 성의 1층으로 내려왔다. 휘황찬란한 홀들을 마지막으로 지나쳐 나온 그들은 잠시 테라스에 서서 불타는 검둥이 숙사와 호수 저편에 추락한 비행기 두 대의 불타는 잔해를 지켜봤다. 홀로 외로이 남은 포 한 대는 여전히 불굴의 포격을 멈추지 않고 있었다. 공격자들은 더 아래로 내려오는 게 겁났는지 주위를 빙빙 돌면서 어쩌다 제대로 떨어진 한 방이 에티오피아인 군대를 전멸시킬 때까지 우레 같은 폭격을 퍼부었다.

존과 두 자매는 대리석 계단을 내려와 왼쪽으로 휙 꺾은 다음 다이아몬드 산을 고무 밴드처럼 휘감은 좁은 오솔길을 올라가기 시작했다. 키스민이 알고 있는 장소가 있었다. 반쯤 올라간 지점에 있는 숲이 빽빽하게 우거진 곳인데, 숨어서도 계곡의 소란스러운 밤의 정경을 지켜볼 수 있었고, 결정적으로 필요한 순간이 되면 바위투성이 골짜기에 있는 비밀 통로를 따라 탈출할 수도 있었다.

10

　두 사람이 목표 지점에 도착한 것은 새벽 3시였다. 순하고 몸이 약한 재스민은 커다란 나무둥치에 기대어 즉각 잠이 들었다. 존과 키스민은 서로 부둥켜안고, 아침까지만 해도 정원이었던 폐허들 사이에서 필사적으로 밀고 밀리며 서서히 잦아 들어가는 전투를 지켜봤다. 새벽 4시가 지난 직후, 최후의 대공포가 짤각 하는 소리를 내더니 빨간 연기를 혀처럼 날름거리며 동작을 멈췄다. 달은 지고 없었지만 비행체들이 땅에 더 바싹 붙어 선회하고 있는 게 보였다. 포위된 사람들에게 더 이상의 화력이 없다는 것을 확인하고 나면, 비행기들은 착륙할 테고 그럼 워싱턴 가의 사악하고도 화려한 통치 시대도 막을 내릴 것이다.

사격 중지와 함께 계곡이 고요해졌다. 비행기 두 대의 잔화(殘火)가 풀밭에 웅크린 괴물의 눈처럼 빛을 발했다. 성은 어둡고 고요하게 서 있었다. 햇살 속에서도 아름다웠지만 불빛이 없어도 여전히 아름다웠다. 네메시스(그리스신화에 나오는 복수의 여신)가 내는 덜걱거리는 소음이 불평이라도 하듯 커졌다 작아졌다 하면서 머리 위 창공을 가득 메웠다. 존이 문득 고개를 돌려보니, 키스민도 언니처럼 깊이 잠들어 있었다.

새벽 4시가 한참 지난 시각, 그들이 지나온 오솔길을 따라 발소리가 들려왔다. 그는 숨을 죽인 채 발소리의 장본인들이 고지를 지나치기를 꼼짝 않고 기다렸다. 공기중에는 사람의 인기척일 리 없는 희미한 흔들림이 느껴졌고 이슬은 차가웠다. 머지않아 날이 밝아올 터였다. 존은 발소리가 산을 올라가 안전거리 밖으로 사라져 잘 들리지 않을 때까지 기다렸다. 그리고 그 뒤를 밟았다.

가파른 정상을 향해 절반쯤 올랐을 즈음, 나무들이 싹 사라지고 바로 밑의 다이아몬드를 뒤덮어 안장처럼 감싸고 있는 넓은 암반이 나타났다. 이 지점에 도착하기 바로 직전에 그는 발걸음을 늦췄다. 동물적인 감각이 바로 앞에 생명체가 있다는 경고를 보내왔다. 높은 암반에 도착한 그는 암반 가장자리 위로 서서히 고개를 들었다. 호기심은 헛되지 않았다. 그가 본 광경은 이랬다.

브래독 워싱턴이 회색 하늘을 배경으로 실루엣을 드러낸 채 살아 있는 기척도 없이 꼼짝 않고 서 있었다. 동쪽 하늘에서부터 새벽이 밝아오며 대지에 차가운 녹색 기운을 불어넣기 시작하자, 홀로 선 인물의 뚜렷한 윤곽도 새로 동터오는 빛 속으로 점차 녹아들어갔다.

존이 바라보는 동안, 계곡의 주인은 잠시 수수께끼 같은 명상에 잠겨 있었다. 그리고 발치에 웅크리고 있는 검둥이 두 명에게 손짓해서 그들 사이에 놓인 짐을 들게 했다. 그들이 끙끙거리며 일어서는 순간, 새로 뜬 태양의 노란 광선이 어마어마하게 크고 절묘하게 깎인 다이아몬드의 무수한 프리즘을 치며 통과했고, 찬란한 백광이 바스러진 샛

별 조각들처럼 공기 중에서 빛을 발했다. 짐꾼들은 잠시 그 엄청난 무게에 눌려 휘청거렸지만, 다음 순간 물결치는 그들의 근육은 촉촉하게 젖어 반들거리는 피부 밑에서 단단히 굳으며 자세를 잡았다. 세 인물은 하늘 앞에 무기력한 반항의 몸짓으로 미동조차 없이 서 있었다.

잠시 후 백인이 고개를 들더니, 수많은 군중에게 자기 말을 들어달라고 요청하는 사람처럼 이목을 집중시키는 자세로 팔을 천천히 쳐들었다. 하지만 거기엔 아무도 없었다. 존재하는 것이라곤 산과 하늘의 광막한 고요뿐이었고, 그 고요는 나무들 사이에서 들려오는 희미한 새들의 지저귐으로 간간이 끊어졌다. 안장 모양의 바위 위에 선 인물은 묵직하게, 불굴의 자존심을 지키며 입을 열었다.

"거기 당신……."

그는 떨리는 목소리로 외쳤다.

"당신…… 거기……!"

그는 잠시 말을 멈췄다. 팔은 여전히 치켜들고, 대답이라도 기다리는 양 목을 쭉 뺀 채로. 존은 산에서 내려오는 사람이 있나 싶어 두리번거렸지만, 산에는 살아 있는 다른 인간은 한 명도 없었다. 그저 하늘과 비웃듯 플루트 소리를 내며 나무 꼭대기를 쓸고 지나가는 바람뿐이었다. 설마 기도하고 있는 것일까? 잠시 존은 어리둥절했다. 하지만 착각은 곧 사라졌다. 브래독 워싱턴의 태도에는 기도와는 상반되는 어떤 분위기가 있었다.

"오, 그 위의 당신!"

목소리는 점점 강해지고 신념에 찼다. 이건 전혀 절망적인 탄원이 아니었다. 군이 이름을 붙이자면, 그 안에서 느껴지는 분위기는 소름끼치는 생색이었다.

"거기 당신……"

말들이, 너무 빨라서 전혀 알아들을 수 없는 단어들이 끝도 없이 흘러나왔다. 존은 숨을 죽인 채 귀를 기울여 띄엄띄엄 간신히 몇 마디를 알아들었다. 목소리는 끊겼다가 다시 이어졌고, 다시 끊겼다. 어떤 때는 강하고 논쟁적이었고, 다음 순간엔 느릿느릿하고 당혹스러운 초조함이 묻어 있었다. 그 순간, 유일한 청중은 서서히 확신했다. 그 깨달음이 온몸으로 스멀스멀 밀려오자 피가 동맥 속에서 역류하는 것 같았다. 브래독 워싱턴은 신에게 뇌물을 바치고 있었던 것이다!

분명 그거였다. 의심의 여지가 없었다. 노예들이 들고 있는 다이아몬드는 더 많은 것이 이어지리라는 약속의 선납용 샘플이었다.

존은 잠시 후 바로 그것이 그의 말을 줄곧 관통하고 있는 핵심이라는 걸 알아차렸다. 부유해진 프로메테우스(신들로부터 불을 훔친 벌로 영원히 바위에 묶여 새에게 장기를 쪼아 먹히게 된 그리스 신화의 거인)가 잊힌 희생, 잊힌 의식, 예수의 탄생 이전에 사라진 기도들을 목도하라고 외치고 있었다. 잠시 동안 그의 설교는 신이 인간에게 받으려고 계획했던 이런저런 선물을 신에게 상기시키는 형태를 취했다. 역병으로부터 도시를 구해주는 대가로 바친 거대한 교회들, 몰약과 황금, 사람 목숨과 아름다운 여자와 포로들, 아이들과 여왕들, 산과 들의 야수들, 양과 염소, 수확물과 도시들, 신의 진노를 달래기 위해 번뇌와 피로 정복한 땅덩어리들 그리고 제물에 상응하는 신의 자비를 사겠다는 것이다. 이제 다이아몬드의 황제, 황금시대의 왕이자 사제, 광휘와 사치의 중재자인 브래독 워싱턴이 이전의 어떤 왕자도 결코 꿈꾸지 못했던 보물을 내놓을 것이다. 애원하지 않고 오만하게 내놓을 것이다.

그는 세부 사항을 나열해가며 자신이 세상에서 가장 큰 다이아몬드를 신에게 줄 거라고 계속해서 말했다. 그 다이아몬드는 나무에 달린 잎사귀들보다 수천 개 더 많은 각 면으로 깎일 테지만, 파리 한 마리 크기밖에 안 되는 보석만큼이나 완벽한 형태를 갖추게 될 것이다. 수많은 사람이 수년 동안 그것을 만들기 위해 작업할 것이다. 다이아몬드는 오팔과 오래된 사파이어로 문들을 장식하고 멋들어지게 깎은 거대한 순금 세공 돔 안에 놓일 것이다. 한가운데는 텅 빈 공간으로, 분해되며 항상 변화하는 무지갯빛 라듐 제단이 주관하는 예배당이 될 것이며, 감히 기도하다 고개를 드는 자의 눈은 라듐의 빛에 불타버릴 것이다. 그리고 신성한 은인의 즐거움을 위해서라면, 그분이 선택하는 희생양은 누구든, 심지어 지상 최고의 위대한 권력자일지라도 이 제단 위에서 가차 없이 희생될 것이다.

그 대가로 그가 청한 것은 굉장히 간단한 것, 신의 입장에서 보자면 터무니없을 정도로 쉬운 것이었다. 그저 모든 게 어제 이 시간의 상황으로 돌아가 그대로 유지되기만 하면 된다. 너무도 간단하지 않은가! 하늘이 열려서 이 인간들과 비행기들을 집어삼키고는 다시 입을 닫게 하라. 노예들을 다시 살려내 건강한 채로 다시 한 번 그에게 돌려 달라.

그가 대접하거나 흥정할 필요를 느낀 존재는 이제껏 아무도 없었다. 그가 품은 유일한 의혹은, 과연 뇌물이 충분히 큰 것인가 하는 문제였다. 신도 값이 문제지 뇌물은 먹힐 것이다. 신은 인간의 형상을 따라 만들어졌다고들 한다. 그러니 뇌물이 통할 게 틀림없다. 그리고 그것은 엄청나게 값질 것이다. 짓는 데 수년이 소요된 어떤 성당도, 만 명의 일꾼이 축조한 어떤 피라미드도 이 성당, 이 피라미드와 같을 수는 없다.

그는 여기서 잠시 말을 멈췄다. 그것이 그의 제안이었다. 모든 것이 상세하게 열거된 그대로일 테니 그 가격이면 싼 것이라는 그의 주장에는 천박한 구석이 없었다. 그러니 신께서 선택하든지 말든지 마음대로 하시라고 넌지시 의사를 밝혔다.

연설이 막바지를 향해 갈수록 문장은 띄엄띄엄 이어지고 짧아지고 불확실해졌다. 몸은 긴장한 듯 보였다. 주위 공간에 생명의 기척이 느껴지면 아무리 미약해도 놓치지 않겠다는 듯 온몸이 팽팽하게 긴장해 있었다. 머리는 이야기하는 동안 점차 하얗게 변했고, 이제 그는 고대의 선지자처럼 하늘 높이 고개를 들었다. 장엄하게 미친 선지자였다.

존이 어찔한 매혹에 취해 지켜보던 바로 그 순간, 주위에서 뭔가 이상한 현상이 벌어지는 것 같았다. 마치 하늘이 잠시 깜깜해진 듯했다. 돌풍 속에서 갑자기 속삭이는 소리가 들려오는 듯했다. 저 멀리서 트럼펫이 울리고, 거대한 비단 옷자락이 사각거리는 듯 한숨 소리가 들리는 것 같았다. 잠시 동안 천지의 자연이 다 같이 이 어둠에 동참했다. 새들의 노래가 그쳤다. 나무들은 조용했다. 저 멀리 산 너머에서 나지막하고 위협적인 천둥소리가 우르 릉하고 울렸다.

그게 다였다. 바람은 계곡의 키 큰 풀들을 따라가며 잦아

들었다. 새벽과 낮이 시간 속에서 다시 제자리를 찾았다. 떠오른 태양은 뜨거운 노란 안개 파도를 내보내 앞길을 훤하게 밝혔다. 나뭇잎들이 태양 속에서 깔깔 웃었고, 그 웃음이 나무를 뒤흔들어대자 나뭇가지들 하나하나가 요정 나라의 여학교가 되었다. 신은 뇌물을 거부했다.

다음 순간, 존은 낮의 승리를 보았다. 그리고 돌아서는 순간, 저 아래 호수 옆에서 퍼덕거리는 갈색을 보았다. 그리고 또 하나의 퍼덕거림 그리고 또 하나. 마치 구름 속에서 황금빛 천사들이 춤추며 내려오는 듯했다. 비행기들이 땅으로 내려왔다.

존은 바위를 미끄러져 내려와 산허리를 내달려 관목 수풀로 갔다. 두 소녀는 잠에서 깨어 그를 기다리고 있었다. 키스민이 벌떡 일어났다. 주머니 속에서 보석들이 짤랑거렸고 벌어진 입술에는 질문이 담겨 있었다. 하지만 본능적으로 존은 이야기할 시간이 없다는 걸 알았다. 일각도 지체하지 말고 산을 내려가야 했다. 존은 두 사람의 손을 양손에 하나씩 잡고, 태양빛과 피어오르는 안개에 젖은 나무둥치들을 말없이 헤치고 나아갔다. 등 뒤의 계곡에서는 저 멀리서 공작들이 투덜대는 소리와 아침의 나직하고 상쾌한 소리 외에는 아무 소리도 들리지 않았다.

반마일쯤 갔을 때, 그들은 정원을 피해 다음 언덕으로 이어지는 좁은 길로 들어섰다. 언덕 가장 높은 곳에서 발을 멈추고 주위를 둘러봤다. 임박한 비극의 어두운 기운에 마음을 졸이며 방금 떠나온 산중턱을 바라봤다.

하늘을 배경으로 비탄에 잠긴 백발 남자가 천천히 가파른 경사면을 내려오고 있었고, 그 뒤를 따라 거대하고 표정 없는 검둥이 두 명이 짐을 운반하고 있었다. 검둥이들이 지고 있는 짐은 태양 속에서 여전히 번쩍거리며 빛났다. 반쯤 내려왔을 때 두 명이 더 합류했다. 존은 그들이 워싱턴 부인과 그녀의 아들이라는 걸 알아볼 수 있었다. 워싱턴 부인은 아들의 팔에 기대어 있었다. 비행사들은 비행기에서 기어 나와 성 앞에 펼쳐진 잔디밭으로 가더니 손에 라이플총을 들고 산개 대형으로 다이아몬드 산을 오르기 시작했다.

하지만 저 멀리 위쪽, 바라보는 사람들의 시선을 온통 사로잡고 있는 다섯 명의 작은 무리는 바위 중턱에서 걸음을 멈췄다. 검둥이들이 몸을 구부리더니 산 옆구리에 있는 뚜껑 문처럼 보이는 것을 잡아당겨 열었다. 그들은 그 안으로 모두 사라졌다. 가장 먼저 백발 남자가, 다음으로는 아내와 아들이, 마지막으로는 검둥이 두 명이 들어갔다. 뚜껑 문이 내려가 모두를 집어삼키기 전, 보석 달린 머리장식의 끝이 반짝이며 잠시 햇살을 붙들었다.

키스민이 존의 팔을 와락 붙들었다.

"아,"

그녀가 황망하게 외쳤다.

"어디로 가는 거죠? 뭘 하려는 걸까요?"

"무슨 지하 탈출로가 분명⋯⋯."

두 소녀가 조그맣게 내지른 비명이 그의 말을 잘랐다.

"모르겠어요?"

키스민이 히스테리를 부리며 훌쩍였다.

"산에 폭발 장치가 되어 있단 말이에요!"

그녀의 말이 끝나기도 전에 존은 손을 들어 시야를 가렸다. 눈앞에서 별안간 산의 표면 전체가 눈부시게 타오르는 노란색으로 변하더니, 빛이 사람의 손을 뚫고 나오

듯이 표면을 뒤덮은 잔디 사이로 비쳤다. 잠시 참을 수 없는 백열이 지속되더니 꺼진 필라멘트처럼 사그라들며 시꺼먼 황무지를 드러냈고, 검은 연기가 천천히 올라가면서 남은 식물과 인간의 육체를 실어갔다. 비행사들은 피도 뼈도 남지 않았다. 안으로 들어간 다섯 명의 영혼처럼 완전히 다 타서 사라졌다.

동시에 어마어마한 충격과 더불어 성이 불타는 파편이 되어 터져 나가며 문자 그대로 공중으로 날아갔다. 성은 솟구쳤다가 그 자리에 떨어져내려 연기 나는 무더기로 화했고, 반은 호수의 물속으로 튀어 떨어졌다. 불길은 없었다. 그나마 피어오르던 연기는 햇살과 섞여 사라졌고, 한때는 보석들의 집이었으나 이젠 형체를 알아볼 수 없는 거대한 더미에서 고운 대리석 먼지들이 날아올라 몇 분 동안 떠올랐다. 더 이상 아무런 소리도 나지 않았고, 계곡에는 오직 세 사람뿐이었다.

11

해질녘 존과 두 동행인은 워싱턴 가 영지의 경계선을 이루는 높은 절벽까지 왔다. 뒤를 돌아보니 계곡은 석양 속에서 여전히 고요하고 아름다웠다. 그들은 땅바닥에 앉아 재스민이 바구니에 담아온 음식을 먹었다.

"봐!"

그녀가 식탁보를 펴고 그 위에 샌드위치를 단정하게 쌓아올리며 말했다.

"맛있어 보이지 않니? 난 언제나 음식은 야외에서 먹는 게 더 맛있다고 생각했어."

"저런 말을 하기 때문에 재스민이 중산층에 속하는 거

예요."

키스민이 말했다.

"이제 주머니를 뒤져서 어떤 보석을 가져왔는지 보자. 잘만 골라왔다면 우리 셋은 남은 평생 편하게 살 수 있어."

존이 의욕적으로 말했다.

키스민이 고분고분 주머니에 손을 넣더니 반짝이는 보석을 두 주먹 가득 그의 앞에 던졌다.

"나쁘지 않은데."

존이 열광하며 외쳤다.

"굉장히 크지는 않지만······, 이봐!"

보석 하나를 들어 저물어가는 태양에 비춰보던 그의 표정이 변했다.

"뭐야, 이건 다이아몬드가 아니잖아! 뭔가 잘못됐는데!"

"어머나!"

키스민이 깜짝 놀란 표정으로 외쳤다.

"난 정말 바보 천치인가 봐!"

"뭐야, 이건 라인스톤이잖아!"

존이 외쳤다.

"나도 알아요."

그녀가 웃음을 터뜨렸다.

"엉뚱한 서랍을 열었어요. 이건 재스민 친구의 드레스에 달려 있던 것들이에요. 내가 다이아몬드를 주고 바꿨거든요. 진짜 보석이 아닌 걸 전에 한 번도 본 적이 없어서."

"가져온 건 이게 다야?"

"그런 것 같아요."

그녀는 아쉬움이 가득한 눈빛으로 보석들을 만지작거렸다.

"난 이것들이 더 좋아요. 다이아몬드엔 좀 질렸어."

"좋아."

존이 침울하게 말했다.

"우린 하데스에서 살 수밖에 없어. 그리고 당신은 당신 말을 안 믿어주는 여자들에게 서랍을 잘못 열었다는 둥 하는 소리를 하며 늙어가겠지. 불행히도 당신 아버지의 수표책들은 아버지와 함께 다 사라져버렸거든."

"저, 하데스가 뭐가 문제인데요?"

"이 나이에 내가 아내를 데리고 집에 돌아간다는 걸 저 아랫동네 사람들 말로 하자면, 우리 아버지는 아마 시뻘건 숯처럼 노발대발하면서 연을 끊겠다고 난리를 칠걸."

재스민이 의견을 냈다.

"난 빨래하는 거 좋아해요."

그녀는 조용히 말했다.

"항상 내 손수건을 직접 빨았어요. 내가 세탁일을 해서 두 사람을 먹여 살리겠어요."

"하데스에도 세탁부가 있나요?"

키스민이 순진하게 물었다.

"물론이지. 다른 곳과 마찬가지야."

존이 대답했다.

"전 말이죠……, 어쩌면 거긴 너무 더워서 아무도 옷을 안 입을지도 모른다고 생각했지 뭐예요."

존은 웃음을 터뜨렸다.

"그렇게 해봐!"

그가 제안했다.

"제대로 시작도 하기 전에 당신을 쫓아내버릴 테니."

"아버지가 거기 계실까요?"

그녀가 물었다.

존은 깜짝 놀라서 그녀를 돌아봤다.

"당신 아버지는 돌아가셨어."

그가 우울하게 말했다.

"아버지가 왜 하데스로 갔겠어? 당신은 그 마을을 오래전에 사라진 다른 장소(그리스 신화에서 '저승'을 뜻하는 하데스를 가리킨다)와 혼동하고 있는 거야."

저녁을 먹고 나서 그들은 식탁보를 개고 밤을 보내기 위해 담요를 펼쳤다.

"이런 게 정말 꿈이었는데."

키스민은 별들을 쳐다보며 한숨을 내쉬었다.

"돈 한 푼 없는 약혼자와 옷 한 벌만 갖고 여기 있자니 정말로 이상한 기분이 들어요!"

"별 아래에서."

그녀가 다시 말했다.

"전엔 별들을 제대로 본 적이 없어요. 항상 별들이 누군가의 커다란 다이아몬드라고 생각했거든요. 지금 보니 별들이 무서워요. 마치 내 어린 시절이 몽땅 다 꿈이었던 것 같은 기분이 들어요."

"그건 정말 꿈이었어."

존이 가만가만 말했다.

"모든 사람의 어린 시절은 다 꿈이야. 화학적 광기의 한 형태지."

"그렇다면 미쳐버리는 건 얼마나 기분 좋을까!"

"그렇다는 말은 들었어."

존이 침울하게 말했다.

"나도 더 이상은 몰라. 어쨌거나 우리 잠시 그냥 사랑하자고. 한 1년쯤. 당신과 나 말이야. 그건 우리 모두가 시도해볼 수 있는 신성한 치기의 일종이니까. 온 세상에는 오로지 다이아몬드뿐이야, 다이아몬드와 어쩌면 환멸이라는 초라한 선물. 난 그 마지막 건 가져왔으니까, 그걸 그냥 별스러울 것도 없는 흔한 일로 생각해버릴 거야."

그는 몸을 떨었다.

"코트 깃 세워, 꼬마 아가씨. 밤의 냉기가 가득하니 폐렴에 걸릴지도 몰라. 사람의 의식을 처음 발명한 사람은 커다란 죄를 저지른 거지. 몇 시간 동안 의식을 잃어버리자고."

그래서 그는 담요로 몸을 둘둘 감고 잠 속으로 곯아떨어졌다.

작품 해설

프랜시스 스콧 피츠제럴드는 1896년 9월 24일 미네소타 주 세인트폴에서 태어났다. 프린스턴 대학에 입학했으나 성적 부진으로 중퇴하였고, 이후 미 보병대의 소위로 임관하여 1917년 제1차 세계대전에 참전했다. 어릴 적부터 단편과 희곡을 집필하여 발표해왔던 피츠제럴드는 참전 중에도 작품 구상을 하며 집필을 지속했다.

군 제대 후 광고회사에 취직을 하기도 했으나 곧 그만두고 1920년 『낙원의 이쪽』을 발표하면서 문단과 대중의 관심을 받기 시작했다. 작품의 성공으로 부와 명예를 얻은 피츠제럴드는 젤다와 결혼한 후, 미국 동부와 프랑스를 오가면서 호화스러운 생활을 즐기며 사교계에 빠져들었다. 그러는 동안 신문과 잡지에 160여 편에 달하는 단편 소설을 썼다.

그리고 1925년 그의 이름을 세계적으로 알리는 작품이자 20세기 미국을 대표하는 걸작 『위대한 개츠비』를 발표했다. 이 작품으로 당대 최고의 작가와 평론가들에게 칭송을 받으며 천재 작가로 인정받았다.

이 책에 실린 단편들을 읽고 어쩐지 어리둥절해진 독자도 많을 것이다. 이 단편들은 원제목 『재즈시대 이야기』에 실린 작품들을 완역한 것으로 '재즈시대'라고 일컫는 1920년대 젊은 미국인들의 생활모습과 사고방식을 묘사하고 있다. 청년들과 여성들이 재즈를 들으며 번영과 성적인 자유를 추구하고 반항했던 그때의 열정과 변화하는 시대의 충돌하는 가치관을 담은 것이 그 예다.

또한 많은 단편소설을 발표했던 피츠제럴드는 이 책에 수록된 「벤자민 버튼의 시간은 거꾸로 간다」나 「리츠칼튼 호텔만 한 다이아몬드」처럼 인간사를 비판하는 통렬한 작품을 발표했는가 하면, 참을 수 없이 가벼우면서 유쾌한 「낙타 엉덩이」 같은 작품을 발표하기도 했다.

맨 처음에 소개된 단편 「벤자민 버튼의 시간은 거꾸로 간다」의 원제목은 'The Curious case of Benjamin Button'으로 '벤자민 버튼의 기이한 사건'으로 풀이할 수 있다. 하지만 변경된 한글 제목이 소설에 담긴 이야기와 더 맞아떨어진다. 주인공의 시간은 남들과 다르게 거꾸로 흐르기 때문이다.

이 소설은 마크 트웨인의 발언에서 영감을 받아 작성되었는데 그 발언이란, 인생은 슬프게도 최고의 대목이 제일 처음에 오고 최악의 대목이 맨 끝에 온다는 것이다. 피츠제럴드는 인생의 맨 끝인 노년기를 제일 처음으로, 인생의 맨 처음인 유아기를 제일 마지막에 배치함으로써 삶이 가지는 의미를 다시금 생각하게 만들었다.

과연 인생에서 최고의 대목은 언제일까? 그리고 유아기와 노년기가 마치 닮아 있다는 느낌이 드는 것은 왜일까? 이 소설은 무에서 와서 유를 만들었다가 다시 아무것도 없는 존재로 돌아가는 삶이, 다른 시간의 방향으로 흘러가더라도 같은 삶이었음을 보여주었다. 그리고 이러한 주제 의식이 가진 매력 때문에 데이빗 핀처 감독에 의해 2008년에 영화로 제작되기도 했다.

이 책에서 인간이 가진 욕망과 부조리를 매력적으로 담은 작품은 「리츠칼튼 호텔만 한 다이아몬드」일 것이다. 주인공 존의 시선으로 보는 저택의 화려함을 묘사한 대목에서부터 독자들은 소설에 점점 빨려 들어가는 자신을 발견할 수 있다. 그리고 거대한 다이아몬드 산을 둘러싸고 서서히 밝혀지는 워싱턴 가문의 비밀은 잘 만들어진 한편의 스릴러처럼 독자들을 사로잡는다. 마침내 독자들은 소설 속에서 존과 같이 긴장하며 워싱턴 가의 마지막을 목도하게 된다. 그리고 인간의 탐욕으로 점철된 비인간성과 잔인함은 결국에 파멸하고 만다는 것을 깨닫게 된다.

피츠제럴드는 부유한 환경에서 자라지 못했다. 그리고 청소년기에 16세의 지니브러 킹을 만나고 가난하다는 이유로 그녀의 부모님께 거절당하면서 피츠제럴드는 돈과 명예에 대한 열등감과 일종의 선망을 갖게 되었다. 이는 그의 작품 곳곳에 반영되었고, 「리츠칼튼 호텔만 한 다이

「아몬드」나 「젤리빈」에는 피츠제럴드의 이러한 생각이 은연중에 담겨 있다.

이와 반대되게 피츠제럴드의 풍자와 재치가 엿보이는 작품으로는 「머리와 어깨」와 「낙타 엉덩이」가 있다. 주인공이 겪게 되는 역설적인 상황을 통해 아이러니한 현실을 보여주는 「머리와 어깨」는 세상일이 다 자신의 뜻대로 되지만은 않고, 자신이 자만하던 것도 어느 순간 자신의 것이 아니게 될 수 있음을 알려준다. 그리고 「낙타 엉덩이」는 제목 자체로 느껴지듯 시종일관 유쾌한 슬랩스틱 코미디로 이야기가 진행된다. 그리하여 절정에 다다랐을 때 여주인공 앞에서 밝혀지는 낙타의 정체가 이 소설을 하나의 희극으로 완성시킨다. 또한 마지막에 낙타 엉덩이를 맡은 사람과 주인공이 주고받는 윙크는 우연에 우연을 거듭한 해프닝의 마무리로 손색이 없는 장면이다.

이렇게 많은 작품을 발표했던 피츠제럴드는 1944년 당시의 경험을 토대로 『밤은 부드러워』를 발표했으나 주목받지 못했다. 빚을 갚기 위해 할리우드에서 시나리오를 쓰기도 했다. 하지만 계속되는 경제적 실패와 경제적 어려움, 젤다의 병세 악화로 피츠제럴드는 알코올 중독자가 되었다. 그러나 글쓰기에 대한 열정만큼은 멈추지 않았고, 1940년 『마지막 거물』을 집필하던 중 심장마비로 생을 마감했다.

그의 작품들은 반세기가 넘어서도 많은 독자의 사랑을 받고 있다. 아마도 피츠제럴드가 남긴 당시 청춘들의 자화상이 지금 청춘들의 모습과 닮아 있어서일지도 모른다. 청춘이 추구하는 삶의 이상을, 언제나 글 속에서 사랑과 순수를 갈망했던 그의 작품 어디에서나 쉽게 발견할 수 있기 때문이다.

작가 연보

1896년 9월 24일 미국 미네소타 주 세인트폴에서 에드워드 피츠제럴드와 몰리 퀼 리언의 사이에서 태어남. 그의 이름은 미국 국가 '스타 스팽글드 배너(Star Spangled Banner)'를 작사한 시인이자 그의 먼 친척인 프랜시스 스콧 키에게서 물려받음.

1909년 첫 단편 작품 「레이먼드 저당의 신비」가 세인트폴 아카데미에서 발행하는 잡지 《지금과 그때》에 발표됨.

1911년 뉴저지 주의 뉴먼 스쿨에 입학. 이곳에서 피츠제럴드에게 막대한 영향력을 끼친 키릴 시고니 웹스터 페이 신부를 만남.

1913년 뉴저지 주의 프린스턴 대학에 입학. 미국 문단에서 크게 활약한 비평가 에드먼드 윌슨과 시인 존 필 비숍과 친구가 됨. 《나소 문학》 잡지와 《프린스턴 타이거》에 단편, 희곡, 시 등을 발표.

1914년 세인트폴에서 일리노이 주 레이크 포레스트 출신의 16세 소녀 지니브러 킹을 만남. 그러나 훗날 가난하다는 이유로 거절당하게 되는데, 이 경험은 그의 모든 작품에 중요한 모티브가 됨.

1917년 지니브러 킹은 다른 남자와 약혼하게 되면서 피츠제럴드는 프린스턴을 떠나 미 보병대의 소위로 임관됨. 「낭만적인 에고이스트(Romantic Egoist)」의 집필을 시작함.

1918년 앨라배마 주 대법원 판사의 딸인 젤다 세이어를 만남. 탈고를 끝낸 「낭만적인 에고이스트」를 스크리브너스 출판사에 보내지만 출간을 거절당함.

1919년 제1차 세계 대전이 끝나 군에서 제대한 뒤 뉴욕으로 가 배런콜리어 광고 회사에 입사하지만 피츠제럴드의 미래가 불투명하다는 이유로 젤다가 약혼을 파기함. 이후 「낭만적인 에고이스트」의 개작에 몰두하고, 스크리브너스 출판사에서 「낙원의 이쪽」이라는 제목으로 출간을 허락.

1920년 『낙원의 이쪽(This Side of Paradise)』 출간. 엄청난 성공과 경제적 여유와 인기를 얻고 남부로 돌아와 젤다와 약혼 후 결혼. 잡지 《스마트 셋》에 희곡 〈오월제〉를, 《새터데이 이브닝 포스트》에 「말괄량이 아가씨들과 철학자들」 발표.

1922년 화이트 베어 요트 클럽으로 이사를 하고 그곳에서 「위대한 개츠비」의 초기 줄거리를 만듦. 이후 피츠제럴드는 뉴욕으로 돌아와 그레이트 넥, 게이트웨이 드라이브 6번지에서 링 라드너를 만나고 「위대한 개츠비」의 배경이 되는 세상에 대해 알게 됨. 「겨울 꿈(Winter Dream)」이 《메트로폴리탄》 12월호에 개제됨.

1923년 장편 희곡 〈야채(The Vegetable)〉가 애틀랜틱 시에

서 시험 공연 실패. 이후 피츠제럴드는 빚을 갚기
위해 다섯 달 동안 단편 소설의 집필에 전념.

1924년 유럽으로 이주. 남프랑스의 앙티브 만에서 만난
사라 머피와의 경험은 「밤은 부드러워」의 줄거리
에 중심적인 역할을 함. 「면제(Absolution)」가 《아
메리칸 머큐리》 6월호에 게재. 또한, 「위대한 개츠
비」의 초고 집필 및 개작에 들어감.

1925년 『위대한 개츠비(The Great Gatsby)』 출판. 프랑스 몽
파르나스에서 어니스트 헤밍웨이를 만나고, 파리
근교에서 이디스 워튼을 만남.

1926년 1월 《레드북》에, 「부잣집 아이(The Rich Boy)」가
출간되고, 2월에 「모든 슬픈 젊은이들(All the Sad
Young Men)」이 출간.

1927년 할리우드 영화사에서 일하기 시작. 그 곳에서 「밤
은 부드러워」에서 로즈마리 호이트의 모델이 된
로이스 모런과 사귐.

1929년 「벨라의 최후(The Last of the Belles)」가 《새터데이
이브닝 포스트》에서 출판됨.

1930년 젤다가 신경쇠약 증세를 보이기 시작. 병 치료를
위해 스위스로 이주하고 젤다는 프랭잰스 진료소
에 입원.

1931년 피츠제럴드의 부친 사망. 「다시 찾은 바빌론」이
《새터데이 이브닝 포스트》 2월호에 게재. 미국으
로 돌아온 그는 할리우드로 가 메트로-골드원-메
이어(MGM) 사에서 일함.

1932년 젤다가 재발된 신경쇠약으로 메릴랜드 주의 존스
홉킨스 대학병원에 입원.

1934년 젤다가 신경쇠약으로 쓰러짐. 『밤은 부드러워
(Tender is the Night)』 출간.

1935년 피츠제럴드가 병에 걸려 휴양을 위해 트라이턴과
애슈빌에 머뭄. 『붕괴』라는 에세이집에 실리게 되
는 글을 이때 집필.

1936년 젤다, 애슈빌의 하일랜드 정신 병원에 입원. 피츠
제럴드의 모친 사망.

1937년 그는 세 번째로 할리우드로 가서 MGM과의 6개
월간 계약을 맺음. 이 무렵에 칼럼니스트 셰일러

그레이엄과 만남. 이들의 교제는 피츠제럴드가 사망할 때까지 계속됨.

1938년 MGM은 피츠제럴드와의 계약을 갱신하지 않음.

1939년 1940년 봄까지 할리우드에서 프리랜서로 일함. 할리우드를 소재로 한 소설「겨울 카니발(Winter Carnival)」은 뉴욕 병원에서 완성.

1940년 「마지막 거물」을 집필.《에스콰이어》지에「팻 하비(Pat Hobby)」가 실림. 12월 21일 44세의 나이로 그레이엄의 집에서 심장마비로 사망함.

1941년 미완성 유작인 『마지막 거물(The Last Tycoon)』이 친구 에드먼스 윌슨의 편집으로 출간됨.

1948년 하일랜드 병원에서 치료 중이던 아내 젤다가 화재로 사망함. 스콧과 함께 로크빌 유니언 묘지에 묻혔다가 1975년 세인트메리 가톨릭교회 묘지로 함께 이장됨.